KB041257

죽은 자들이 알려주고
싶어 하는 10가지

죽은 자들이 알려주고 싶어 하는 10가지

살아 있을 때 꼭 알아야 할
삶과 죽음에 대한 진실!

마이크 둘리 지음
장은재 옮김

라의눈

To the living — it's still your turn

살아있는 존재들이여, 여전히 당신 차례입니다.

차례

일러두기

본문의 고딕체는 원서에서 강조된 부분입니다.

프롤로그

그 모든 것이 어떻게 시작되었는지 아무도 모른다. 죽은 이들도 그건 모른다. 그렇지만 그 모든 것이 시작되었다는 사실만큼은 모르는 사람이 없다.

다행인 것은, 신중한 사전 계획에 따라 삶이 시작된다는 것을 모른다 해도 즐겁고 행복하게 사는 데는 아무 지장이 없다는 거다. 하지만 살아 있는 우리들은 뭔가 목적을 가지고 삶이 시작된다는 사실을 죽은 이들만큼 분명하게 알지는 못한다.

우주 곳곳에는 지금의 우리보다 훨씬 진보한 문명이 펼쳐져 있고, 거기 사는 많은 존재들은 죽은 이들이 알고 있는 것만큼 많은 지식을 갖고 있다. 우리가 상상할 수 있는 모든 것에 대해서 말이다. 이 책을 몇 장 읽다 보면 금세 이해되겠지만, 바로 이 순간에도 죽은 이들은 산 사람보다 엄청나게 넓은 시야視野와 높은 의식 수준을 갖고 있다. 쉽게 말해 죽은 이들에겐 훨씬 더 많은 것이 보인다. 그들은 자신이 삶을 선택했다는 사실을 기억한다. 사랑했던 일도 기억한다. 그 사랑은 피할 수 있는 것이 아니었고, 영혼을 어루만져 주었으며, 장엄한 것이었다.

죽은 이들이 보기에 지상에서의 삶은 무지하기 짝이 없으며, 그런 만큼 우리에게 해주고 싶은 말도 많다.

우주 저쪽의 진보한 문명에 비하면 우리의 문명은 원시적인 수준에 불과하다. 죽은 이들이 무지몽매한 우리에게 전하고 싶은 이야기 열 가지를 아는 것은 매우 시급하다. 이쯤에서 사람들이 내게 하는 질문이 있다.

"당신은 그런 사실들을 어떻게 아는가?"

그냥 안다. 누군가가 당신을 사랑한다고 굳이 말하지 않아도, 당신은 그 사람으로부터 자신이 사랑받고 있다는 사실을 아는 것과 똑같다.

어떻게 알게 되었는가보다 우리가 그것을 안다는 사실이 훨씬 중요하다. 그것이 진실이기만 하면 된다. 어두운 방에 불이 켜져 있으면 그저 고맙게 쓰면 되지, 누가 그 불을 켰는지를 꼭 알아야 할 필요는 없지 않은가 말이다.

삶과 죽음에 관련된 문제에 있어서도 마찬가지다.

중요한 건 진실이지 그것이 어떻게 발견되었는지는 중요하지 않다. 그리고 무엇보다 중요한 것은 그 진실에 따라 사는 것이다. 진실을 한시라도 빨리 행동에 옮길수록 당신이 누리는 평화는 더 크고 깊어진다.

논리적으로, 지성적으로, 또 감성적으로 의미가 통하고 수긍할 수 있는 내용일 때 사람들은 그것을 진실로 알고 받아들인다. 하지만 최근 천 년 동안 엎치락뒤치락해왔던 진실의 여러 가지 버전을 생각해보면, 진실은 쉽게 혹은 흔히 만나지는 것이 아니다.

진실을 찾아내면 당신은 해방되어 충만한 힘을 갖게 되고, 명료함과 기쁨, 사랑을 느끼며 당신을 괴롭히던 모든 혼란에서 벗어나게 될 것이다. 그리고 그때부터는 갑자기 어디서나 진실의 증거가 보일 것이다. 바로 당신의 코앞 가까운 곳에도 진실의 증거들이 그득하다! 당신의 코 자체도 진실의 증거임은 말할 것도 없다. 아마 당신은 행복에 겨워 춤을 출 것이다. 그것도 아주 오랫동안.

만약 죽은 이가 1분만 말할 수 있다면

당신은 행복해질 준비가 되었는가?

이 책은 당신이 평생 동안 말없이 느껴온 사랑의 진실 안에서 춤추는 일에 관한 것이다. 두려워할 필요는 없다. 내 설명을 따라오기 위해 눈먼 믿음이 필요하지도 않다. 지금부터 내가 하려는 일은, 내가 알게 된 모든 것을 약간의 논리와 상식으로 설명해서 당신과 공유하려는 것뿐이다. 우선 아래 질문을 읽어보라.

+ 만약 당신이, 대부분의 양자 물리학자들이 생각하듯 시간과 공간이 환상이라 생각한다면

+ 만약 당신이, 살아 있는 사람 중 92%가 믿고 있는 것처럼(*2007 Pew study) 육신이 죽은 후에도 우리가 여전히 존재한다고 믿는다면

= 죽은 이들이 살아생전 자신이 사랑했던 사람들, 넓게는 인류 전체를 격려하고 편안하게 해주려는 간절한 마음 상태일 것이라 추측할 수 있지 않을까?

분명 당신은 'Yes'라고 답했을 것이다. 그들이 일생을

마친 직후, 놀랍게도 자신들이 계속 존재한다는 사실을 자각하게 되면(그것도 개성과 유머 감각까지 유지한 채로 말이다), 산꼭대기에 올라가 환희의 함성을 지르고 싶어 할 것이란 정도는 쉽게 예상할 수 있다. 자신이 저지른 죄와 당황스러운 실수들에도 불구하고, 사랑으로 몸을 씻고 삶이 무엇인지에 대해 더 많은 것을 알게 된 그들이 진실을 알려주고 싶어 안달이 나는 게 당연하지 않은가?

세상을 떠난 이가 당신 자신이라고 상상해보자. 여전히 존재하는 당신은 지상의 삶을 엿보며 당신의 궤적을 따르게 될 문상객들이 쏟아내는 비통과 소란을 지켜보고 있다. 진실을 알게 된 기쁨에 흐르는 눈물이 당신의 뺨을 적시며 흐른다.

맙소사! 갑자기 지상에 남겨진 사람들에게 돌아가는 것보다 중요한 일은 없다는 생각이 든다. 다 괜찮으니 소란을 멈추라고 그들에게 말해야 한다!

"모든 것이 다 최고예요! 여러분은 죽지 않아요! 우린 나중에 만나게 됩니다! 여러분은 아직 살아서 할 일이 많아요! 꿈을 놓지 말아요! 계속 살아가세요! 계속 사랑하라고요!"

죽은 이로부터 이런 메시지를 전해 받을 수 있다면,

살아 있는 사람들의 '삶'은 환상적으로 그리고 영원히 바뀌지 않을까? 이별에 가슴 아파하는 사람들을 진정시키고, 사랑하며 살라고 격려할 수 있는 존재가 죽은 이들 말고 또 누가 있을까?

우리는 철부지가 되기로 선택했다

세상을 떠난 후, 세상의 거의 모든 종교가 묘사하고 있는 신神의 자취나 흔적 따위는 없다는 사실을 발견한 존재들은, 살아 있는 사람들에게 진실을 알려주고 싶은 강력한 충동에 사로잡힌다. 세상의 온갖 종교와 경전들의 묘사와 주장을 생각해보면, 사후세계에 신의 모습이 보이지 않는다는 것은 정말이지 굉장한 소식이다.

하지만 오해하지 말기 바란다. 신이 없다는 말은 아니다. 당연히 신은 존재한다. 다만 눈먼 사람들을 이끄는 눈먼 자가 가르치는 방식으로 존재하는 것은 아니란 얘기다. 진리를 표현하려고 할 때, 말은 제 역할을 못하는 경우가 많지만, 최대한 진실에 가깝게 표현하자면 이렇다.

신은 존재하는 것 모두의 합the sum of all that is이다.

다시 말해 모든 목소리, 모든 심장 박동, 모든 남자와 모든 여자, 모든 아이, 모든 동물, 모든 곤충, 모든 바위와 행성, 모든 먼지와 티끌, 그리고 시간과 공간을 벗어난 지각 있는 모든 존재까지, 이 모두의 총합이 신이다.

만약 내게 "무엇이 신이 아닌가?"라고 묻는다면 대답하기가 더 쉬울 것이다.

"신이 아닌 것은 없다!"

그런데 당신은 이런 결론을 알고 있지 않았는가? 당신이 줄곧 짐작했던 바로 그 답이다. 진실과 마주치면 우리는 그것이 진실인 줄 알게 되어 있다. 진실이 핏속을 흐르며 우리의 DNA를 형성하기 때문이다. 그렇기 때문에 우리는 하려고만 하면, 거대한 질문을 숙고하거나 새로운 생각과 접할 때 결국에는 우리 핏속을 흐르는 그 진실을 기억해낼 수 있다.

진실은 추상적이지도 일시적이지도 않다. 우리가 누구이고 무엇인지가 진실이다. '진실'이 삶의 형태를 취한 것이 바로 우리들이니 말이다.

진실은 객관적이다, 실재한다, 단순하다. 로마로 가는 길은 무한하지만, 그중 어떤 길도 로마를 바꾸지는 못한다.

우리는 진실을 만나면 그것이 진실인 줄 안다. 우리

가 우리 문명의 영적인 발달 초기 단계에 삶으로 뛰어드는 일을 결행했던 이유는 그것뿐이다. 하지만 평소 우리의 성향이라면 만지고, 맛보고, 보고, 듣고, 느낄 수 없는 곳이라면 가볼 엄두도 내지 않는다. 우리는 동굴 생활을 하던 인류보다 많이 진화했다고 생각하지만, 실상 그렇게 다를 것이 없다.

그 시대를 사는 사람들의 수준이 시대를 정의하는 기준이라면, 우리는 원시인이다. 그런데 우연히 원시인이 된 것이 아니라, 원시인이 되기로 스스로 설계했다. 우리가 이런 식으로 살게 될 것을 알고 있었다는 말이다. 우리 인류는 영성의 발전 단계 중 초기 모습만을 의도적으로 선택했다. 나중에 초인超人의 모습을 연출하기 위해 지불하는 대가의 일부일지도 모른다. 아니면 나중에는 지금 존재하는 가능성이 같은 방식으로 존재하지 않을 것이라 생각해서일 수도 있다.

아무튼 우리가 이렇게 존재하고 있는 현재는 아주 중요하다.

우리 인류는 시간과 공간의 정글 안에 존재하는 철부

지들이다. 우리를 둘러싼 세계를 두려워하는 것도 이해가 된다. 우리는 스스로 약한 존재라 여기며, 거의 전적으로 신체 감각에만 의지해 세상 모든 것에 이름 붙이고 정의하면서, 자신이 열심히 진화하고 있다고 믿는다. 아이고, 머리야!

우주의 비밀 풀기

우리가 철부지로 태어난 것은 사실이지만, 그 상태에 머물러 있어야 할 이유는 없다. 우리의 무지한 상태는 나름대로의 가치가 있다. 우리는 환영에 마음을 뺏긴다. 판타지의 매력이라고나 할까, 게임이 시작된 것이다. 그러나 어느 시점이 되면 자전거를 배울 때 필요했던 보조 바퀴는 필요 없어진다. 오히려 우리를 뒤처지게 만들 뿐이다. 하염없이 눈물이 흐르고 공연히 가슴이 찢어진다. 그렇다면 지금은 우리의 궤도를 바꿀 때이고, 죽은 이들의 말에 귀 기울일 시간이다.

우리보다 세상을 먼저 떠난 이들은 피를 나눈 형제들보다 훨씬 친근하며, 우리들 삶의 학습 곡선을 가능한 빨리 끌어올리고 싶어 안달하는 맏형이나 큰 언니 같은 존재들이다. 어쨌거나 머지않아 우리의 역할은 뒤바뀔 것이다.

　지금 그들은 당신이 필요로 하는 넓고 깊은 시야視野와 관점을 갖고 있고, 당신은 죽은 이들이 필요로 하는 것(그들이 다시 오게 될 세상)을 갖고 있다. 게다가 우리는 한 가족이고 서로를 사랑한다.

　단언컨대 죽은 이들이 당신에게 전하고 싶은 이야기는 고압 전류처럼 짜릿한 것이다. 존재 전체를 변형시키고, 두려움을 없애고, 기쁨에 사무치게 만드는 이야기다. 다시 말해 당신이 누구인지, 당신이 어떻게 여기에 오게 되었는지, 여기서 당신이 존재하는 시간 동안 무엇을 할 수 있는지에 대한 진실이다.

　물론, 죽은 이들은 당신이 들을 수 있는 목소리로 말할 수 없다.

　노트에 기록할 수도 없고, 인터넷으로 접속할 수도 없다. 그러니 괜찮다면 내 말을 믿고 따라주었으면 한다. 당신과 마찬가지로, 나 역시 평범한 면도 있고 좀 이상스러운 구석도 있는 사람이다. 당신과 다른 점이라면 조금 더 많은 것을 기억한다는 사실이다. 나는 이번 삶에서 다른 이들보다 많은 것을 기억하기로 선택했다고 믿고 있다.

아울러 나는 그런 삶에 적합한 사고방식과 부모를 선택했다. 엄청나게 기억을 증진시키는 일이며, 질문을 던지고 수수께끼를 풀기 위해 애쓰며 진실에 다가가는 일에, 53년의 생애 중 40년을 기꺼이 바치는 성향을 포함해서 여러 가지 상황을 스스로 선택한 것이다. 지난 40년 간 내 삶의 주된 목표는 내가 발견한 사실에 따라 사는 것이었다. 시간을 초월한 영원의 응답들을 내 생활에 적용하고, 내 자신의 행복과 번영을 위해 삶을 구체적으로 형상화하는 것이다. 하지만 놀랍게도 지난 14년간 나는 현실의 본질을 가르치는 전임 교사가 되었으며, 내가 가르친 내용의 본보기로서 살아왔다. 우연일까? 그런 것 같지는 않다.

나는 10대 시절에 탐구를 시작했다.

플로리다 대학에 들어가면서부터는 죽음에 대해 본격적으로 숙고하기 시작했다. 왜 우리는 죽는가? 누구나 죽는가? 영원히 사라지는가? 정말 그런가?

그 즈음 어머니가 책(이 책의 말미를 참고하라)을 보내주셨다. 그 책의 내용들이 나의 직감이며 예감과 합쳐지자 내가 품었던 의문들에 대한 해답이 드러났고, 나의 세계관은 크게 흔들렸다.

죽음에 대한 의문과 탐구는 분명히 삶에 관한 많은 진실을 가르쳐준다. 문을 두드리고 돌을 뒤집어보는 것과 같은, 실제 행동들과 결합된 마음을 여는 과정이 당신을 대전환의 번개를 끌어들이는 피뢰침으로 만든다. 진실만큼 당신을 자유롭게 하는 것은 없다. 그리고 진실만이 당신을 해방시킬 수 있다는 사실을 모르는 것만큼 더 당신의 발목을 잡는 것도 없다.

앎이 힘이다. 앎은 상처를 치료하고, 빈 것을 채우고, 혼란을 정리하고, 무거운 것을 가볍게 만들고, 친구를 모으고, 하찮은 것을 황금처럼 가치 있게 만들고, 태양을 떠오르게 한다. 진실에 귀 기울일 줄 알고, 진실에 가슴 뛰는 사람은 누구나 슈퍼쿨해피러브씽supercoolhappyloveth-ing이 된다. 물론 이 단어는 내가 만들어낸 것이다.

하지만 실재를 가르치는 교사인 나는 사실을 만들어내지는 않는다. 명명백백한 것을 함께 나눌 뿐이다. 재미있게 만들기 위해 노력은 한다. 예를 들자면, 지난 12년간 나는 매일같이 '우주로부터의 쪽지Notes from the Universe'라고 이름 붙인 무료 이메일을 보내고 있다. 진실의 작은 조각들을 진지하게, 때로는 유머로 포장해서 전하는데, 현재 거의 60만 명이 구독하고 있다. 나는 책을 쓰고, 음성 파일을 녹음하고, DVD를 찍고, 글로벌 토크쇼를 진행하기도 한다.

물론 내가 우주의 모든 비밀을 푼 것은 절대 아니다.

나는 우리 집 멍멍이나 앞마당의 삼나무보다 아는 것이 적다. 하지만 중요한 질문에 대한 답은 안다. 우리가 누구이고, 왜 그런 존재이고, 어떻게 이곳에 왔고, 삶을 변화시키기 위해 무엇을 해야 하는지 말이다. 누구에게나 필요하고, 이미 많은 사람들이 갖고 있는 답들이다.

어쨌거나 당신은 우주 안에서 우리의 위치와 삶에 대해 알 수 있게 되기를 바라지 않았던가? 정말 알 수 있을까? 과거와 미래를 전부? 나의 경험과 실험에 따르면 분명히 그럴 수 있다. 그것이 이 책의 주제다. 다시 말해 진실을 알고 그 진실에 따라 두려움을 이겨내고 깨어 있는 의식으로 삶을 만들어 가는 것이다. 이것이 죽은 이들이 '살아 있으면서(깨어난 상태에서) 당신을 걱정하는 사람들'과 함께 간절한 마음으로 당신이 알게 되기를 바라는 것이고, 지상에서 번영하기 위해 필요한 것들이다.

죽은 이들이 자신이 예전에 갔던 곳을 다시 방문하거나 앞으로의 일을 연구하지 않을 때(즉 비번일 때), 가장 좋아하는 일은 외야석에 앉아 당신을 응원하는 것이다. 소파 옆자리에 앉아 당신의 눈물을 닦아주는 일이 아니다. 비유적으로 하는 말이 아니라, 진짜 말 그대로다. 죽은 이들은 당신과 인류를 지켜보고 있다. 당신이 어둠 속에서 갈팡질팡할 때 그들은 자신의 이마를 치기도 하고, 흥분해서 무릎을 주먹으로 내리치기도 하면서, 큰 소리로 조언을 하기도 하고 당신 귓가에 부드러운 말을 속삭이기도 한다.

끝까지 읽거나, 손도 대지 말거나

나는 진실을 발견했고, 당신이 진실을 발견할 수 있도록 도우려 한다. 나는 그 진실이 절대적이고, 단순하고, 충분히 알 수 있는 것이라 믿는다. 내가 공유하려는 것의 전부 혹은 일부에 당신이 동의하든 말든, 이 책은 누구라도 더 행복한 삶을 살도록 도와주는 통찰과 넓은 시야를 제공한다. 그것도 바로 당장 말이다! 이 책은 삶의 의미와 사는 방법을 이해하기 위해 이성적인 접근을 포함한다. 당신은 그것이 진실임을 첫눈에 알아볼 것이며 확대 해석이나 과잉 정당화, 과잉 분석 없이 액면 그대로의 풍요롭고 명백한 삶, 기적, 행복을 받아들일 수 있을 것이다. 당신은 자신의 운명을 조종할 수 있는 더 흥미롭고 힘 있는 핸들을 갖게 되는 것이다.

이 책은 결코 초자연 현상을 신봉하는 방식을 따르지 않는다. 나는 우주 법칙이나 예언보다는 회계 장부의 대변과 차변에 더 익숙한 사람이다. 나는 당신에게 느낌만으로 모든 것을 평가하라고 하지는 않을 작정이다. 그 대신에 더 자다가는 아침을 거르게 될 잠든 동료를 지켜보는 심정으로, 혹은 '지구 모험대'의 일원으로서 당신의 옆구리를 쿡 찌르기도 하고, 어깨를 부드럽게 흔들기도 할 것이다. 어서 잠을 깨서 뭔가 믿을 수 없는 일이 일어나고 있음을 보라고 재촉할 것이다. 지금, 절대적으로 경이로운 어떤 일이 일어나고 있다. 그리고 그 모든 일의 중심에 당신이 있다.

항상 있어 왔지만 때로는 인지되지 않는 온화한 지성知性, 지구 중심에서부터 우주의 먼 끝까지 어마어마하게 광대한 현실에 스며들어 있는 지성이 존재하고, 단지 우리가 탐지할 수 있는 것만으로도 측량할 수 없는 범위와 얼핏 불가능해 보이는 장대함이 있음을 고려한다면, 이렇게 말하는 것이 안전할 것이다.

"모든 일에는 이유가 있고, 실수는 없었다. 사랑은 모든 것을 더 나아지게 하며, 아직 이해되지 않은 것도 언젠가는 이해될 것이다."

우리에게도 이 온화한 지성이 스며들어 있다는 사실과, 지금까지 삶에서 얻을 수 있었던 명명백백한 증거들을 인정할 때, 우리는 의미 있고 심오한 수준까지 뜻대로 그 지성을 지배할 수 있을 것이다.

일찍부터 나는 질문하고 질문하면서(의심할 바 없이 이런 일은 당신의 삶에서도 일어났다), 한 질문에 대해 오랫동안 숙고할수록 더 필연적으로 그 답을 얻게 된다는 사실을 알 수 있었다. 나는 전통적인 방식으로 '우연히' 손에 들어온 책 속에서 답을 얻은 경우도 있고, 불가사의한 형식으로 내게 스며든 답을 얻기도 했다. 나는 지금 당신이 찾아낸 답 역시 필연적이라 얘기하고 있다. 하지만 내가 이 책에서 다룰 내용들을 고려하면, 당신은 이전에 한 번도 생각 못했던 방식으로 이 주제들을 숙고할 준비가 되었음이 분명하다.

단, 당신이 책 전체의 맥락을 무시하고 구절, 문장, 단락에 집착하면 혼란스러울 뿐만 아니라 책의 진정한 의미를 오해할 수 있다는 점을 잊지 말기 바란다. 그러니 이 책을 처음부터 끝까지 차례로 읽어가거나, 아니면 손도 대지 말 것을 강력하게 권한다. 그냥 책을 거실 바닥에 굴러다니게 하라. 그러면 어느 날 독서광인 친구가 이 책에 '꽂혀서' 한꺼번에 다 읽고, 그 내용을 당신에게 전해주게 될 것이다.

마지막으로 이 책이 죽은 이들 모두를 대변하는 것은 아님을 밝혀 둔다. 죽은 이들 가운데는 자신들의 이해가 부족했던 삶의 본질에 관심을 갖기보다는, 헛된 복수를 도모하거나, 존재하지도 않는 악마 루시퍼를 피해 다니거나, 좋아하는 예언가의 사진에 대고 애걸하는 일에 정신이 팔린 존재들도 분명 있다. 결국엔 그들도 깨달음에 이를 것이다. 모든 사람이 깨달음에 이를 것이란 사실은 낮이 가고 나면 밤이 오는 것만큼이나 명확하지만, 죽음이 자동적으로 깨달음을 가져다주지는 않는다.

죽음이란 지상의 삶을 살았던 사람들이 다시 모여 경험을 공유하고, 웃고, 울고, 스스로를 평가하고, 계획을 세우고, 다음에 할 일을 준비하는 일종의 재정비 단계다. 그러므로 앞으로 이어질 내용은, 단순히 경험 덕분에 '앎의 상태에 존재하게 된' 죽은 이들로부터 온 지식

이며, 삶을 더 행복하게 만들기 위해 진실을 배울 준비
가 된 사람들에게 손을 내밀고 싶어 하는 '오래된 영혼
들'로부터 온 것이다.

당신과 함께 삶의 모험을 하고 있는 동료
마이크 둘리

Chapter I

우리는 죽지 않았다!

남겨진 이들에게 간절히 전하고 싶은 말

이상하게도 사람들은 자신이 알고 있는 것을 간절히 말하고 싶어 한다. 그렇게 함으로써 알고 있는 것을 더 생생한 현실로 만들 수 있는 것처럼 행동하는 것이다. 이것이 바로 죽은 이들이 당신에게 전하고 싶은 첫 번째 말이 '우리는 죽지 않았다'인 이유이다.

아무도 죽지 않는다. 영원히 죽지 않는다.

당연히 당신도 그렇다.

당신은 영원히 살 것이고, 현실 세계는 물론 상상할 수 없는 무한한 차원들을 신나게 옮겨 다니고, 모든 잘못을 용서받고, 사랑의 힘으로 앞으로 나아가며, 온갖 가능성을 펼치고, 유니콘과 무지개에 둘러싸여 신이나 여신처럼 찬양받게 될 것이다. 믿기 어렵겠지만 정말 그렇다. 당신은 진실을 완전하게 누릴 자격이 있다. 당신이 유니콘을 원하면 유니콘을 갖게 된다.

모습이 변하고 에너지는 바뀔 수 있다. 하지만 연하장의 개수가 점점 줄어든다는 사실조차 당신이 이미 알고 있는 사실을 곱씹게 만드는 깊이와 투명성을 갖는다. 최근에 헤어진 사랑하는 사람들이 '더 좋은 곳'에 있음을 알게 되는 것이다. '정말 그럴까'라는 의심으로 자신을 괴롭히고 고문하는 동안에도, 모든 종교는 삶이 영원하다고 앵무새처럼 되풀이하고 있지 않은가 말이다.

이미 과학자들은 물질이 견고하지 않으며 에너지로 '조직된organized' 것임을 증명하지 않았는가? '조직된'이란 말은 고도로 효과적이고, 포괄적이고, 함축적인, 마치 폭발할 것 같은 용어다. 당신이 밤에 꾸는 꿈은, 물질로 이루어진 몸과 의식 사이에 명백한 분리가 있다는 사실을 암시하고 있다. 가장 끈질긴 회의론자조차 입을 다물게 하는 초자연적 사건들도 이미 충분하게 일어났다.

그러나 죽음 이후의 삶과 사랑 넘치는 초지성超知性을 믿는다고 해도 우리가 인간의 모습으로 경험하는 삶 속에서, 사랑하는 이가 죽음을 맞이할 시간이 다가오면 점점 위축되는 것 외엔 할 수 있는 일이 거의 없다. 사랑하는 이의 죽음은 물질적 의미에서의 이별, 그것도 영원한 이별이다.

얼마 전까지만 해도 출근하거나 학교를 가기 위해 집을 나서는 그에게 작별 인사를 건네면서, 당신은 미소를 지을 수 있었다. 그러나 죽음이 닥치면 한없는 공허함과 참담함만 있을 뿐이다.

이제는 진실만이 당신을 도울 수 있다. 그것도 수정처럼 투명하고, 절대적이고, 단순하고, 확실한 진실이어야 한다. 그리고 그런 진실은 존재한다. 지브롤터의 바위The Rock of Gibraltar(대서양과 지중해 사이의 지브롤터 해협에 면한 거대한 바위산으로 유럽의 선원들은 이 바위가 보이면 '집으로 돌아왔다'고 느끼고 안심했다고 한다─옮긴이 주)보다 더 견고하고 의지할 만한 진실이 있다.

죽은 이들이 당신의 내면에 이 진실을 주입할 수는 없지만, 당신이 마음을 연다면 내가 이 진실을 드러내 보여줄 수 있고, 당신이 그 진실에 이를 수 있도록 발판을 놓아줄 수 있다.

연역적 추론을 통해, 이미 알려져 있는 과학적 지식들을 연결하고, 단순화하고, 추론하고, 결론을 내리는 것으로 충분하다. 그러면 당신은 곧 누려야 마땅할 왕좌에 앉게 될 것이고, 영원히 지속되는 평화(죽음이라는 이름으로 알고 있던 괴물에 의해 흐트러지지 않는 영원한 평화) 가운데 살게 될 것이다. 모든 '작별 인사'는 새로운 '만남의 인사'를 의미하며, 작별 인사가 강렬할수록 새로운 만남은 더 장대하다.

태어나기 전의 나는 무엇인가?

우선 명백한 사실로부터 시작하자. 바위와 같은 무생물체는 결코 개성을 갖는 존재로 진화할 수 없다. 무생물체에게 좋아하는 색깔, 친한 친구가 있을 리 없다. 왜냐고? 의식은 물질에 의해 창조되거나 생성되지 않기 때문이다. 의식은 실험실에서 생겨나지도 않고, 역사상 자연 속에서 의식이 생겨난 적도 없다. 의식이 존재한다는 사실은 의심의 여지가 없지만, 의식이 물질로부터 기원했다거나 물질 때문에 존재한다고 가정하는 것은 터무니없다.

그러므로 의식이 물질(물질적 존재는 시간과 공간에 의해 포착되고 정의된다)로부터 독립적이라는 것은 시간과 공간으로부터도 독립되어 있음을 의미한다. 의식의 더 큰 의미가 무엇이든, 우선은 의식이 시간도 없고 형상도 없는 실재라는 것은 분명하다. 그렇지 않은가? 쉽고도 자연스럽지 않은가? 그리고 여기서 별 노력을 들이지 않고도 꽤나 분명한 그림이 그려진다.

형상도 없고 영원한 존재인 당신은 지금 일시적으로 물질로 된 육체, 즉 화학적이고 유기적으로 지구를 구성하는 물질로부터 빌려서 만든 몸을 소유하고, 당신의 비물질적 에너지와 개성을 그 육체에 싣고서, 공간과 시간을 통해 여행하는 '삶'이란 경험을 하고 있다. 어떤가, 멋지지 않은가?

"잠깐! 진도가 너무 빨리 나가는 것 같습니다만."

아마 당신은 지금 이 시점에서 내 말에 끼어들고 싶을 것이다. 당신이야말로 잠깐 기다리면 된다. 우리는 지금 이 책 전체를 위한 사례를 조립하고 있는 중이다.

그러니 잠시 악마의 변호인devil's advocate(활발한 논의가 이루어지도록 일부러 반대 입장을 취하는 사람-옮긴이 주) 역할을 해보자. 만약 현대의 많은 사람들이 생각하듯 '죽은 것'이 진짜 죽은 것이라면, 즉 불이 꺼지고 모든 것이 영원히 끝나는 것이라면, 태양 아래 있는 모든 것이(아니 태양까지 포함해서) 상대적으로 무가치하고 어리석다는 뜻인가? 만약 삶이 본질적으로 무의미하다면, 삶 자체의 근원도 지성이 없다('어리석다'는 표현의 진짜 의미)는 것이 된다. 당신도 알다시피, 지성이 없다면 이 하찮은 삶은 순수한 우연일 뿐이란 얘기가 되고, 지금 존재하는

매일 해가 뜨는 이유,
당신이다.
빈말이 아니고
문자 그대로다.

당신 역시 무작위적이란 의미다. 당신이 지금 꽤 좋은 시간을 누리고 있다면 상상할 수 없는 행운을 맞은 셈이다. 만 번의 생 내내 매주 로또에 당첨될 확률 같이 통계학적으로 말도 안 되는 행운이다.

물론 그럴 수도 있다.

다시 우리가 출발했던 곳으로 되돌아가보자.

만약 '죽음'이 '죽음'이 아니고 당신이 변신을 계속한다면, 긍정적이고 절대적으로 시간과 공간이 근본적인 현실이 될 수는 없다는 의미가 아닐까? 그렇다면 다른 곳 어디에서는 시간과 공간을 초월하여 자유롭게 존재하지 않을까? 이런 가정이 옳다면 우리가 환상 속에 존재하는 데에는 어떤 이유와 질서가 있어야 한다. 질서가 있다는 것은 의미가 있다는 것이다. 다시 새로운 각도에서 모든 증거를 종합하면 지성은 시간, 공간, 물질과 관

계없이 독립적으로 존재한다.

　이 점을 염두에 두면서, 너무 많은 결론을 내리지 말고 명백한 사실들을 찬찬히 바라보며 진실을 향해 다가가자. 당신도 더 많은 것을 알아내는 방법을 터득하게될 것이다. 지금 어떤 일이 일어나고 있는지를 정확히 이해하는 것보다 더 중요한 일은 이 세상에 없다는 사실을 알게 될 것이다. 이 책은 당신을 그곳으로 데려가고 있는 중이다.

오캄의 면도날

　윌리엄 오캄William Ockham은 14세기 잉글랜드 서리Surrey에 있는 마을 오캄 출신의 프란치스코회 수사이자 학자, 신학자였다. 그는 어떤 주제에 대해서든 진실에 도달하는 가장 단순한 도구를 고안한 것 하나로 유명한 사람이다(논란의 여지는 있지만 말이다). 그가 고안한 도구가 바로 '오캄의 면도날Ockham's Razor'이다. 면도날은 바람직하지 않은 것을 제거해주는 도구다. 여기서는 의심, 거짓말, 신빙성 없는 정보 같은 것들을 제거하는 도구를 의미한다. 뜻을 해석하자면 다음과 같다.

경합하고 있는 두 개 이상의 이론들 중에서,

더 단순한 것이 옳을 가능성이 높다.

오캄이 말한 핵심은, 어떤 문제에 관해서든 진실에 도달하려면 단순함을 유지하라는 것이다. 너무 많은 점들을 연결하지 말라. 평화로운 느낌과 확신을 갖기 위해 필요한 것이 아니라면 어떤 전제를 받아들이거나 옆으로 새지 말라. 불필요한 전제나 탈선에 의해 점을 연결하게 되면, 처음에 달성했던 투명성이 훼손될 수 있다.

시간과 공간은 무한한 진실들(일부는 알려져 있고 대부분은 알려지지 않은 상태인데, 두 가지 모두 논란의 여지가 있다)을 포함하고 있지만, 사실상 모든 사람들이 평화로운 느낌과 확신을 갖고 동의하는 명제에 연결되는 점 하나가 존재한다.

점 1: 오늘은 날씨가 좋다.

동의하는가? 만약 비가 오고 있다면, 비가 와서 좋은 점을 보기 바란다. 물론 당신은 즉각적으로 반론할 수 있다. '태풍과 폭우로 고통을 겪고 있는 지역도 있는데, 그런 곳은 예외란 말인가?' 하고 말이다. 물론 고통스러운 예외가 있을 수 있다. 하지만 개별 생명체들이 자신만의 골치 아픈 문제에 시달린다 해도, 이 행성에서 생명의 형태로 존재하는 다수가 경험하는 것을 전반적으로 고려하면, 날씨가 좋다고 하는 것이 공평하지 않을까?

당신이 어디에 존재하든 날씨는 좋았거나, 좋거나, 좋을 것이다.

지상의 삶에 관한 이 같은 진실을 드러내고 보니, 날씨가 좋다는 명제는 상당한 정도의 견인력을 갖고 있지 않은가? 의사 결정의 근거가 되고, 경로 작성과 계획 수립에 쓸 수 있는 정보도 생기고 말이다. 어쨌거나 지식은 힘이다. 오늘 날씨가 좋다면, 어제도 좋았을 것이고, 추론에 따라 내일도 좋을 것이니 당신은 그것을 즐기기만 하면 된다. 그러니 밖으로 나가 세상으로 뛰어들어라. 친구를 찾아내고, 매 순간을 움켜쥐고, 생명의 춤을 추어라. 점을 연결하는 힘을 포착하라.

이제 오감이 말하려는 바를 알았으니, 좀 더 많은 불필요한 점을 연결해보자.

점 1: 오늘은 날씨가 좋다……

점 2: ……그것은 폭풍 전의 고요함 때문이다.

자, 날씨가 좋을 수도 있고 아닐 수도 있다. 어쩌면 당신은 위기에 대처하기 위해 서둘러야 할 수도 있다. 예전에 위기를 한 번도 겪지 않고 잘 지내왔기 때문에 즐겁고 희망 찬 기분을 유지하는 것이 최선이라고 생각할 수도 있다.

당신은 뭔가 부족한 점, **불필요한 점**을 하나 더 연결함으로써 어떻게 논리의 기반이 허물어지고 견인력을 잃게 되는지를 보고 있다.

이해가 안 된다면 새로운 점을 연결해보자.

점 1: 오늘은 날씨가 좋다……

점 2: 어젯밤 당신은 어머니에게 전화했고, 끝내 참을성을 잃지 않았기에 신神께서 청명한 햇살과 시원한 산들바람을 상으로 주신 것이다.

앗, 느닷없이 신이 등장했다. 게다가 판단도 포함됐다! 근처에서 이 좋은 날씨를 만끽하고 있는 다른 사람들은 자신도 모르는 사이 당신의 '착한' 행동에 대한 보상의 수혜자가 되어 버렸다. 당신이 어머니에게 전화하는 것을 잊었거나 통화 중에 **짜증**을 냈다면, 다른 사람들은 어떤 날씨를 맞이했을까?

점 하나를 연결했을 뿐인데, 논리의 기반이 허물어지고 말았다. 현대를 사는 사람들의 철학적 작업 방식에 따르면(이것이 문제다), **대부분의 점들과 연결된 사람**이 진리에 가장 가까이 있다. 혹은 일부 집단의 표현에 따르면, **신과 가까이 있다!** 명제에 집착하는 사람들은, 의심스럽고 불확실한 점들에 근거해서 다른 사람들을 자신과 연결시키려 획책하는 테러리스트나 극단주의자인 경우가 많다.

다른 사람들을 당신의 점에 연결되도록 허용하는 것은 그들의 원칙에 따라 살겠다는 뜻이다. 오캄의 면도날을 품고 내면으로 들어가면, 당신 자신의 문제에 대한 답을 얻을 수 있다.

당신이 떠나온 그곳

시간과 공간이 상대적이라 해도, 당신은 별 문제 없지 않은가? 그리고 사람은 제각각 다르지 않은가? 그러니 세상 모든 것은 견고하기보다는 환영에 더 가깝지 않을까? 밖으로 보이는 것과는 다르게 말이다.

점 1: 시간과 공간은(그러니 물질까지도) 환영이다.

시간과 공간이 신기루와 같다면, 그 환영을 지탱하거나 생겨나게 만드는 영역이 존재해야 할 것이다. 사막이 있어야 신기루가 생기듯, 어떤 기준이나 바탕에 가까운 무엇 말이다. 당신이 그런 영역에 대해 이해하거나 많이 알아야 한다는 얘긴 아니지만(그러려면 너무 많은 점이 필요하다), 그런 기준이 있어야 한다는 사실은 확실하다. 그렇다. 환영에 선행하거나, 환영과는 독립적으로 존재하는 차원은 필요하다.

점 2: 시간도 공간도 존재하지 않는 영역이 있다.

시간, 공간, 물질, 그리고 당신 자신보다 '선행해 존재하는' 영역에서 당신이 찾아낼 수 있는 한 가지는 무엇일까?

많고도 많은 점들이 있고, 그 점 모두는 도저히 연결

할 수 없을 것처럼 보인다. 바로 여기가, 진실을 탐구하는 과정 중에 압도당하면서 '답을 찾는 건 다른 사람들이나 하라지' 하고 포기하는 지점이다. 하지만 두려워할 것은 없다. 최소한 우리가 연결할 수 있는 점 하나는 있기 때문이다. 그 점은 전혀 불편하지 않고, 존재할 것 같지 않다는 두려움도 없고, 강요당하는 느낌도 없다.

그것은 '자각Awareness'이다. 그렇지 않은가?

자각의 어떤 형태, 지성intelligence이라고도 부르는 것은(몇 페이지 앞에서 당신은 어리석음에 반대되는 것이 지성이라고 동의한 바 있다) 시간·공간·물질 이전에 존재하는 것이 틀림없다. 원한다면 이것을 신神이라 부를 수도 있지만(그게 그거다. 이름이 달라도 작용은 같다), **제발 아직은 그렇게 부르지 않았으면** 한다. 사람들은 흔히 깊이 생각도 해보지 않고 그것을 신이라고 부르는 짓을 한다. 하지만 '신'이란 각자의 다른 신념을 대표하는 엄청나게 다른 점들의 집합이어서, 누구에게도 완전히 인식할 수 없는 대상이 된다.

점 3: 시간·공간·물질, 그리고 당신 자신에 '선행하는' 영역에서, 당신은 '자각' 혹은 신이라 불리는(아직은 신이라 부르지 말자) 것을 발견하게 될 것이다.

그렇다. 이것들은 우스꽝스러울 정도로 간단한 점이지만, 상상할 수 있는 한 가장 심오하고도 중요한 본질을 가리킨다. 이 명백한 진술에 동의하고 받아들이는 것이 아주 중요하다. 삶의 행복과 자유가 그에 따라 좌우되기 때문이다. 우주 안에서의 당신의 현존現存에 관해 최선을 다해 이해하는 것이야말로 당신의 가장 큰 책임 중 하나일 것이다. 그 이해가 아무리 단순하더라도 말이다.

지금 이 상황이 마음에 들지 않아 탐구를 중지하고 싶더라도 잠시 기다려주기 바란다. 지성, 자각, 의식을 달리 뭐라고 부를 수 있을까? '생각'이라 부르는 것은 어떨까? 생각은 일반적으로 지성, 자각, 의식과 동등하게 쓰이거나, 세 가지 모두를 가능하게 하는 것이리라.

점 4: 시간과 공간 이전에서도, 꽤나 다양한 생각을 찾아낼 수 있다!

당신은 누구여야 하는가?

점 4가 의미하는 바는 지성, 자각, 혹은 생각만 있었던 '곳'에, 지금은 행성들이며 산, 바다, 사람들이 존재한다는 의미일 수밖에 없지 않은가? 그렇다면 행성, 산, 바다, 사람들은 무엇으로 만들어진 것일까?

그렇다, 당신의 짐작이 맞다! 그것들은 모두 생각으로 만들어진 것이 틀림없다. '사물things'을 만든 바탕이 바로 생각이다.

그렇다면 지금 누가 생각하고 있는지를 보라.

우리는 우리 힘만으로 앞으로 나아가고 있는 중이다.

점 5: 생각은 사물이 되었다. 생각은 사물이 된다(TBT, Thought Become Things).

'사물들'이라 말할 때 우리는 상황과 사건들을 포함시킨다. 잘 생각해보면 상황과 사건이란 실제로는 사물들이 움직인 것에 불과하다. 맞는 말 아닌가?

그래서 생각은 시간과 공간 내 모든 '사물'의 원동력이다. 생각, 다시 말해서 의식, 지성, 자각이 삼라만상의 원동력인 것이다. 혹은 이 세 가지를 신神이라고도 부른다. 하지만 더욱 환상적인 것이 있다. 만약 한때는 지성, 자각, 생각(신이라 할 수도 있다)만 있던 곳에, 다른 모든 것들과 함께 당신이 있다면⋯⋯, 당신은 누구여야 할까?

당신은 그 의식, 지성, 자각으로 구성된 존재여야만 한다. 다시 말해 당신은 신의, 신에 의한, 신을 위한 존재다. 당신 자신이 신일 수밖에 없다는 얘기다. 말 그대로, 신성Divine의 눈과 귀가 시간과 공간의 환영, 삶이라는 꿈과 함께 생명을 갖게 된 것이다.

한마디로 당신은 신이 아닐 수 없다.

원래의 자각이 아니라면 당신은 무엇일 수 있을까? 당신은 어디서 왔을까? 무엇으로 만들어졌을까? 신 아닌 존재는 있을 수 없다! 다른 것은 없다. 모든 것이 신이다. 자갈, 바다, 블랙홀, 당신, 그리고 그 밖의 모든 것이 신이다. 당신이 옥수수와 토마토를 들고 주방에 들어갔는데, 한 시간 후에 초콜릿 케이크를 들고 나올 수는 없다. 당신은 순수인식·생각·신으로 이루어진 방정식으로 시작되었다. 순수인식·생각·신에서 유래되지 않은 뭔가가 난데없이 나올 수는 없다.

점 6: 당신은 순수한 신이다.

우리는 신에 대해 별로 얘기하지 않았고, 앞으로도

많은 말을 하지 않을 작정이다. 지금부터는 신을 느슨하게 정의하고 나아가자. 즉 신은 지성이고, 당신과 모든 '사물'이 유래한(그리고 여전히 존재하는) 그것이다.

이런 결론에 대해 찜찜해 하는 당신을 돕기 위해 덧붙이자면, 신은 당신 이상의 존재다. 상상하기 어려울 정도로 무한하다. 어마어마하게 더 많은 점들이 있지만, 당신은 그리로 갈 필요가 없다. 무한한 점들이 있다고 해서 당신 몸에 있는 세포 중 어느 하나라도 순수한 신이 아닐 수 있다는 의미는 아니기 때문이다. 당신은 더 많은 점을 연결하려고 시도할 필요가 없다.

어쨌거나 지금까지 했던 이야기들이, 자신들이 죽지 않았음을 당신에게 이해시키려고 하는 '죽은 이들'에게 도움이 되고자 하는 것임을 상기하기 바란다. 당신이 실제라고 생각했던 환영에 좌우되지 않고 영원히 존재한다는 사실을 총체적으로 이해하게 되면, 죽은 이들이 죽지 않았으며 우리도 죽지 않는다는 사실을 믿게 될 가능성이 훨씬 커진다.

그러니, 꿋꿋하게 앞으로 나아가자. 태고 시절부터 인류를 괴롭혀 온 몇 가지 문제에 대한 답을 찾는 것보다 당신의 자신감을 더 향상시켜 줄 것은 없다.

당신은 왜 여기 있는가?

이건 꽤 큰 점이다. 이 질문이 당신을 불편하게 만들 수도 있다. 오래 전부터 진행되어온 세뇌작업을 감안하면 불편해도 이상할 것이 없다. 당신은 약하고 유한한 존재이고, 죄로 태어나 죄로 물든 삶을 살고, 시험당하고 심판받을 것이라는 말을 들으며 살아왔다. 억울하지 않은가? 도대체 말이 안 되는 얘기다. 그런 생각들을 물리치고, 문을 활짝 열어 놓은 채 연결할 필요가 없는 점들은 면도칼로 잘라버리자.

어렵지 않게 추론되는 당신의 천성을 감안할 때, 당신 자신이 순수한 신이므로 지금 이 시간과 공간 안에 존재하게 된 이유에 대한 설명은 하나뿐이다. 당신이 그렇게 하기로 선택했다. 당신이 신이라면, 그리고 신(자각, 생각)이 시간과 공간에 선행한다면, 당신과 당신의 일부 역시 선행해야 한다.

당신의 어떤 형태가 시간과 공간 이전에 존재했고, 지금 당신이 여기 있다면, 당신이 그렇게 하기로 했다는 설명 말고 다른 설명이 가능하겠는가? 여기 이 환영 속에 당신과 함께 존재하는 다른 사람들도 마찬가지다. 모두 자신이 선택했기 때문에 여기 있다. 진실은 이렇게 논리적이다. 말이 되고 뜻이 통한다. 당신이 강제로 여기 있게 되었다는 것이 말이 되는가, 당신이 아무 짓도 안 했는데 여기 있다는 것이 타당한가? 구름에서 떨어지기라도 했다는 것인가? 재수 없이 제비뽑기에 걸려 여기 있게 된 것이란 말인가?

점 7: 당신이 여기 있기로 선택했다.

참으로 흥미롭게도 자신이 환영을 초월해 존재한다는 것은 이해하면서도, 환영들 이전에 자신이 존재했다는 사실을 받아들이는 데는 어려움을 겪는 사람들이 많다. 하지만 시간이(공간, 물질과 마찬가지로) 당신이 창조한 환영이라면, 당신은 분명 환영 이전에 존재했다. 아주 교묘하다. 이 점에 대해 당신이 지금까지 확신하지 못하는 것은, 환영 속으로 오기 전의 과거를 기억하지 못하기 때문이다. 하지만 기억나지 않는다는 이유로 존재를 부정할 수는 없다. 그리고 아주 조금만 더 깊이 생각해보면, 그래서 점들을 연결하면, 당신이 여기 있기로 선택했다는 사실을 망각한 이유가 수정처럼 명료해진다.

그렇다, 당신은 기억하기를 원치 않았다!

불이 꺼지고, 기억상실이 시작됐다

극장에서 영화가 시작될 때, 모든 조명이 꺼진다.

왜냐고? 영화를 더 잘 보기 위해서다. 단지 눈으로만 보는 게 아니라, 마음으로도 보고 싶기 때문이다. 당신은 영화를 더 잘 느끼고 싶다. 영화의 장면마다 배우들과 함께하고 싶다. 두려움에 쫓기고, 정의를 실현하고, 역경을 딛고 일어나고, 승리하고 싶다! 두근대는 심장 고동을 느끼며 치열하게 존재하고 싶다. 다른 것은 잊고 싶다. 잠시 동안이지만 자신이 존재한다는 사실까지 잊고 싶다. 그렇게 망각함으로써 '더 위대한 당신'을 받아들이고 도약할 수 있는 것이다.

결국 영화가 끝나면 당신은 햇빛이 빛나는 밖으로 나올 것이고, 원래의 자신으로 돌아간다. 잠시 자신을 망각하는 경험을 통해 영화 속의 주인공이 됨으로써, 영화의 대본에 따라 다른 신념을 갖고, 다른 사람들과 어울리고, 다른 규칙에 따라 돌아가는 삶을 경험하면서 당신은 '더 풍요로운' 사람이 된다.

'첫 번째' 당신(시간과 공간에 선행하는 당신)은 영화를 보기로 한 이유와 똑같은 이유로 지금의 환영illusion을 선택했다. 환영의 삶 속에서 재미, 배움, 즐거움, 도전 등을 경험하기를 원했다. 그래서 당연하게도 '첫 번째' 당신이 존재했다는 사실을 잊어버렸다. 갑자기 심오하고 강렬한 드라마가 펼쳐진 것이다! 요점은 이렇다. '더 위대한' 당신이 먼저고, 환영은 그 다음이다. 당신, 혹은 당신의 더 위대한 부분이 실제로 그 환영을 창조했고, '두 번째' 당신은 순식간에 그 환영 속에서 자신을 망각했다. 이 점을 이해하면, 당신은 매일 해가 뜨는 이유가 당신 때문임을 알 수 있다. 당신은 나중 생각이 아니라, 첫 생각이었다. 그리고 장관을 연출하는 밤하늘의 별들(비록 환영이지만)이 수명을 다해 모두 사라진 뒤에도, 당신은 계속 '존재할' 것이다.

점 8: 당신은 온전히 지금의 당신이 되기 위해, 자신이 어떤 존재였는지를 망각하기로 결정했다.

이 사실이 뜻하는 바를 모호한 구석이 전혀 없는 말로 다시 표현하자면 이렇다.

당신이 이곳에 있기를 선택했다면, 그 선택은 망각 이전에 한 것이니 당연히 총명함의 절정(지금의 당신과는 비교가 불가능할 정도로 탁월한 총명함이다)에서 내린 결정이란 의미다. 그렇다는 것은 당신은 지금 여기에 존재하기로 선택했을 뿐만 아니라, 지금의 당신 모습, 정확히 지금 이대로의 당신이 되기로 선택했다는 말이 된다. 지금의 당신은 최고로 총명한 상태의 당신이 가장 원했던 바로 그 모습인 것이다! 당신은 엄청난 총명함을 구사해, 무한한 가능성들 중에서 목적, 의미, 이치에 부합하는 그런 선택을 했다.

> 당신은 정확히 지금 이대로의 당신이 되기로 선택했다. 지금 그 모습이 당신이 가장 원했던 바로 그 모습이다!

당신은 당신에 관련된 모든 것을 선택했다. 코의 모양, 뺨의 주근깨, 다리의 길이, 혹은 다리를 가질 것인지 말 것인지, 지적·감정적 성향, 성격, 그리고 당신이 가지고 있다고 주장하는 모든 것이 그렇다(물론 당신은 다른 '시간'도 갖고 있다. 당신은 영원하고, 당신의 꿈꾸는 세상은 환영이다. 이 문제는 나중에 다시 얘기할 것이다).

하지만 당신의 애초 계획이 무엇인지를 알고 모르고는 중요하지 않다. 망각은 전적으로 무의미하다.

망각으로 인해 어떤 일이 진행되는지를 이해할 수 없게 되는 것도 아니고, 이곳에서 성취하려 했던 일이 방해받는 것도 아니다. 망각 때문에 영화를 즐기고 배우는 일에 장애가 생기지는 않는 것과 마찬가지다.

점 9: 지금의 당신은 당신이 가장 원했던 모습이고, 그때 당신은 무슨 일을 할 작정이었는지를 정확히 알고 있었다.

삶에서 가장 중요한 '점'

그러면 삶에서 가장 중요한 점은 무엇일까? 다시 말하지만 완벽한 답과는 조금도 닮은 구석이 없는 것들에 관한 지나치게 많은 점들이 존재한다. 그러나 강력한 견인력을 얻기 위해 모든 답을 갖고 있을 필요는 없다. 필요한 건 확신을 갖고 연결할 수 있는 점 몇 개다. 그 점에 도달하기 위해서는, 오직 명백한 것, 즉 거의 모든 사람들의 삶에서 반드시 일어나게 되어 있는 것만 찾아내고 거기서 완전히 멈추면 된다. 신념이나 문화에 상관없이, 사람들 누구나 동의하는 것들을 적어보라. 그러다 보면 저절로 오랜 질문인 '왜'에 대한 답을 간파할 수 있다.

1. 사랑하기
2. 사랑받기
3. 행복 찾기

이들 답은 더 많은 요소들을 포함하고 있다. 즉 창조하기, 변화하기, 봉사하기, 배우기, 웃기 등등이다. 하지만 간단히 정리하면, 모든 사람의 목록 맨 위에 위의 3가지 이유가 자리할 것이다.

점 10: 사랑과 행복이 우리가 여기 존재하는 이유다.

정말 그렇다. 뭐가 더 필요한가? 어쩌면 더 있을지도 모른다. 하지만 어떤 다른 이유가 절실하게 느껴지거나 하다못해 그럴 조짐이라도 보이지 않는 한에는, 당신이 확신할 수 있는 명백하고, 단순하고, 논리적인 점만을 연결해야 한다.

어려운 질문을 던지고, 내면으로 눈을 돌려 그 질문에 대한 단순한 답들을 찾다보면, '현실 창조'라는 공식에 자신이 얼마나 들어맞는지 보이기 시작할 것이다. 당신 자신이 창조자인 공식 말이다.

10개의 점은 방향과 의미를 알려줄 뿐 아니라, 삶이라는 모험 안에서 작동하는 핵심 부품이 무엇인지 드러내준다. 핵심 부품은 당신, 정확히는 당신의 생각이다. 당신의 생각은 더 많은 사랑과 행복을 원할 때, 어떤 방식으로든 변화를 원할 때, 눌러야 할 버튼이자 당겨야 할 레버다. 생각을 사용함으로써, 당신은 결핍을 풍요로 바꿀 수 있고, 질병을 건강으로, 외로움을 우정으로, 혼란을 명료함으로 바꿀 수 있다. 생각을 잘 사용하기만 하면 죽음에 대한 낡은 관념을 포함해, 어떤 대상에 대한 두려움도 확실하게 바꿀 수 있다.

죽음 이후의 시나리오

무엇보다 먼저, 당신은 죽지 않는다. 당신이 죽음에 관해 정말 알아야 할 것은 이것이 전부이고, 죽은 이들이 당신에게 알려주고 싶은 첫 번째 사실도 이것이다. 죽은 이들도 처음에는 이 사실을 믿기 어려워한다. 자신의 장례식에 참석하고, 자신의 활동 무대였던 장소를 배회하고, 살아 있는 가족에게 말을 걸다가 놀라움에 망연자실하곤 하는 것이다.

물론 시공간 내의 모든 것을 남겨 두고 떠나면서, 전에는 생각해본 적도 없는 상황에 대처하는 법을 배워야 하는 데서 오는 갑작스러운 단절이 있다. 삶에서 죽음으로 옮겨가는 과도기는 세상을 떠나는 이가 갖고 있는 신념에 따라 다양하게 변주된다. 그들의 신념과 생각은 새로운 환경에서도 그대로 이어지기 때문이다.

저세상에서조차 생각은 '사물'이 된다. 다만 신참자들의 기대에 맞춰 생각들이 더 빨리 더 크게 현실화 할 뿐이다. 저세상에서는 눈 깜짝할 사이에 생각이 현실이 되기도 한다.

천사, 예수, 무함마드, 붓다, 크리슈나, 그리고 더 많은 신과 성인, 기타 비슷한 존재들의 온갖 에너지 조각들이(말처럼 대충인 것은 아니다) 끊임없이 이어지는 신참자들의 행렬을 맞이한다. 이 존재들은 죽은 이들이 기대하고 믿는 시나리오에 맞춰 갖가지 방식으로 환영하거나, 꾸짖거나, 칭찬하거나, 축하를 보낼 것이다. 정교한 '무대장치'는 구름을 배경으로 떠다니는 것처럼 보일 수도 있다. 황금의 문이 '조립되고' 에덴동산이 모습을 드러내고, 화염의 동굴이 점화되는 식이다.

명심해야 할 것은 시간, 공간, 사후생死後生 같은 환영의 차원에서는, 이들 '구세주들'이 같은 '시간'에 무한수의 '장소'에 존재할 수 있다는 사실이다. '환영위원회'에는 죽은 이가 사랑했던 사람들 및 살아생전에 죽은 이의 삶과 선택에 의해 영향을 받았던 사람들이 포함될 수 있다. 그들은 신참을 최고로 기쁘게 해주면서, 신참들이 정말로 자신이 살아 있고 아주 멋진 곳에 도착했다고 확신할 수 있게 해주는 육체적 형상과 나이를 취한다.

시간은 문제가 아니다. 환영 파티는 몇 주 동안 이어질 수 있다. 공간도 문제가 아니다. 모든 것이 오로지 당신을 위해 존재하는 것처럼 보인다. 잘 보면, 이쪽 세상과 꽤나 비슷하다.

의사소통은 대부분 문득 기억나는 형태의 텔레파시를 통해 이뤄진다. 당신은 이 방식에 금세 익숙해져서, 마치 이승에서 악수를 하는 것처럼 자연스럽게 느낀다. 여행은 어디건 당신이 가고 싶은 의사를 갖기만 하면 이루어진다. 같은 방식으로 친구도 찾을 수 있다. 친구를 만나야겠다고 생각만 하면 친구를 만나게 된다. 생각이 모든 것을 연결하며, 생각이 전부다.

당신 또한 이승의 삶 중에 가장 마음에 들었던 신체의 모습을 갖게 되고, 몸의 통증이나 아픔이 씻은 듯 사라진 것을 알고 기쁨에 전율할 것이다. 당신은 그 모습을 원하는 대로 바꾸는 방법도 금방 터득하게 된다. '무한하다'는 말이 새로운 의미를 갖게 되는 것이다.

그리고 곧 사랑스러운 안내자들이 출현한다. 은은히 빛나는 형상의 안내자들은 밝고 유쾌하다. 그들은 당신이 적응하도록 돕고 질문에도 답해준다. 그리고 당신을 가르치고 일깨운다. 그들은 당신을 사랑한다. 모든 것이 더 분명해진다. 당신은 최근 생의 목적과 계획, 그런 삶을 선택했던 이유를 기억해낸다. 당신은 사건들이 어떻게 그렇게 되었고 되지 않았는지, 왜 그렇게 되었는지를 알게 된다.

당신은 자신의 힘, 지혜, 자비심에 감탄하게 되고 놓치고, 실수하고, 오해했던 것들 때문에 슬퍼한다. 하지만 다시 할 수 있고, 고칠 수 있고, 더 큰 사랑과 함께 위대한 사랑 속으로 나아갈 수 있음을 알고 힘을 되찾는다. 그리고 전생이 보이게 된다. 전생의 친구와 연인들이 나타나고, 그들과의 관계에 내포돼 있던 교훈을 알게 된다. 모든 일이 이해되기 시작한다. 마침내 그 이해는 하나로 합쳐지는데, 이는 경이로운 예술 창조와 같다. 또한 그 완벽함에 압도당하는 걸작이다. 당신은 자신의 손에 아직도 붓이 들려져 있음을 발견하고 한없이 겸허해질 것이다.

시간은 문제가 아니다. 환영 파티는 몇 주 동안 이어질 수 있다.

안녕하세요, 하느님

당신이 저세상에 도착해 살아생전의 신념과 기대를 드러내면 '신God'을 상징하는 인격체를 만날 수도 있다. 하지만 좀 더 생각이 정리되고 명료해지면, 신을 만나고자 하는 욕구는 사라진다. 당신은 존재의 경이로움과 당신이 존재하는 것 자체가 기적임을 숙고하게 된다. 결국 신은 전체이고, 늘 그렇듯 모든 곳에 존재하고, 인간은 아니지만 당신 속에 '살아 있고', 어떤 상징이나 형상도 신과 대등할 수 없다는 사실을 알아차린다.

이해와 경외감이 커짐에 따라, 자신감과 기쁨도 커질 것이다. 당신이 사랑하고 당신을 사랑하는 사람들과 함께 새로운 모험에 뛰어들고 싶다는 생각이 간절해진다. 당신은 여러 선택지를 두고 저울질한다. 당신은 이 새롭고 가변적인 환영의 세계에 얼마든지 더 머물 수 있지만, 당신이 이곳에 있는 이유가 직전에 밀도가 더 짙은 시공간의 정글에 존재했기 때문임을 알아챈다. 또한 당신이 더 많은 것을 배워야 한다는 것도 알게 된다. 더 가볍고 영묘한, 정글의 '천국' 버전은 오직 원기를 회복하고, 정화하고, 재편성을 위한 장소로 존재할 뿐이다.

궁극적으로 '천국'이란 환영과 '지구'란 환영에서 경

험한 모든 것은 당신이 얻고자 했던 모든 것과 합쳐진다. 다시 말해, 신이 당신의 존재를 통해 얻고자 희망했던 모든 것들과 하나로 융합된다.

이 지점에서 환영 너머로 이동할 수 있는 경로가 드러난다.

어떤 경로냐고? 우리는 알 수 없다.

하지만 무엇보다 최고인 것은, 저세상으로 건너간 사람들이 죽지 않았다는 것이다. 그들은 짜릿하고 멋진 '곳'에서 휴식하고, 재활하고, 꿈꾸고 있다. 그들은 친구, 안내자들과 함께 있다. 그리고 당신이 받아들이기만 한다면, 그들은 당신이 개최하는 거창한 홈커밍 행사에도 참석할 것이다. 참석해서 웃고, 즐겁게 소리치고, 당신에게 장난을 걸고(우리 눈에 보이진 않지만), 여기 있을 때 하던 것과 똑같이 당신의 어깨 위에 손가락으로 V자를 그리기도 할 것이다.

✎ 세상을 떠난 이로부터의 편지

사랑하는 커스텐에게

이 편지가 자네에게 충격이 될 거란 사실을 내가 알고 있고, 내가 썰렁한 농담 같은 건 좋아하지 않는다는 것을 자네도 알고 있겠지만, 내 죽음에 대한 기사는 심하게 과장됐다네. 나는 지금 우리가 만났던 그때나 마찬가지로 살아 있다네. 어쩌면, 그때보다 더 생생하다고나 할까?

내가 있는 곳이 천국이란 말은 아니네. 내가 천국에 갈 자격이 있는지 없는지는 확신할 수 없지만, 불만은 없어. 여기는 내가 예전에 천국에 대해 상상했던 것보다 여러모로 좋지만, 단지 진주로 된 문이나 신과 만날 약속 같은 것은 없고 쉴 틈도 없다네!

하지만 나는 최대한 빨리 여기 물정을 알게 됐고, 가끔은 지구가 그리워지기도 하네. 이곳에선 푸른색도 더 푸르고, 메이플 시럽은 더 메이플 시럽다운 맛을 내고, 동물들과 완벽한 대화도 가능하지만, 지구와는 뭔가 좀…… 다르다네. 얼핏 절대적인 듯 보이는 시간, 공간, 물질이 덧없는 느낌의 원인이라네. 그리고 그 덧없음 때문에 지상의 꽃은 이곳의 꽃보다 훨씬 미묘하고 소중해 보이는 게지.

내가 있는 이곳은 이제까지 경험했거나 상상했던 어떤 곳보다 더 고향(우리 모두의 고향)에 가깝다는 사실엔 의문의 여지가 없네. 지구에서는 존재의 가벼움을 거의 감당할 수 없는 수준까지 견뎌야 하지. 여기서는 사랑이 만져질 만큼 확연하고, 안락함이 넘치고, 개인의 정체성은 의심의 여지가 없고, 모든 것이 완벽하고 이상적인 상태에 있네. 지구에서는 평생을 살아봤자, 어쩌다 아주 드문 순간에만 느낄 수 있는 것들이지.

그렇지만 아직도 이곳이 고향은 아니라네. 나조차도 내 고향이 어떤 곳인지, 어디에 있는지 안다고 할 수는 없다네. 이곳은 마치 지구의 격렬함으로부터 떠나온 휴가지 같아. 이곳에서는 생각의 속도로 아주 빠르게 돌아다닐 수 있지. 기분이 정말 좋다네. 내겐 친구가 있고, 갈 곳도 있고, 옛날 기분을 내고 싶을 때 가끔씩 이용하는 차도 한 대 있다네. 그런데 솔직히 말해 좀 지루해. 나는 '현실 창조'라는 칼날 위로 돌아가고 싶다는 마음을 영혼 가득 품고 있다네. 시간과 공간으로 돌아가서 더 많은 것을 배워 훨씬 지혜로워진 나를 보여주고 싶어. 결국 지금 내가 있는 곳 너머로, 고향에 더 가까워지는 방향으로 거대한 이동을 할 준비를 갖출 것이네.

물론, 지구엔 두려움이 있지. 불안, 소심함, 자기 불신, 발작적인 자기혐오 등, 살아 있기 때문에 몸으로 느끼는 위기감이 있지. 그런 위기감은 끝나지 않을 것이네. 거기다 남들이 자기를 어떻게 볼까 끝없이 걱정하는 일종의 정신질환도 만연해 있지. 지구는 이국적인 모험 학교와 같고, 거기서 배우는 것은 욕망과 상심, 풍요와 빈곤, 포식과 굶주림 등이지. 극단적인 것들을 얘기하자면 한이 없다네. 하지만 그게 바로 지구라네! 시간과 공간의 이분법이 모든 의사 결정을 양단간에 사생결단하듯 해야 할 것처럼 느끼게 만들지. 갖거나 못 갖거나! 여기 아니면 저기! 지금 아니면 나중! 그리고 이런 이분법적 감각이 극단적으로 경쟁적인 감정의 해일을 풀어 놓게 되지. 여기에 그런 감정은 없어.

이곳에서 자네가 가장 먼저 알아차리게 될 사실은, 자네가 지구에 있을 때 얼마나 안전했으며 얼마나 잘 안내되고 보호받았는지, 그리고 얼마나 책임 있게 자신만의 경험을 했는지, 역경처럼 보이는 상황에도 얼마나 꿈꾸던 일을 일어나게 만들었는지 등이라네.

이곳에 있는 사람들 모두가 지구로 돌아가고 싶어 한다는 것은 놀랄 일이 아니라네. 그렇다고 우리가 불행하다는 건 아니네. 무슨 말인지 알지? 아하 이런, 오늘이 12월 30일이지? 깜빡할 뻔 했네. 오늘은 태양열 활공을 하는 날이야. 내 새로운 취미활동이치. 친구, 이제 그만 쓸게. 태양의 플레어 현상을 보고, 다음 생을 준비하기 위해 연구를 좀 해야 하거든.

이 시간이 끝날 때까지(사실 얼마 안 남았어) 안녕.

조니가

걱정 말고 행복할 것!

과거에 당신이 사랑했던 사람들이 바로 코앞에 있고, 곧 그들을 만나게 될 것이란 사실을 당신이 안다면(그것도 정말로 안다면) 모든 것이 바뀌지 않을까? 정말 그렇게 알아도 된다. 사랑했던 이들은 지금 우주의 사랑 속에서 살아 있고, 잘 지내며, 아주 바쁘다는(당신에겐 놀라운 일일 수도 있지만) 사실을 믿어도 된다. 그들이 당신에게 바라는 것은 앞서 이야기한 중요한 것 3가지와 완전히 같을 것이다. 그들은 상상하기 어려울 만큼 성대한 귀향 환영 파티에 당신의 자리를 준비해 놓을 것이다. 그렇지만 지금 당장은 훨씬 더 굉장한 축하거리가 있다. 바로 당신의 삶이다. 그때가 될 때까지, 죽음에는 두려워할 것이 아무것도 없고, 특히 지옥이나 악마 같은 건 절대로 없음을 알고 있어야 한다. 그리고 그것이 죽은 이들이 당신에게 알려주고 싶어 하는 정확한 내용이자, 다음 주제다.

Chapter 2

악마나 지옥 따위는 없다

죽음 이후의 세상을 두려워하는 이들에게

지옥에 가면 악마가 기다리고 있다?

아마 이보다 더 큰 거짓말은 없을 것이다.

설령 그 거짓말이 사람들이 죄 짓는 것을 막는 효용이 조금은 있었다 할지라도, 그런 효용은 대중 조작의 부작용과 상쇄되고 말 것이 분명하다. 심지어 그런 거짓말은 죄책감, 공포, 후회로 몸부림치는 사람들의 복종을 이끌어내는 데 사용되었을 뿐이다.

물론 이승의 문턱을 넘어 저승으로 가는 동안, 창조주나 끔찍한 악마를 만나기는커녕 그 얘기가 새빨간 거짓말이었음을 알아챈 소위 죄인들에겐, 그 거짓말이 맹렬한 기쁨의 원천이 된다고도 할 수 있다. 죄인들은 자신이 불사의 존재일 뿐 아니라, 자신이 있는 그대로 인정받고, 용서받고, 찬양되기까지 한다는 것을 알고 의기양양해진다.

다만 진지하게 따져본 사람들은 혼자 이렇게 생각한다. '아, 살아생전에 이 사실을 알았더라면……, 이승의 삶이 얼마나 달라졌을까?'

다행인 것도 있다. 영원히, 그리고 아직도 자신을 손짓해 부르고 있는 기회가 많다는 것을 명료하게 알아차리게 되고, 아울러 자신들이 발견한 것을 어쩌면 이승에 살고 있는 사람들과 나눌 수 있으리란 사실도 알게 된다.

환영illusion의 존재 이유

무엇보다 먼저, 모든 사람을 잘못된 길로 이끄는 것은 환영의 이분법인 듯하다. 당신에겐 상승이 있으면 하강이 있을 수밖에 없다. 빛이 있으면 어둠이 있다. 앞이 있으면 뒤도 있어야 한다. 당신이 옳다. 당신이 존재하는 환영 속에서는 언제나 대립되는 것이 있다! 하지만 시간, 공간, 물질이란 그저 환영일 뿐이다. 당신은 바깥세상을 이해하려 애쓰면서 환영의 '교묘한 속임수' 속에서 무지한 상태로 살아간다.

자연스럽게 그런 불리한 조건(물론 당신이 그런 상황하에 있다는 사실을 모르기 때문에 상황은 더욱 악화된다) 아래서는, 신이 존재한다는 신념과 동시에 그 반대가 있을 수밖에 없다. 악마도 존재하는 것이다. 하지만 상황은 보이는 것처럼 그렇게 만만치가 않다.

사람들 대부분은 환영이 없으면 시간, 공간, 물질이 없고 따라서 이분법도 없다는 것을 이해하지 못한다. 이분법이 없다는 것은 여기 혹은 저기라는 구분이 없다는 뜻이다. 빛도 어둠도 없다. 당신이 소유하지 않은 것을 원하거나 당신이 원하지 않은 것을 소유하는 일도 없다. 본질적으로 가야 할 곳도 없고, 사귀어야 할 사람도 없고, 할 일도 없으며, 입을 것조차 없다. 모험도 없다. 재밌거리도 없다. 이것이 환영이 존재하는 목적이자 이유다!

환영에 의해 가능해지는 즐거움과 모험의 대가는, 빛이 있고 어둠이 있다는 등등의 낡고 시시한 '거짓말'을 믿는 것이다. 하지만 일단 게임이 시작되면, 어디서 끝내야 할지 알기가 어렵고, 그럴 필요가 없는 '곳'에까지 이분법 개념을 적용하기 십상이다. 상처 받고 두려워하면서도, 일부 사람들이 쓸데없이 악마와 지옥을 믿는 이유가 그것이다.

음과 양

환영 안에서는 항상 반대편이 존재하는데, 환영은 우리 모두가 놓치고 있는 정말 심오한 뭔가를 알려주고 있다. 바로 반대편은 이론에 불과하다는 사실이다!

시공간의 이분법이 대립 쌍을 만들어내지만, 사실 반대되는 것이 반드시 존재할 필요는 없다. 반대되는 것들은 당신이 창조하기 전까지는 잠재된 가능성으로만 남아 있다. 하지만 대부분의 사람들은 하나를 가지면 다른 쪽도 가져야 한다고 생각한다.

예를 들면, 행복하기 위해서는 슬픔을 알아야 한다. 빛이 있기 위해서는 어둠이 존재해야 한다. 시원함을 느끼려면 더운 것도 알아야 한다. 대립 쌍이 없는 경우는 거의 없다. 이분법은 양방향의 극단을 사용해 객관성을 창조하지만, 한쪽 극단을 알거나 경험함으로써 다른 쪽도 알거나 경험하게 되리란 생각은 참 순진한 것이다.

명심하자, 어쨌든 양쪽 모두 환영일 뿐이다.

실제로 기쁨과 행복이라는 극단을 회피하는 금욕주의자들이 있다. 그들은 그 극단이 결국 우울과 슬픔을 불러온다고 생각한다. 하지만 그들은 사랑이 피조물을 결합시키는 접착제 역할을 하며, 사랑과 미움이 동량으로 존재하지 않는다는 사실을 간과하고 있다. 생명은 선한 것이고, 선과 악은 결코 동량이 아니란 사실을 무시한다. 금욕주의자들은 당신이 신성에 속하고, 신성에 의해 존재하며, 결국은 성공하도록 되어 있는 존재이지, 성공과 실패를 반반씩 경험하도록 만들어진 존재가 아니란 사실을 알지 못한다.

추위를 느낀다고 해서 나중에 같은 정도의 더위를 느껴야 하는 건 아니지 않는가? 북반구에 산다고 해서 언젠가 남반구로 이주해서 살게 되리란 생각이 말이 되는가? 다른 사람에게 베풀며 충만한 기쁨 속에 살던 사람이 어느 날 운명의 추가 반대쪽으로 움직여 느닷없이 도끼 살인마로 변하게 된다는 말인가?

기쁨을 알기 위해 괴로움을 먼저 겪을 필요는 없으며, 지금의 행복이 미래의 슬픔을 요구할 것이라 겁먹을 이유도 없다. 그리고 신을 믿으니 악마를 믿어야 하는 것도 아니고, 천국을 믿는다고 지옥의 존재를 믿어야 하는 것도 아니다.

모든 것이 선善이라는 증거

생명이 원천적으로 선하다는 수많은 증거가 존재한

다. 당신은 '선함'도 환영의 양극단 중 한쪽이라고 하지 않았냐고 반문할 수 있다. 그렇다, 훌륭하다. 하지만 생명은 선하기도 하고 악하기도 하다고 말하는 것보다는, 생명은 선하다고 말하는 것이 훨씬 정확하다.

선善은 경외롭다. 선은 희망을 창조하고, 매력과 낙관을 불어넣고, 서로 돕도록 해준다. 신神이 선하면서 악하다는 말보다, 신은 선하다고 말하는 것이 훨씬 정확하다. 사실 당신이 신, 생명, 당신의 선성善性에 대해 이제껏 들어온 모든 것이 옳다면 신, 생명, 당신 자신 중 누구도 악한 존재일 수 없다. 이렇게 보면 '천국'은 있지만 지옥은 없다. 천국이 있다는 것은 당신이 죽은 후에도 '자각'이 지속된다는 의미다.

내 말이 비현실적이고 사람들의 바람에 영합하는 말처럼 들릴 수도 있다. 하지만 앞서 말했듯 생명이 선하다는 절대적 증거는 어디에나 있다. 당신이 '있고', 내가 '있다'! 생명이 아무리 지옥처럼 '시작됐다' 하더라도, 어쨌거나 삶은 계속된다! 논리와 확률에 부합되지 않는다 해도, 아무리 인류가 불완전하다 해도, 삶이 중단되거나 붕괴되거나 스스로 파괴되는 일은 없었다. 오히려 생명은 계속 확장했고, 향상되었으며, 잘 굴러가고 있다.

그러나 사람들이 믿는 것은 그렇지 않다.

악은 제 스스로, 자신의 의지로 존재하며, 우리는 어쩌다 보니 '선'이 우위를 점하는 행운을 누리게 됐다는 것이다. 그렇지만 악이 독립적으로 존재한다면, 최소한 어떤 부분에서는 악이 성공하는 것을 배웠으리란 추론이 가능하지 않은가? 악은 점점 더 향상된 조직을 갖추고, 더욱 더 악해지지 않겠는가? 자연 속 어디에서든 악 스스로 자신의 존재를 증명한 곳이 있어야 하지 않겠는가? 파괴를 위한 파괴가 있어야 맞지 않겠는가?

만약 악이 그 자체의 힘으로 존재한다면, 그리고 점점 더 악해진다면, 악이 모든 선함을 궤멸시킨다면, 그 다음엔 어떻게 되겠는가? 스스로를 죽이지 않을까? 악이 독립적으로 존재한다면, 크건 작건 어떤 식으로든 결국 자기 파괴에 이르지 않겠는가? 그러니 악은 홀로 존재할 수 없고, 아무것도 악을 지원해주지 않는다. 오직 생명이 있을 뿐이고, 생명은 철저하게 선으로 가득하다.

생명, 선, 사랑, 신은 동의어다. 그것들은 세상 만물을 있는 그대로 보고자 하는 사람들의 눈앞에서 지금도 자신의 역할을 계속하고 있다.

생명＝선善＝사랑＝하나＝신

사람들이 오랫동안 악한 짓을 하더라도, 그들의 본성 자체가 사악해서가 아니다. 오늘날의 세상에는 이런 말이 전혀 들어맞지 않는 것처럼 보일 수도 있다. 하지만 조금 더 기다릴 필요가 있다. 죽은 이들이 당신에게 말해주고 싶은 것의 일부도 다 훑어보지 못했고, 이야기는 아직 많이 남아 있다.

'심판'이라는 오래된 논쟁

신이 인간을 너무나 사랑해서, 또한 신이 너무나 지혜롭고 용감해서, 자신의 자녀들에게 악으로부터 선을 배울 자유를 주었다고 생각해보면 어떨까? 선택하는 자유를 통해 악으로부터 선을 배울 수 있다?

좋다! 그런 자유를 가지고 모든 존재가 영원히 살고, 배우고, 향상되고, 무언가가 되어 간다. 확실한가? 그러나 안타깝게도 그렇지가 않다. 대부분의 사람들이 한 평생이라고 여기는 아주 짧은 시간이 지난 후에, 당신의 부모가 누구였든지, 당신이 언제 어디에서 태어났든지, 당신의 삶이 얼마나 길었든지, 당신이 자유롭게 선택했던 모든 것이 그저 시험이고 그 선택에 대한 심판과 처벌이 따른다고 생각할 수도 있다.

그런데 잠깐만 생각해보자. 만약 신이 그렇게 **끔찍이** 인간을 사랑했고, 가장 큰 선물인 자유를 주는 일에 그렇게 관대했다면, 시험하고 심판한다는 게 말이 되는가? 그것은 신이 중간 어디쯤에선가 인간에게 주었던 자유를 철회했다는 말 아닌가?

만약 당신이 지구에 기근이 만연할 때 태어나 가족으로부터 버림받고 성적으로 학대받고, 당연히 미움으로 가득한 상태에서 사악한 짓을 하며 삶을 낭비하다가, 결국 32세에 살인까지 하게 되었다면, 당신의 자유는 얼마나 대단한 걸까? 당신이 선택의 결과로 **영원히** 지옥에 감금당하는 게 마땅할까?

만약 당신이 사랑이 넘치는 부모에게 태어나 행복한 가정을 꾸리며 살았는데, 딱 한 번 탈세했고, 자녀를 하버드에 입학시키기 위해 거짓말을 해서 다른 선량한 부모와 학생에게 피해를 주었다면 어떨까? 시뻘겋게 단 부지깽이로 영원히 지져지는 벌을 받아야 할까?

혹은 당신이 평생 어떤 실수도 하지 않았고, 다른 사람에게 불친절하지도 않았던 삶을 산 인류 최초의 사람인데, 어떤 신도 받아들이지 않고 모든 종교를 거부했다면, 영원히 재를 먹는 형벌을 받게 될까?

사람들에게 배울 기회를 주었다가 갑자기 그것을 부정할 뿐 아니라, 가혹한 벌을 내린다니 상당히 모순되고, 비생산적이고, 제멋대로이지 않은가? 공정함이나 정의가 뭔지 감도 잡기 전에, 중요한 선택을 해야 하는 '타석'에 서야 한다면 어떻게 해야 하나?

영혼 번호 19,428,939,045번!

그는 첫 생부터 19번째 생까지는 실패했고, 약속 변경이나 영원한 지옥살이 같은 벌은 없었다. 드디어 20번째 생에서는 멋지게 홈런을 날려서 이 행성에서는 꿈도 꿀 수 없는 엄청난 친절과 보살핌을 받는 황금시대를 이끌 수도 있을 것이다. 혹은 그런 행운을 얻기 위해 1,900만 번 타석에 서야 할 수도 있다. 만약 **영원한 축복이** 모든 사람의 능력 범위 밖에 있는 거라면(영원은 아주 긴 시간이고, 모든 축복을 합한 만큼임을 잊지 말자) 1,900만 번쯤이야 별것이 아닌 것이 된다. 상상할 수 없는 영원의 범위를 감안하면 190억, 190조, 무한도 별것이 아니다.

신이 인간을 아주 깊이 사랑하여 자유를 주었다는 아름다운 생각은, 그런 자유가 회수되는 날 산산조각이 난다. 지금 없는 돌파구가 그날 생길 리는 없을 것이다. 더군다나 우리는 모든 질문 중 가장 위대한 질문을 찰나에도 떠올린 적이 없다. 우리가 그 질문을 떠올리기만 해도, 지옥과 악마라는 관념을 완전히 없앨 수 있는데 말이다.

"왜?"

왜 그토록 경이로운 신이 시험하고 심판하고 벌을 주기 위해 '자녀들'을 갖는 것과 같은 무의미하고 찌질한 짓을 해야 하는가? 그런 관념 자체가 미숙함, 권태, 분노, 초조, 경멸, 가학증, 수천 년 전 인류 역사의 암흑기에 만들어진 것이 분명한 시대착오적 발상의 악취를 풍긴다. 삶을 설명하기 위해 이 논리를 사용하려면, 당신은 조금이라도 확신하고 있는 점들 중 어느 것 하나에라도 이 생각을 연결할 수 있어야 한다.

신의 지성이 우리가 추론했던 방향(우리가 돌아가야 할 꿈의 세계, 즉 모두가 신에 속하고, 최선을 다해 배우고, 성장하고, 아무도 다치지 않으면서 더 많은 모험을 하고, 모든 것이 신의 존재에 더해지는 그런 곳)을 향하지 않고, 시험하고 심판하는 방향으로 움직여야 할 이유가 한 가지라도 있는가?

모든 것을 시작했고, 밤하늘에 별들을 하나하나 걸어 놓는 방법을 알고, 에너지를 물질 내부에 조직할 줄 아는 신이, 곤경에 빠진 사람들 모두를 재활시킬 만큼도 지혜롭지는 않은 것 같다. 시험, 심판, 처벌을 자제할 만큼 사랑으로 충만하지도 않은 것 같다. 모든 피조물에 대해 완전한 책임을 질 만큼 용감하지도 않은 것 같다. 흠결 없는 성공을 확신할 만큼 위대하지도 않은 것 같단 말이다.

사실 지금 장착된 시스템은 의심할 바 없이 완벽하다. 자동으로 재활시키고, 용서하고, 사랑하며, 무엇을 요구하든 정확히 필요한 시간에 정확한 양을 베풀어준다. 탐구심이 넘치는 사람들조차 아직 이 문제를 충분히 다뤄본 적이 없다. 다른 사람들(신의 뜻을 알고 있다고 주장하는 사람들)이 탐구하도록 그냥 내버려 두었기 때문이다.

오해를 드러내는 가설들

이런 가설은 어떤가? 한 달 후에 열리는 콘서트에 함께 갈 사람을 구하기 위해 친구들에게 전화했는데, 친구들이 하나같이 전화를 받지 않거나, 모호한 태도로 망설이고, 다른 일 때문에 안 된다고 한다. 계속해서 거절당하자 당신은 열 받고 친구들에게 짜증이 난다. 그런데 나중에 알고 보니 친구들이 그랬던 이유는, 바로 그날 당신을 위한 깜짝 생일 파티를 계획했기 때문이었다. 이런!

또 상상해보자. 쓸모없는 조직 내 갈등에 휘말려 업무를 소홀히 하는 동료 때문에 짜증과 스트레스가 심해지고 있었는데, 알고 보니 갈등의 시작은 그 동료가 당신에 대한 다른 사람의 험담을 가로막고 나섰기 때문이었다. 젠장!

계속 상상해보자. 어떤 차가 당신 차를 쫓아오고 있다. 완전 미친놈처럼 당신을 따라잡으려고 신호도 무시하고 쫓아온다. 당신은 급히 핸들을 꺾고, 빠르게 질주하고, 아슬아슬하게 피하면서, 저주하고, 공포에 질리고, 비명을 지른다. 그렇게 10km도 넘게 달린 끝에, 당신은 그놈과 결국 대면하게 되었다. 그런데 그놈이 어색하게 웃으며 손짓 발짓으로 뭔가를 말하는 것 같다. 영 미친놈은 아닌 듯해서 당신은 차창 유리를 내리고 그의 말을 들어본다. 알고 보니 당신이 차 지붕 위에 열린 서류가방을 놓은 채 달리고 있다는 걸 알려주기 위해서였다는 거다. 바보 멍청이!

또 상상해보자. 이번 생을 선택하면서 당신은 당신보다 삶의 경험이 훨씬 적고, 당신이 깊이 사랑하는 누군가의 안내자, 빛, 멘토가 되기로 결정했다. 당신은 원래의 목적을 잊은 상태로 지구에 와서, 당신과 친구의 인연을 맺은 이 평범치 않은 특징을 가진 사람을 뜯어보고 특유의 결점을 발견하기 시작한다.

그녀는 어수선하고, 행동이 굼뜨고, 감정적 교류가 어려운 성격이다. 당신은 생각한다. 소위 친구라면 나한테 이러면 안 된다고! 그래서 가르치고 길을 밝혀주기보다는, 비교하고 깎아내리고 비판한다. 결국 그녀와의 인연이 끊어지고 당신은 깊이 사랑하는 누군가를 도와주겠다는 열망으로 만들었던 기회를 날려버린다. "정말 정말 미안해!"

이제 이런 사랑의 세계를 상상해보자. 그곳엔 매일 태양이 빛나고 온갖 동물들이 즐겁게 뛰놀고 모든 남자, 여자, 아이들은 친절, 사랑, 봉사의 의욕이 충만하다. 그곳에도 역시 무한한 기회가 있다. 즉 당신은 늘 올바른 시간에 올바른 장소에 있다. 그리고 사람들 누구나 무슨 일에나 최선을 다한다. 생각이 현실이 되는 그곳에서 당신의 꿈은 당신에게 날개를 달아주고, 모든 사람들은 날마다 위대함을 향해 나아간다.

하지만 당신을 포함한 대중은 이런 사실을 전혀 알아차리지 못한다. 당신들 각자는 자신이 허락했고 심지어 자신을 격려해준 사람들을 '가족, 친구, 적'으로 규정하는 드라마에 사로잡혀 있다. 당신은 잘못된 것, 제대로 작동하지 않는 것, 당신이 소유하지 못한 것에 집중했다. 명백히 모순되는 증거들에도 불구하고 '신은 화났고, 사람들은 저열하며, 삶은 불공평하다'고 말하는 사람들도 있다.

성공이란 당신이 '누구를 아느냐'의 문제이지, 당신이 '무엇을 알고 있느냐'의 문제가 아니라고 말하는 사람도 있다. 그렇다, 이건 오늘날 지구의 실정이다. "사실, 그 이상 아닌가?"

삶의 모든 경험은 당신의 뇌 속에 감금당하는 것이 아니라, 당신의 내면에 영원히 기록된다. 물질적 신체를 넘어 당신의 정체성, 그 핵심으로 존재한다. 그리고 모든 경험은 당신이 저세상으로 건너가서 귀향 환영 파티가 끝난 다음, 마지막 삶을 검토할 때 다시 펼쳐진다. 하나도 빠짐없이 다시 보게 되는 것이다.

당신을 그런 선택으로 이끌었던 동기와 논리뿐 아니라, 그런 선택이 다른 사람에게 미친 결과까지 보고 이해하게 된다. 당신은 자신의 인내와 성공, 특히 그런 자신의 행동이 타인에게 도움이 됐을 때를 축하한다. 또한 자신의 혼란과 오해, 특히 타인에게 상처를 준 일을 보고 다시 괴로워한다. 이것이 아마 그곳에서 겪을 일 중 가장 지옥에 가까울 것이다. 하지만 그 고통은 절대 강요된 것이 아니고, 악마가 관여된 것도 아니다. 당신이 잘 알고 있듯이, 유일한 심판관은 당신 자신이다. 당신은 배우고, 진보하고, 진실에 가까워지고, 더 지혜롭고 사랑스러워지고, 더 위대해지면서, 또 한 번 더 위대해질 준비를 갖춘다.

저세상은 사람들을 아주 빨리 치유하고, 아주 많은 것을 약속해주므로 교훈을 배우기 위해 후회하며 반성하는 일에 필요 이상의 시간을 낭비하지 않아도 된다. 당신의 죄는 당신을 가르칠 뿐 벌하지 않는다. 살아 있는 동안 아무리 심한 오해를 했더라도 그렇다.

저세상은 사람들을 아주 빨리 치유하고 아주 많은 것을 약속한다. 그러니 필요 이상으로 후회할 필요는 없다.

피해자를 바라보는 시선

그렇다면 중대한 사안들은 어떨까? 살해당한 어린아이, 강간당한 10대, 가족을 지키기 위해 죽은 아빠는 어떻게 될까? 우리는 모든 비극의 희생자들을 비난하고 있는 것이 아닐까?

모든 해답이 깔끔하고 짧고 효과적인 한마디 말로 정리되어 모두에게 명료함과 확신을 주고, 그들의 마음을 사랑으로 채울 수 있다면 얼마나 좋을까? 하지만 그럴 수는 없다. 그렇게 되지는 않지만, 그렇다고 각각의 경우마다 구체적이고 의미 있는 답이 존재하지 않는다는 얘기는 아니다.

그와 같은 답에 도달하기 위해서는 실재와 삶에 대해 더 넓은 관점을 가질 필요가 있다. 당신의 영원하고 신성한 본질을 자각하고, 당신이 이렇게 인간의 몸으로 태어나기로 한 선택의 배경에 존재하는 동기에 대해 제대로 알아야 한다.

이 책에서 죽은 이들이 당신에게 알려주고 싶은 다른 것들을 다루기 전에, 이미 답이 나온 질문들을 깊이 생각해보기 바란다.

1. 우리는 모두 신이라고 별 이의 없이 연역해내지 않았는가? 우리는 신의, 신에 의한, 순수한 신이 아닌가? 경험으로부터 배우는 창조주가 아닌가? 지금도 우리는 우리 앞에 펼쳐진 영원과 함께 존재하지 않는가?

2. 정글 속의 삶은, 보이는 것과 같은 것이라곤 하나도 없는 환영이란 사실을 보지 않았던가? 지금의 삶이란 모험을 하고 교훈을 얻기 위해 일시적으로 방문한 하나의 차원에 불과하지 않던가?

3. 환영 중에 일어나는 일 중 어느 것이라도 원천을 손상시킬 수 있는가? 거울 속에 괴물의 얼굴을 만들었다고 해서 당신이 괴물이 되는가? 신기루에 무슨 짓을 한다고 한들 사막 자체를 손상시킬 수 있는가?

4. 우리는 이미 직관에 의해 모든 먹구름 위에는 밝은 빛이 존재한다는 것을 인정하지 않았던가? 우리가 그런 희망의 빛을 보지 못할 때, 그것은 희망

이 거기 없어서가 아니라, 당신이 배워야 할 것이 더 남아 있기 때문이 아니었던가?

이러한 선물이 지금 이곳에서 일어나는 가증스럽고 역겨운 침해를 정당화하는 것도 아니고 바로잡는 것도 아니다. 민감한 주제를 보다 명료하게 하기 위해 이 문제를 나중에 더 다룰 것이다. 지금 중요한 것은, 단지 눈에 보이는 것보다 더 많은 것을 볼 수 있게 된 당신을 돕는 일이다.

암이 치유한다

암은 물질적인 신체를 유린한다. 하지만 CT나 MRI라는 직접적인 도구를 사용해 암을 탐구하는 대신, 뒤로 한발 물러나서 수개월 혹은 수년에 걸쳐 몸이 허약해지는 경험이란 관점에서 생각해보자. 많은 경우 암은 그 '희생자'로 하여금 자신의 힘, 삶에 대한 감사함을 느끼게 하고, 손상된 관계를 회복시키도록 이끈다. 암이란 존재를 새로운 빛 속에서 보는 것이다. 즉 자신의 몸, 마음, 영혼을 치유하는 모험으로 여길 수도 있다는 의미다. 변화된 관점과 함께 암이 주는 선물이 드러난다. 그 선물은 어떤 현미경으로도 관찰할 수 없다.

이 세상에는 말로 표현하기 어려울 정도로 끔찍한 일이 수없이 일어나지만, 그럼에도 불구하고 더 높은 수준에서는 그 일이 일어날 이유가 있다는 것을 알 수 있다. 벌어지는 일에는 시작, 중간, 끝이 있다. 순서가 있다는 말이다. 그러니 그 순간, 혹은 그 생애를 살 동안에는 보이지 않거나 상상할 수 없을지 몰라도, 그곳에 치유와 사랑이 있음은 틀림없다. 그게 아니라면 어떤 대안이 있을까? 설마 신성한 지성이 실수를 했을까? 그런 일이 일어난 것은 순수하게 우연 때문일까? 질서와 균형, 완벽함을 갖춘 행성 수호자에게 과연 무의미한 일이 일어날 수 있을까?

시간과 공간 내에서는 추악한 것들이 정당화되지 않는다. 하지만 지금은 비록 모른다 해도, 거기에는 어떤 이유와 반복되는 순환이 있음을 감 잡게 되면, 당신은 현재 살아 있는 당신의 피조물을 이해하고, 미래를 만드는 일에 집중할 수 있다. 과거를 따지는 일에 힘을 낭비하지 않을 것이다. 그리고 오직 그러한 관점을 가질 때에만, 시간과 공간 안에서 나쁜 일이 일어나지 않는다. 모든 것은 전체에 더해지고 전체는 더 위대해지는 것이다.

카르마는 어떻게 작용할까?

'카르마karma'는 신God이라는 단어만큼이나 흔히 쓰이는 말이다.

사람들이 알고 있는 카르마는 절대 법칙이고, 재점표이고, 점수 시스템 같은 것인데, 단언컨대 그런 것은 없다. 만약 카르마가 있다면, 모든 현실을 지배하는 유일한 원칙인 '생각이 현실이 된다'와 상충될 것이다. 예를 들어보자. 카르마가 절대적이라면, 당신이 누군가를 한번 속이면 당신도 속아야 한다. 그런데 당신이 속임을 당할 환경을 만들지 않았는데 어떻게 속을 수 있다는 걸까?

만약 당신이 남을 속인 다음, 그것이 잘못임을 재빨리 이해하고 그 즉시 '더 높은 수준'에서 살기 시작했다면, 평화롭고 정직하고 기쁨에 찬 생각만 하고 살았다면 어떻게 될까? 절대적인 카르마의 법칙에 의해 당신도 속아야 한다면, 그것은 생각이 현실이 된다는 TBT 법칙을 훼손한다! 그런 일은 일어날 수 없다. 아무도 카르마에 제한 당하지 않는다. 당신의 생각을 바꾸어라, 그러면 당신은 그런 종류의 '윤회'로부터 자유로울 수 있다.

그렇지만 사람은 쉽게 변하지 않는다. 거짓말쟁이가

스스로 성인의 반열에 오를 가능성은 거의 없다는 사실을 감안하면, 과거의 행동을 보고 미래에 어떤 일을 경험할지 예상할 수 있다. 즉 '눈에는 눈, 이에는 이' 세상에서 사는 것처럼 보이는 것이다. 그래서 '남에게 한 대로 되받게 된다'는 상투적인 말이 생겨났다. 우리의 삶에 카르마가 정말 나타날 수는 있지만, 법칙이 아니라 하나의 현상으로 나타난다고 알아두는 것이 타당할 것이다.

자신을 고문했던 자가 언젠가 자신이 겪었던 고통을 알게 되길 간절히 바라는 사람들은 염려할 것이 없다. 영적 진화의 메커니즘은 아주 정교하고, 모든 것을 알기 위해 백방으로 노력하는 신성神性의 욕구는 위대하다. '피해를 입힌 사람들'을 포함해 자신이 영향을 주었던 모든 사람들의 관점을 완전하게 경험해야만, 자신의 힘을 진정으로 이해할 수 있게 되기 때문이다.

자신의 힘을 완전히 배우는 것은 각각의 생애마다 우리가 원하는 구성 요소이기 때문에, 당신을 고문했던 사람은 당신이 경험한 그대로의 고통을 느끼게 될 것이다. '카르마'에 의해서든, 진정한 이해와 '돌이켜보기'를 통해 저절로 개발된 공감에 의해서든 자신이 고통을 준 사람의 고통을 생생하게 알게 되는 것은 틀림이 없다.

종교와 영성의 결정적 차이

종교는 영성靈性을 필요로 한다.

하지만 영성은 종교를 필요로 하지 않는다.

종교는 시간과 환영을 바탕으로, 또한 배제를 통해 사람이 창조한 것이다. 명백히 고상하고 선한 의도에서 만들어졌고, 신과 인간에 대한 기원 역시 진실하다. 모든 종교는 설명하기 힘든 것을 설명하려는 시도였다. 삶에는 신체의 감각기관으로 지각할 수 있는 것 이상이 있고, 과학에는 도구를 통해 발견할 수 있는 것 이상이 존재함을 알고 있었던 것이다.

그런데 종교가 진화함에 따라 점점 더 범위가 넓어지고 옆길로 샌 결론들을 끌어내기 시작했다. 다른 사람들보다 자신이 더 신에 가까이 갔음을 증명하고 싶은 개인들이 그런 일을 주도했다. 앞에서도 말했듯, 자신이 신에 더 가깝다는 식의 명제는 다른 사람들보다 더 많은 점을 연결함으로써 증명된다고 믿었을 것이다. 대중은 위협당하고 모욕당하고, 생존에 압도당해 자신들의 힘을 종교에 양도하고 말았다.

결국 종교는 점이 존재한 적이 없던 곳을 점으로 채우기 시작했다. 그런 점들을 연결해 신봉자들(악하지만 않으면 자격이 있다)을 위한 법, 규칙, 의식, 위계, 벌칙, 특권을 만들어냈고 믿지 않는 이들(그들이 설사 선하다 하더라도)을 완벽하게 배제하기에 이르렀다. 당신은 종교에 속해 있거나 속해 있지 않을 것이다. 따라서 당신은 구원받거나 구원받을 수 없을 것이다. 종교의 이름으로 행해진 것들은 다 옳은 것이다. 거짓말도 살인도 다 괜찮다.

왔던 길을 되돌아가는 것 말고, 고향으로 돌아갈 방법은 없다.

반면 대개의 경우, 영성은 변명보다는 시인是認에 가깝다. "신 안에서 믿습니다"는 말이 그런 정서를 대변한다. 영성은 가능한 한 최소의 점을 연결한다. 영성은 시간을 제한하지 않고, 환영을 필요로 하지 않고, 모든 사람을 포함한다. 더구나 영성은 신을 인간성(그리고 모든 것) 안에 위치시킨다. 신은 결코 인간, 사물과 분리되어 있지 않다.

영적 존재로서 우리는 자기 방식으로 오류를 파악할

능력이 있고, 다른 존재에게 고통을 가할 필요가 없다. 궁극적으로 오류를 알아차리고 타인에게 고통을 주지 않도록 행동하는 것이야말로 이 정글 같은 세상을 살아가는 당신이 불가피하게 취해야 하는 존재 방식이다. 아마도 이런 방식을 무시하는 사람들만큼 빨리 가지 못하는 것처럼 보이고, 살다 보면 원칙을 깨는 일이 있을 수도 있다. 하지만 당신의 신성한 힘과 지성, 책임감이 미치는 범위를 벗어날 방법은 없으며, 당신이 왔던 길을 되돌아가는 것 말고, 고향으로 돌아갈 방법 역시 없다.

영적인 존재이자, 사랑이고 신인 우리 모두는 악마나 지옥 같은 것은 없음을 마음 깊은 곳으로부터 이해할 능력을 갖고 있다.

✒ 세상을 떠난 이로부터의 편지

그리운 엄마.

미안해요, 정말 미안해요. 나는 나 말고 다른 사람을 생각한 적이 없었어요. 나는 남자답게 살고 싶었고, 나쁜 놈들로 가득한 세상에 당당한 모습을 보여주고 싶었어요. 그리고 고백하자면, 엄마를 포함해 나를 걱정해주는 사람들에게 상처를 주고 싶었어요. 관심과 사랑이 나를 약하고 비겁하게 만든다고 느꼈으니까요. 난 엄마를 비난했어요. 아, 지금 알고 있는 것을 그때는 몰랐어요.

방아쇠를 당기면서, 총알이 발사된 후에는 고요와 암흑이 시작되고 마침내 평화로 이어질 것이라 기대했어요. 그런데 평화는커녕 완전한 혼돈뿐이었죠. 엄청난 소음, 붕붕거리는 소리, 기계가 돌아가듯 웅 하는 소리, 강렬한 빛과 쏴 하는 소리……. 흐릿했던 시야가 밝아지고 혼란스럽던 마음이 가라앉으면서, 나를 따뜻하게 환영하는 얼굴과 부드러운 목소리를 느꼈어요. 처음엔 꿈이거나 기이하게 변형된 의식일 거라 생각했죠.

그런데 아주 큰 사랑이 느껴졌어요. 그 느낌은 아주 아름다웠고 기쁨에 넘쳤죠. 그러자 갑자기 엄마 생각이 났어요. 난 내가 죽었다는 것조차 몰랐어요. 사실 나는, 하느님 맙소사, 죽지 않아서 얼마나 다행인지 모르겠다고 혼자 생각했거든요. 그렇지만 나는 벌써 죽었던 거예요.

얼마 안 있어 나는 모든 상황을 이해했어요! 아무 말 없이도 이해할 수 있었어요. 그건 아주 분명하고 완벽하고 정확했어요! 내가 왜 이 모습을 선택했는지, 어떻게 우리가 가족이 되기로 합의했는지를 알게 되었죠. 또 우리가 선택한 힘과 성향들, 그리고 무엇보다 우리의 선택이 만들어낼 미래를 어떻게 알 수 있었는지도 말이죠. 미리 정해진 것은 아무것도 없더군요. 우리는 자신이 만들 기회들과, 그에 따라 직면하게 될 도전과 기쁨들을 미리 알았던 거였어요.

운명이 어떤 역할을 하지는 않지만, 가능한 모든 결과들은 미리 알 수 있었던 거죠. 우리의 선택이 불러올 행복, 슬픔, 평화, 저항, 창조성, 반성 같은 것들은 미리 알 수 있지만, 무슨 일이 일어날 것인지 또 어떻게 일어날지는 가변적인 거예요.

내 '일생'에 처음으로(그래요, 나는 여전히 살아 있답니다) 나는 무한에 도달했어요. 나는 우리의 모든 선택이 어떻게 접점과 가능성들을 만들어내는지 보았어요. 그런 접점과 가능성들이 몰랐던 사람들을 만나게 하고, 그 결정이 더 많은 접점과 가능성을 불러오는 거였어요.

나는 내 삶의 고통과 고립이 다른 방식으로 해결될 수 있었다는 걸 알게 됐죠. 내가 선택할 수 있었던 관점, 통찰, 결정, 조치들이 확연히 보였어요. 나의 문제 해결이 어떻게 엄마의 도전들을 보완할 수 있는지, 그렇게 했더라면 우리가 얼마나 더 훌륭하게 서로를 도울 수 있었는지도 보았어요. 엄마, 제발 엄마 자신을 용서하세요.

그건 내 삶이었고, 나의 결정이었어요.

총알보다 더 나를 아프게 했던 것은 엄마의 슬픔과 고통이었어요. 그리고 공들여 만들었던 기회를 손가락 사이로 흘려버린 나를 보는 것이었어요. 난 정말 몰랐어요. 내가 얼마나 마음을 닫고 살았는지, 모든 것이 얼마나 빨리 좋아질 수 있었는지, 혹은 내가 사용할 수 있었던 '마법'이 얼마나 많았는지 말이죠. 나는 그런 것들을 무시했고, 자신이 문제라고도 생각하지 않았죠. 또 나의 결정이 얼마나 많은 사람들에게 깊은 상처를 줄지도 몰랐어요.

내가 얼마나 필사적으로 시간을 되돌릴 수 있길 바랐는지 몰라요. 하지만 나는 이곳에서 편안함을 느끼고요, 다시 돌아갈 계획에 흥분하곤 해요. 나는 새로운 기회를 가질 것이고, 그 후에도 또 다른 기회가 있을 거예요. 우리는 필요한 만큼, 혹은 원하는 만큼 갖게 되거든요.

엄마, 엄마가 겪기로 한 것을 겪어내야 한다는 것도 알 수 있었어요. 그것이 엄마의 선택이고, 그것을 끝내기로 선택할 때에만 끝낼 수 있는 거예요. 삶에서의 갈림길은 선물이에요. 선택하기만 하면 힘은 저절로 모습을 드러낸다는 걸 우리가 이미 알고 있었음을 보여주는 선물! 말처럼 쉽지 않으리란 것도 엄마는 알고 있어요. 하지만 내가 묘사하듯 명료하게 현실을 볼 수 있는 힘이 엄마의 내면에 있다는 사실을 엄마도 알고 있어요. 엄마는 내가 그런 선택을 할 수도 있다는 걸 알고 있었어요. 사실 우리 모두가 알고 있었죠. 우리는 삶을 함께하는 동안 감당해야 했던 고통이 그만한 가치가 있을 거라는 데 동의했고, 그렇게 했죠.

엄마가 나를 아주 많이 사랑했기 때문에, 나는 모든 결정을 할 수 있었어요. 마지막 결정도 마찬가지였죠. 그 결정을 통해 저는 많은 것을 배웠답니다. 엄마의 사랑에 대해 무슨 말을 해야 고마움을 전할 수 있을지 모르겠어요. 하지만 이제 더 이상 나를 걱정하실 필요가 없어요. 난 이제 '고향'에서 사랑 넘치는 환영과 존중을 받고 있어요. 엄마와 내가 함께했던 일들은 지금도 내 마음 속에 남아 있어요.

엄마, 우리는 여전히 영원을 소유하고 있어요. 지금의 내가 상상할 수 있는 것보다 더 많은 모험이 우리를 기다리고 있죠.

깊은 심호흡을 하고, 쉬고, 꿈꾸세요. 엄마는 잘해오셨어요.

지금은 다시 행복해질 시간이랍니다.

엄마, 아주 많이 사랑해요.

당신의 자랑스러운 아들 올림

잘 되어가고 있다

당신은 시험 당하고, 심판 받고, 벌받기 위해 살아 있는 것이 아니다. 당신은 무한한 사랑의 소용돌이 속에서 살고 배우기 위해 여기에 있다. 모든 것은 더 위대한 목표를 향해 나아가고, 살아 있는 동안 내린 모든 결정은 당신의 엄청난 성장과 영광을 위한 핵심적 연구 재료가 된다. 세상을 떠나는 시간과 방법 역시, 당신이 결정한다. 이것이 죽은 이들이 알려주고 싶어 하는 다음 이야기다.

Chapter 3

우리는 떠날 준비가
되어 있었다

세상을 떠나는 시간과 방식은 어떻게 결정되는가?

애벌레가 고치에서 나비로 깨어날 때, 어린 새가 둥지를 떠나 도약할 때, 갓 태어난 아기가 첫 숨을 쉴 때, 다음의 3가지 일이 일어난다.

1. 안도한다.
2. 기쁨을 느낀다.
3. 확장한다.

지난한 신체적 투쟁을 거쳐 이 3가지를 얻게 되면 되돌아갈 일은 없고, 되돌아가고 싶은 욕구 역시 눈곱만큼도 없음은 자명하다. 모든 전이transition에 수반되는 최고의 장엄함 역시 마찬가지다. 물질로 만들어진 육신에서 벗어나 비물질적인 것으로 건너가는 전이를 '죽음'이라 하는데, 죽음 역시 되돌릴 수 없고 되돌리고 싶은 욕구도 전혀 생기지 않는다.

'임사 체험near-death experiences'에서 보고되는 건너편 세상에 관한 많은 이야기들은 전적으로 진실인데, 그들은 독특한 방식으로 삶의 모험에 참여하고 있다. 즉각 '살아 있는' 상태로 되돌아가는 것을 포함해, 보통 사람들과는 조금 다른 확장된 선택을 하는 것이다. 하지만 아무리 우연하고 기이한 방식, 혹은 강요된 형태로 전이의 기회를 맞았다 하더라도, 그 기회는 분명 당사자가 준비되었기 때문에 창조된 것이다.

이번 장에서는 세 가지 주제에 집중할 것이다.

1. 왜 당신은 여기에 있는가?
2. 언제 당신은 건너갈 준비가 되는가?
3. 어떻게 당신의 생각은 현실이 되는가?

이 세 가지 주제를 통해, 세상을 떠난 이들은 자신이 어떤 일을 할지 알고 있었다는 사실과, 지금은 당신이 떠날 차례가 아니라는 것을 보다 확실하게 알 수 있을 것이다.

삶, 자신이 선택한 이수 과목

삶이란 모험은 완벽한 학교다.

당신은 배우면 배울수록, 더 많은 재미를 느끼게 된다. 또 재미를 느낄수록 더 많이 배울 수 있다. 정글 속에서 살아가는 삶은 선택 과목이자 필수 과목의 일부이기도 하다. 필수인 이유는 간단하다. 당신은 오직 당신이 선택한 과정만을 이수하기 때문이다.

이 과정은 몇 개의 생애로 구성되고, 각 생애는 감정적으로 각기 다른 경험을 제공한다. 감정을 느낄 수 있는 것은 환영, 혹은 환영에 대한 믿음이 있기 때문이다. 모든 감정은 환영에서 유래하며, 환영이 없다면 그런 감정을 알 수도 없고 알려지지도 않는다.

당신이 없다면, 신이란 존재는 기쁨, 슬픔, 분노, 광기, 우울, 고독, 충격, 권태를 느낄 수 없다. 이해가 되는가? 당신은 신과 같다. 신의 현현manifestation 안에서 즐기면서, 당신이 좋아하고 싫어하는 것을 선택하고, 신의 현현들을 만들고 변화시키고, 새로운 방향으로 움직이는 것을 배우기 위해, 신의 현현 중 아주 작은 일부로 나타난 것이 당신이다.

삶에서의 발견이나 탐구 중 어느 것도 당신과 당신의 망각 없이는 불가능하다. 그러니 각 생의 목표는 그저 존재하는 것이다. 그것은 느낌을 통해 당신이 선택한 것들을 경험함을 의미한다. 당신이 어린(경험이 적은) 영혼이라면, 이렇게 존재하는 것이 늘 편치는 않을 것이다. 당신의 감정은 자주 상처 입고, 좌절할 것이다. 당신 자신이 그런 감정의 원천이며 주인이란 사실을 알아차릴 때까지 그것은 계속된다.

배우는 과정 초기에 느껴지는 불편이나 부자유는, 당신이 이미 한 선택 안에서 충분히 예상되고 고려된 것이다. 즉 '일괄 거래'에 포함되어 있다. 당신은 정확히 있어야 할 곳에 있다. 당신이 선택한 바로 그곳에 있다는 말이다. 이것은 당신이 뭔가 잘못했다는 뜻이 아니다. 오늘 불편한 것이 '삶이 힘들다'는 의미도 아니고, 당신이 항상 불편할 것이란 얘기도 아니다. 당신은 불쾌하게 느껴지는 것을 끌어안고 견디게 되어 있는 존재가 아니

당신은 불쾌한 것을 견디는 존재가 아니다. 당신이 바꾸도록 되어 있기 때문에 불쾌함을 느끼는 것이다.

다. 불쾌한 것을 바꾸는 존재다. 당신이 바꾸도록 되어 있기 때문에 불쾌함을 느끼는 것이다.

당신이 느끼는 고통과 불안 하나하나가 당신을 깨워 일으켜, 더 큰 실재와 더 위대한 당신을 드러낼 웅장한 진리를 탐구하도록 초대한다. 창조된 현실 속에서 당신의 진정한 위치가 어디인지 알아차리는 상태에 점점 더 가까워지도록, 고통과 불안이 도와주는 것이다. 당신의 위치는 바로 창조자Creator다.

창조론이 맞을까, 진화론이 맞을까?

만약 당신들의 태양, 달, 별들의 바탕이 되는 우주 내에 하나의 지성만 있다고 가정한다면, 우리는 지금 창조론을 이야기하고 있는 것이다. 생각해보자, 만약 진화만이 있고 인간이 원숭이로부터 왔다면, 왜 여전히 원숭이가 존재하는가? 게다가 순수하게 진화론적인 세계관에 따르면 모든 생명체는 아메바로부터 비롯됐다는 것이다. 데이지 꽃이며, 곤충들, 청개구리, 기린, 그리고 당신까지 아메바에서 시작됐다! 하지만 한 마리 아메바로부터 오늘날 알려진 모든 종에 이르는 점진적 진화를 보여주는 유골의 흔적은 전혀, 그리고 절대로 없다. 유골들은 구조의 사소한 돌연변이를 보여줄 뿐, 아메바로부터 코끼리에 이르는 완전한 돌연변이를 보여주진 않는다. 그렇다면 모든 진화된 종들이 함께 발생해서, 자신들을 보완하고 영속화 하는 생태계의 먹이사슬 속으로 편입된 거라고 생각해보면 어떨까? 말도 안 되는 소리다! 게다가 아메바는 왜 여전히 존재하는가 말이다.

하지만 세상을 떠들썩하게 하는 유물과 유골에서 보듯, 이러한 입장과 같은 정도로 분명하게, 종의 진화는 개량과 개선의 도구로서 존재한다. 창조가 먼저였고, 그다음에 진화가 이루어졌다. 하지만 환영들이 끝없이 창조되고 재창조되고, 공간에 투사됨에 따라 아직도 **창조와 진화 모두 매 순간 작용하고 있다.** 사막의 신기루를 생각해보라. 신기루는 그 원천인 사막의 상태에 따라 매 순간 활성화되고 변하는 유령 같은 존재다. 하지만 당신의 정글 속에서 시간, 공간, 물질이란 유령은 추가적인 특징을 갖고, 물리 법칙을 따르면서, 당신들과는 독립적인 현실로서 신뢰성을 더하고 있다(그렇다 해도 얼마 안 있어 더 큰 신뢰성이 요구되겠지만 말이다).

더욱이 물리적인 쿼크quarks, 분자, 세포와 같이 당신이란 유령을 구성하는 것들은 투영된 아지랑이 이상의 것이다. 그것들은 신의 일부이고, 순수한 신이다. 신에 속한 지성의 불꽃이고, 특질과 속성이 부여된 존재다. 그것들은 모든 물리적 대상을 만들고 개미, 나무, 혹은 행성 같은 살아 있는 유기체 내에 집단적으로 존재한다. 쿼크, 분자, 세포는 부호화되어coded 전체를 형성하고 하나로 작용한다. 부호화된 전체가 당신이 알고 있는 삶이란 더 큰 모자이크에 더해지는 것과 마찬가지다.

그렇지만 세포는 컴퓨터와 다르다. 각 구성요소는 그 자체로 '살아 있고', 구성요소들로 이루어진 생명체와 마찬가지로 고유한 의도와 목적을 갖고 있다. 원숭이 한 마리의 세포들은 모두가 독립적으로 움직이지만, 원숭이란 존재를 가능하게 할 의도를 공통으로 갖고 있다는 의미다. 그리고 원숭이는 자기 세포들의 의식을 모르는 채, 세포에 편승해서 자신의 의식, 특질, 개성, 의도, 목적을 갖는다. 원숭이가 속한 무리도 마찬가지고, 원숭이가 속한 종種, 원숭이의 서식지, 원숭이가 살고 있는 행성의 경우도 똑같다. 러시아 인형 '마트로시카'처럼 계속 포개진다. 생명체 각각은 부분들의 합 이상이 되지만, 전적으로 그 부분들에 의존한 채 존재한다.

그러므로 당신의 발현인 여러 생애는 신에 의해 투사

되고, 지지되고, 유지된다. 동시에 신은 당신의 여러 생애를 통해, 창조의 교향악 가운데서 그 생 이상의 뭔가로 '살아 있게' 된다.

케이크 맨 위에 장식된 체리가 바로 당신, 인간이다. 또한 우주 곳곳에는 다른 종들도 존재하는데 당신의 개인적 경험을 가능하게 해주는 공동 경험의 공동 창조자들이라 할 수 있다. 당신은 아주 오래 전 집단적으로 합의한 기본 요소들(중력, 분자 운동, 진동 주파수 같은 것들)에 의해서만 제한된다. 그런 제한 요소들 덕분에 당신만의 특수한 정글에서 게임이 가능하다. 반면 그 밖의 모든 것들은 사실상 제한 없는 상태로 유지된다.

설익은 결론의 위험

창조론과 진화론은 '이것 아니면 저것' 식으로 딱 부러지게 구분되는 명제가 아니다. 영적으로 표현하자면, 완전한 망각으로부터 깨달음에 이르는 인간의 진화는 일종의 '목표'이고, 지금 잘 진행되고 있는 중이다. 망각에서 깨달음으로 간다는 의미는 당신이 어리고, 혼자이고, 두려워하고, '어둠' 속에 있는 상태에서 시작한다는 것이다. 당신의 힘과 그 힘을 사용하는 방법에 대해 배울 때까지는 감정적으로, 신체적으로, 그리고 어쩌다 우연히 창조하기도 하고 잘못 창조하기도 한다.

모험 초기의 학습 곡선은 절망과 상심으로 흔들리지만, 그런 일을 겪음으로써 얻게 되는 지혜로 나중에는 참으로 아름답고 마음이 따뜻해지는 일들이 가능해지고 결국 깨달음에 이르게 된다. '시간과 공간'은 당신의 대학이고 이상적 의미에서 배움으로 가득한 곳이다. 안도감, 기쁨, 확장이 있고, 모험과 발견이 있고, 활력과 조화가 있다. 지금 당신의 삶은 수업 과정에 불과하다. 그 자체로도 멋지면서, 미래의 생애를 더 나아지게 만들어주는 수업이다. 때로 그 수업은 한없이 혼란스럽고 불쾌하다. 하지만 그렇다고 해서 이번 생이 자신이 선택한 것이 아니거나, 그런 느낌이 소중한 바람과 꿈에 아무 도움이 되지 않는 것은 아니다.

만약 당신이 맥락을 벗어나 현재의 전형적인 삶만을 숙고한다면, 즉 삶이 진행되는 모든 장소에 깃든 조화와 장려함, 협동, 건강, 발견, 그리고 당신의 삶과 당신의 세대가 궁극적으로 미래 세대를 돕게 될 성취를 무시한다면, 당신은 많은 이유를 들어 이렇게 결론 내릴 것이다. 정글 속의 삶은 지속할 가치가 없다!

그러나 이런 설익은 결론을 내리는 것은 마치 『오즈의 마법사』를 읽다가, 녹슨 양철인간이 자신의 잃어버린 듯 여겨지는 삶과 기회들을 안타까워하는 것을 도로시가 발견한 순간 책을 덮는 것과 마찬가지일 것이다.

자살의 의미

각 생을 선택하는 데는 여러 가지 이유가 있다.

정글 속의 삶을 연속해서 선택하는 데에도 더 크고 깊은 이유들이 있다. 육신의 삶을 끝낸다고 해서, 몸을 통해 배우는 더 큰 기회가 끝나는 것이 아니고 끝낼 수도 없다. 육신의 자살을 선택한 젊은 영혼들(젊은 사람과 혼동하지 말자)은 효과적으로 '수업'을 끝내긴 했지만, 곧바로 자신이 여전히 '학교'에 있다는 사실을 발견한다. 살아 있을 때와 똑같고, 자신의 특징들도 그대로다. 단지 환영들의 다른 버전에 있을 뿐이다. 사후 버전의 환영은 생시보다는 훨씬 융통성이 있지만, 속속들이 구속력을 발휘한다. 다시 왔던 길을 돌아가는 것 말고 탈출로는 없다. 즉 모든 거짓은 극복되어야 하고, 이해되어야 하고, 통찰되어야 한다.

몸으로 배우는 과정을 자연스럽게 완료한 사람들은

더 공부할 것이 무언지 알아차리고 다가올 새로운 모험에 설레지만, 자살한 사람은 새로운 몸을 출현시켜 수업 과정을 '반복'해야 한다. 수업을 통해 자신이 회피하려 했던 것들을 다시 만나야 하고, 이는 자살한 이들이 선택했던 애초의 '계획'을 따르는 것이다. 그들은 절정의 총명함으로 무한한 가능성 중에서 세상과 차원을 선택함으로써 그 계획을 세웠다. 이는 그들이 그것을 얼마나 원했는지를 알려준다.

자살한 이들은 가혹하고 돌이킬 수 없는 고통, 극단의 질병 같은 드문 경우를 제외하고는, 회피했던 문제에서 원래 그들이 세웠던 목표를 달성하지 못한다. 이런 문제가 그들에게 닥친 것은 우연이 아니었고, 피하지 않고 그 문제에 맞섰더라면 그들에게 잠재해 있던 어떤 재능이 개발될 가능성이 아주 높았을 것이다. 자살로 이끈 문제는 기껏해야 일시적으로 지연된다. 파기된 약속, 기진맥진한 생존자, 잃어버린 기회란 대가와 함께, 해결되지 않은 문제만 더 복잡해질 뿐이다.

놀이기구에서 내린 사람들

거대한 테마를 가진 명소名所로서의 정글, 즉 시간과

공간의 정글을 상상해보자. 그곳엔 여러 가지의 공원이 있다. 각각의 공원은 이국적인 탈것들, 쇼, 즐길 거리 등 고유한 테마와 브랜드를 자랑한다. 거기엔 무서운 것도 있고 스릴 넘치는 것도 있고 재미있는 것, 로맨틱한 것, 교육적인 것, 쉽고 경쾌한 것 등 수없이 많은 것이 있다. 수천수만 가지 탈것 중에서 당신이 선택한 '놀이기구'는 당신에 맞춰 조정되고, 그것이 움직이기 시작하면 비슷한 경험을 추구하는 사람들과 모험을 공유하게 된다. 놀이기구를 타는 시간은 한 순간에서부터 100년까지이고, 그 안에는 수많은 갈림길, 결단해야 할 것, 선택해야 할 꿈, 배워야 할 교훈, 사랑 등이 준비되어 있다.

테마가 있는 명소는 하나의 행성과 같다. 공원은 각기 다른 지역, 나라, 문화, 혹은 의식 구조와 같고, 당신은 결국 모든 공원 안에 있는 모든 놀이기구(생애)를 선택하게 될 것이다. 명소에 입장하기로 한 것은 엄청난 선택이다. 그것은 철저한 연구와 준비가 있어야 가능하다. 가장 친한 친구들의 지원과 지지를 받고, 가장 지혜로운 안내자들의 조언을 받으면서, 명소가 제공하는 모든 것을 경험할 분명한 의도를 갖고 있어야 하는 것이다. 아예 명소에 가지 않는 사람도 많다. 만약 당신이 명소에 들어간다면, 그것은 그랑프리를 받는 것이고, 기대할 수 있는 최대값을 얻는 것이고, 진정 가치 있는 것을 실현하는 것이다.

일단 '내부'로 들어가면, 입장하기로 한 결정에 이어 수없이 많은 결정들이 필요하고, 결정들로 인해 나름의 재미와 배움을 얻게 된다. 그 모든 것이 합해져, 모든 것을 전체로 경험하고자 하는 당신의 목표가 이루어진다. 여기서 그랑프리를 향해 가겠다는 결정이 시간과 공간의 '바깥'에서 이루어진다는 점은 매우 중요하다.

그런 관점에서 본다면 당신은 정글 안팎에 동시에 존재한다. 사실 그건 별일도 아니다. '짜잔' 하고 눈 깜빡할 사이에 당신은 수천수만 개의 삶을 살았고, 격렬하게 더 많은 삶을 원한다. 하지만 당신이 어떤 한 생애에서 갖게 되는 관점에 따르면, 의식은 시공간에 의해 결정되고 정의된다. 시간과 공간이 환영이라는 사실을 진정으로 배우기 전까지는 그 상태에 머문다. 시간과 공간 속에서 살아보고, 최소한 시공간의 행복한 여행자가 될 정도로 시공간에 정통해야만 그것이 환영임을 알 수 있다.

그러니 이렇게 생각해보자. 당신의 수많은 '분신' 중하나가 일진이 사나운 날, 혹은 하루가 일 년처럼 괴로운 날을 보내는 중이고, 삶이라는 놀이기구 밖으로 나가고 싶어 한다. "그만! 사는 게 지긋지긋해! 이런 정글에 신물이 나. 정말 말도 안 되는 세상이야. 난 죽어버릴 거야!" 그래서 당신은 자살을 통해, '위험한 산Hairy Mountain'이란 이름의 놀이기구에서 하던 모험을 중단한다. 그 순간 당신은 자신이 그 놀이기구의 벽 밖에 서 있고, 많은 사람들이 그 놀이기구를 타려고 하고, 누구는 거기서 내리려 하고 있음을 보게 된다.

당신은 당신의 탈 것을 '정지시켰지만', 그 놀이기구는 당신 없이도 홀로 움직이고, 당신은 그 놀이기구 너머로 이동할 수 있을 만큼 충분히 진화하지 못했다. 그러한 진화는 놀이기구를 타는 조건을 요구하기 때문이다. 그리고 그 놀이기구에 오르는 것이야말로 애초에 '당신'이 했던 어마어마하게 훌륭한 선택이었다.

그러니 어떡해야 한단 말인가? 고도로 숙련된 운전자와 잘 훈련된 전문가들이 제공하는 사랑이 넘치는 안내(혹은 지도)에 힘입어, 당신은 다시 한 번 그 놀이기구를 타기로 결정한다. 혹은 당신이 창조했던 혼란을 극복하고 앞으로 나아가기 위해, 그 놀이기구와 아주 흡사한 것을 타기도 한다.

죽음의 타이밍

모험하는 사람이 원래 갖고 있던 계획이나 목적을 성취했거나, 더 이상 그 목적을 달성할 수 없고 다른 대안이나 이룰 목표가 없을 때, 삶은 저절로 끝난다.

하지만 언제 이런 기준이 충족되었는지 아는 일은 의식 수준에서 일어나지 않는다. 당신이 다 이루었다고 주장한다면, 그건 십중팔구 당신이 아직 마치지 못했다는 증거다. "나는 세상에 온 목적을 달성했고, 더 이상 세상에 살고 싶은 마음이 없다. 사랑하는 사람들은 모두 떠났고, 나는 바보들에게 둘러싸여 있다." 누군가 이런 말을 한다면, 아주 명백히 그 사람에게는 더 배워야 할 것이 남아 있다고 알아들으면 된다.

삶이 자연스럽게 끝날 때, 머물지 떠날지에 대한 '결정'(다시 말하지만 본인은 의식할 수 없다)은 가능성에 달려 있다. 즉 그 결정에 의해 얻게 되는 것에 영향 받는, 가능한 모든 삶의 궤적들이 고려된다. 당신이 머물지 떠날지 결정할 때에 영향을 받는 것에 지역 공동체, 국가, 세계에 사는 사람들의 가능한 궤적 또한 포함시키는 것이 합당할 때도 있다. 특히 당신이 세계적 지도자거나 영향력을 가진 사람일 때 그렇다. '가능성이 있다probable'는 말의 의미를 안다면, 모든 것이 가능하고 아무것도 미리 결정되지 않았지만, 개인적으로나 집단적으로 훨씬 더 작은 범위의 가능한 미래가 존재함을 이해할 것이다. 그 시점으로 향하는 사람들 전체의 향상하는 생각, 신념, 기대에 근거해서 다음에 무슨 일이 일어날 가능성이 높은지를 알 수 있는 것이다. 관련된 사람들이 갖는 미래에 대한 예감이 클수록, 그것이 경험될 확률은 더 커진다. 자유의지가 주도하는 것은 맞지만, 논리적으로 개인들은 집단이 갖는 거대한 가능성의 범위 내에서 움직일 수밖에 없다. **물론 그게 다는 아니다.**

당신의 삶이 매 순간 전개되듯, 당신의 가능한 미래도 매 순간 펼쳐진다.

1. 한 개인이 아주 위대한 비전을 갖는 경우, 그 비전이 집단을 바꿀 수도 있다.

2. 집단적으로 부과된 제한에도 불구하고, 개인의 선택지는 무한하고, 행복과 성취를 찾아낼 가능성도 무한하다.

3. 개인들은 자신이 소속되겠다고 선택한 집단에 대해 충분히 잘 알고 있다. 그 집단에 속해야 할 극

도로 설득력 있는 이유가 있다면, 어떤 제한이 있더라도 그 집단에 합류하는 것(그 시대에 태어난다든지)을 선택할 것이다.

부모를 선택하고 태어날 시대를 선택함으로써 만들어지는 가능성뿐 아니라, 더 큰 집단이 창조할 가능성과 기회들이 생애의 선택들을 이끈다. 당신의 삶이 매 순간 전개되듯, 당신의 미래와 당신이 계획한 일들을 성취할 기회도 매 순간 펼쳐진다. 성장해 나감에 따라 당신의 야망이나 포부도 매 순간 새롭게 전개되고, 하나의 목적이 달성되면 또 다른 목적이 출현한다. 이렇게 다양한 삶의 궤적들은, 당신이 한 생애를 선택하기 전에 예상 가능한 범위에서 숙고되고 평가된다.

원래 의도했던 것 이상의 성취를 이루는 생애도 있을 수 있다. 혹은 크거나 작은 집단의 변화나 그런 삶에 처한 개인의 마음이 변함으로써 중요한 가능성들이 갑자기 사라질 수도 있다. 그렇다면 당신은 언제 죽음을 맞게 될까? 의도했던 삶의 목적들을 달성할 가능성이 현존하는지, 가까이 있는지, 멀리 있는지에 따라 결정된다.

물리 법칙과 창조 법칙

보통 사람들의 눈에 비치는 죽음은 무작위로 일어나는 일이다. 영적으로 기울어진 사람에게 죽음은 미리 정해진 것으로 보인다. 각각의 관점은 방정식에서 '동의'란 요소를 제거한 것이고 '자기 결정'은 논외로 한 것이다. 그러나 분명 동의, 자유의지, 선택이 존재한다.

기억나는가? 이건 당신의 일이다. 그러면 이런 질문이 도출된다. 어떻게 한 개인이 망각의 외투를 입고 사는 동시에 자신을 제어하는 상태를 유지할 수 있을까? 빛을 가지면서 동시에 어둠을 경험할 수 있는가? 언제 '죽을지' 선택하는 동안 최고로 충실한 삶을 살 수 있을까?

이들 질문에 별 문제가 없어 보일지라도, 곤란한 점이 있다. 신성한 이분법에 의한 추정에 근거한 질문이기 때문이다. 다시 말해 당신은 알거나 모르고, 빛은 있거나 없다. 삶은 죽음을 포함할 수 없다. 다시 말해 죽음이 각 생의 성취일 수는 없다고 생각한다.

이렇게 생각해보자. 신으로서의 당신은 자신이 누구인지 망각하기를 원하고, 자신의 모습을 새롭게 발견하고 싶어 한다. 왜일까? 당신이 그럴 능력이 있으니까?

아니면 그냥 재미있어서? 뭐가 됐든, 지금 당장 문제가 되는 것은 아닌 다른 이유 때문에 그렇다. 너무 많은 점을 연결하면 안 된다는 것을 명심하자. 의미가 통하는 데서 출발해서 가능한 최소한의 점만 연결하라.

대개의 경우 가장 단순한 선택이 가장 올바르다. 당신이 창조 자체일지라도, 자신이 누구인지를 망각하기 위해서는 당신 자신을 창조의 '외부'에 놓을 필요가 있다. 그래야 자신을 볼 수 있고 그것이 당신인지 모르게 된다!

이런 일이 가능하기 위해서는 당신의 새로운 '고향home'에도 다음과 같은 사항이 적용되어야 한다.

1. 그것은 어색하지 않고, 완전하며, 믿을 만해 보여야 하고 당신과는 독립적이어야 한다(그것이 완전히 당신에게 의존하고 있다 하더라도 그래야 한다. 명심하자, 그것은 당신이다).
생각해보라! 물질 우주는 측량할 수 없이 광대하고 모든 종류의 물리 법칙 및 물질적 속성과 총체적으로 얽혀 있음을.
2. 생생하게 살아 있고, 저절로 이해되고, 그 자체로 충분해야 한다.

생각해보라! 아메바, 살아 움직이는 대양, 광합성, 판구
조론을.

3. 당신을 포함해야 한다. 외견상 당신이 그것과 떨
어져 있고 떨어져 있다는 사실을 납득할 수 있다
해도 그렇다.

생각해보라! 당신의 물질적 신체를.

4. 당신의 목적은 당신의 장엄함을 재발견하고 확장
하는 것이다. 그러기 위해서는 그것과 좀 더 심오
하고 근원적인 창조적 연결을 유지해야 함을 명심
하자.

생각해보라! 형이상학적 자연 법칙(보이는 것과 보이지
않는 것 간의 연결을 지배하고, 창조자인 당신과 당신이 창
조한 것 사이의 연결을 지배하는)을.

형이상학적 법칙에 따르면, 물질세계 내에서 뭔가를
창조하기 위해서는 우선 그것이 당신의 생각 안에 존재해
야 한다. 그 후 당신의 생각은 사물, 상황, 삶의 사건이
된다. 앞에서 지적했던 것처럼, 형이상학적 법칙의 지배
를 받는 일은 저절로 일어나지 않는다. 만약 저절로 일
어나면 현실의 질서를 지켜주는 물리 법칙들이 완전히

박살나고 무효가 될 것이다.

형이상학적 법칙에 따르는 일은 자발적으로 일어나진 않지만 서서히, 그리고 순차적으로 일어난다. 대부분의 경우 물리 법칙들과 협력한다.

금화는 느닷없이 당신 손바닥에 나타나지 않는다. 다른 곳에 이미 존재하는 금화를 당신에게 끌어당겨야 한다. 금화는 상인, 고객, 지인, 후원자, 상속인, 자녀, 부모, 배우자, 친구 등, 대부분 당신과 이미 관계를 맺고 있는 사람들 가운데 누군가를 통해 당신의 손바닥 위에 놓이게 될 것이다.

금화를 원하면서 금화의 이미지를 당신 마음속에 잡아두면, 핵심적인 사람과 사건들로 완벽한 교향악이 연주되기 시작한다. 자세히 알 수는 없지만, 일이 일어나고 난 뒤에 감탄할 수밖에 없는, 상상도 못할 정확성을 가진 안무가 펼쳐지고, 당신에게 금화를 가져오는 일이 완수된다.

'끌어당김의 법칙law of attraction'이 작동하는 것이다.

생각이 현실이 되는 과정

당신이 쏟아 붓는 에너지를 완벽하게 반영하면서도,

현실에 대한 당신의 신뢰를 손상시키지 않는 이 과정은, 극적이고 정서적인 '자기 발견'이 가능하도록 신神인 당신이 작동시킨 것이다. 이것은 삶의 모든 순간이 드러나는 방식이기도 하다. 삶이란 이들 법칙에 따라 투사를 행함으로써, 생전에 계획했거나 의도했던 목적을 달성하는 과정이다.

처음에는 이런 사실에 압도당할 수 있다. 하지만 '신이 불가해한 방식으로 작용한다'는 것보다는 말이 되지 않는가? 물론 작은 인간의 뇌로는 이해할 수 없는 복잡한 실행 계획이다. 이러한 안무를 실행한다는 것은, 시공간이라는 커튼 뒤에 숨어서, 행성 수준의 사건과 상황들을 조정하고 70억 인류의 생각, 목적, 욕구들을 감안했음을 의미한다. 인류는 각자가 느끼는 것과 가장 가까운 하나의 일정표를 향해 모여들어 '현실'을 창조하고, 그것은 매일 매초 새롭게 계산된다.

당신은 이 과정을 중단시킬 수 없다.

이것보다 더 지성적으로 현실이 이루어지는 메커니즘을 파악할 방법도 없다. 하지만 무엇이 선행해서 일어나는지에 특별한 주의를 기울이면서, 당신의 생각과 물질적인 사건 사이에서 일어나는 묘한 유사성을 알아차리기 시작하면, 자신의 삶에서도 그 증거를 알아볼 수 있다. 당신이 TV의 리모컨 버튼을 누를 때 무슨 일이 일어나서 채널이 바뀌는지 모른다 해도, 어쨌거나 당신은 TV와 리모컨이 작동한다는 사실을 알고 자신이 명령을 내리는 사람임을 아는 것과 마찬가지다.

당신이 생각 속에 비전(유형이든 무형이든, 자동차든 신뢰든 상관없다)을 갖고 있으면, 상황은 점진적으로 재배열되고, 선수들과 협력자들이 모이거나 흩어지면서, 결국 당신의 경험 안으로 그 비전이 끌려 들어온다. 그것이 우주의 보편 법칙이라는 것을 모르면 마치 마법을 쓴 것처럼 보일 것이다.

이것이 생각이 현실이 되는 방식이다.

당신이 생각하고, 믿고, 기대하는 모든 것이 한데 모여 흐르면서 당신의 삶과 죽음을 빚어낸다. 금화가 손에 들어올 수도 있고, 새로운 관계와 모험에 대해 말로만 하지 않고 행동에 옮길 수 있게 된다. 실제로 행동하는 것도 그 흐름에 포함된다. 이들 가운데 어떤 것들은 더 빨리 모습을 드러내고, 어떤 것은 전혀 모습을 보이려 하지 않는다. 인간의 머리로 추적하기엔 너무 복잡한 놀라운 세부 계획과 연출이 있을 것이다.

꿈에 그리던 금화가 언제 도착할지 인간의 머리로는 알 수 없는 것과 마찬가지로, 언제 죽음을 맞게 될지 당신은 알 수가 없다. 하지만 어떤 식으로든 죽음을 맞게 되면, 그것은 우연히 무작위로 온 것이 아니고, 현상 너머에서 움직이는 존재에 의해 창조된 것이 틀림없다. 현상을 초월한 존재는 준비되어 있고, 그 시점은 정확하며, 삶과 죽음이란 춤은 신성에 의해 관리되고 있기 때문이다.

살아남은 이들도 준비되어 있다

죽음에 즈음해 벌어지는 일들은 말할 것도 없이 살아남을 이들, 즉 죽은 이들이 사랑하는 사람과 그것을 목격할 사람들을 고려해 이루어진다. 그것은 살아남은 이들이 의식적으로 선택할 수 있는 것이 아님이 분명하지만, 사랑하는 이를 잃는 경험을 한 사람들은 자신이 의식하지 못하는 사이에 그 경험을 맞을 준비가 되어 있다. 우연히 일어나는 사고 따위는 없다. 관계로부터 벌어지는 다른 모든 일들도 머지않아 그 가치를 알 수 있을 것이다.

사랑해보고 '잃는' 것이 사랑하지 않는 것보다 낫다.

사랑하는 이를 잃고
불운하다거나,
슬프다거나,
사고라고만 여긴다면
하늘이 준 선물을
놓치는 것이다.

특히 정말로 잃는 것이 없다면 더욱
그렇다. 사랑하는 사람의 죽음은 확실
히 정해진 것이 없고 '가능성'의 범위
내에 있다. 대부분의 사람들에게 사랑
하는 이의 죽음은 '지옥'과도 같은 고
통이며 절대로 바라지 않던 최악의 결
과이긴 하지만, 그런 사람들 역시 다
음과 같은 일을 할 준비가 되어 있다.

☀ 새로운 방식으로 삶을 살아가기
☀ 삶의 '수수께끼'에 대한 이해 수준 높이기
☀ 환영을 꿰뚫어보기
☀ 삶은 정말로 아름답고, 질서정연하고, 사랑으로
　　가득하다는 사실 알기

　사랑하는 이를 잃고 불운하다거나, 지금 일어나서는
안 될 일이라거나, 슬프다거나, 사고라고만 여긴다면 하
늘이 준 선물을 놓치고 어둠 속에 남아 있게 된다. 그것
은 각각의 모든 생을 통해 분명하게 드러나는 완벽함과
질서를 부정하는 일이다.

아빠, 저 케일이에요!

저는 여기에서 잘 지내요.

아빠 차에 생긴 일은 정말 미안하고, 내 실수란 걸 알아요. 하지만 그 기차는 아직도 별로예요.

아빠 모든 일엔 일어날 이유가 있다고 했었죠? 어쨌거나 기차가 왜 그랬는지는 설명할 수 없지만, 내가 여기 있다는 것만은 확실히 말할 수 있어요.

아빠, 저는 제가 여기 온 이유를 알았어요. 있는 그대로의 제가 사랑받았다는 것도, 제 존재를 정당화할 필요가 전혀 없었다는 것도 깨달았어요. 아빠는 저를 그렇게 대해 주셨죠. 엄마에겐 상실이라고 생각되는 사건만이 줄 수 있는 가르침이 필요했어요. 그리고 아빠는……, 만약 제가 떠나지 않았으면 아빠가 떠났을 거예요.

'저와 자리를 바꿨더라면' 하고 아빠가 후회하고 계신 걸 알지만, 그랬더라도 달라지는 것은 없어요. 아무 효과도 없었을 거라고요.

아빠는 매일 기도를 하시네요. 아주 많이!

예전엔 그러지 않았어요. 그렇죠? 신이란 '희망 사항'이라고 말씀하신 적도 있었어요. 그렇지만 아빠의 기도는 늘 응답받았어요. 지금 이 편지도 읽고 계시잖아요.

아빠는 지금 새로운 생각에 '눈을 뜨는' 중이에요. 제가 죽기 전까지는 전혀 관심을 두지 않던 그런 생각이죠. 아빠의 예전 기준으로는, 쓸데없는 생각에 불과할 거예요. 아빠의 삶에서 중요한 건 딸인 저뿐이었어요. 아빠 자신의 삶을 포기할 정도였죠. 지금은 너무 고통스러운 나머지, 제가 없어지지 않았다는 증거를 찾고 계세요. 그러지 않으면 견딜 수 없을 만큼 힘드니까요. 제가 세상을 떠난 것은 아빠에게 이걸 전하고 싶어서예요. 아빠는 이제 신에게 말을 걸잖아요.

귀 기울여 보세요. 신이 아빠에게 답하고 있어요!

아빠의 생각이 커짐에 따라, 제가 세상을 떠난 것이 아빠와 엄마만을 위한 것이 아니란 걸 알게 되실 거예요. 대부분은 저 자신을 위한 것이었어요. 제가 알고 싶어 하던 것을 알게 되었으니까요. 물론 아빠가 저를 얼마나 사랑하셨는지도 알게 되었죠. 아빤 제가 정말로 죽은 게 아니란 것도 알게 되실 거예요. 제가 아주 잘 지내고 있고 행복하다는 것, 아빠나 저나 잘못이 없다는 것도요.

의심하지 마세요. 이해하려고 애쓸 필요도 없어요. 이제 곧 모두 이해될 날이 올 거예요. 지금의 저처럼요.

아빠는 삶의 영적인 측면을 바라보기 시작했어요. 자신의 영적인 면모도 생각하게 될 거예요. 그게 제일로 중요해요. 슬픔 때문에 죽을 것 같은 고통도 곧 지나가고, 아빠는 이전과는 아주 다른 삶을 살게 될 거예요. 제가 살아 있었다면, 아무 일도 일어나지 않았을 것이고 아빤 지루함과 우울함 때문에 돌아가셨을 거예요. 결국, 저는 아빠의 사랑에 보답하지 못했다는 회한을 갖게 되었겠죠.

아빠와 엄마에겐 아직 시간이 많아요. 우린 우리가 함께 나눴던 것을 영원히 기억해요. 제가 있는 곳에서도 그 기억들이 설명할 수 없는 방식으로 떠오르곤 해요. 지금은 이해하기 어려우실 수도 있어요. 제가 새롭게 알게 된 사실 중에서도 특히, 우리가 다시 만나게 될 거란 사실을 아빠가 꼭 아셨으면 좋겠어요.

아빠, 사랑해요. 더 많이요.

아빠의 꼬맹이로부터

모든 죽음은 질서정연하다

어떤 생에서든 최고의 성취는 세상을 떠나는 시간과 방법이긴 하지만, 모든 지상의 창조 행위가 그렇듯, 세상을 떠날 가능성은 인간의 머리로 이해할 수 없는 많은 변수들에 의해 결정된다. 당신의 신체 감각으로 예측하는 것과는 달리, 모든 죽음은 당신 내면의 가장 높은 지성에 의해 명석하게 조직되고 조화되는 위대한 질서, 치유, 사랑, 그리고 수없이 많은 고려의 산물이다. 이들 진실은 극도로 왜곡되고 오해되지만 진실을 이해하려는 사람들과는 함께 나눌 가치가 있고, 그 진실을 보호하기 위해 아마도 다음과 같은 경고 문구가 추가되어야 할지도 모르겠다.

'당신이 지금 살아 있다면, 당신은 아직 준비되지 않은 것이다.'

이것이 죽은 이들이 당신에게 말해주고 싶은 다음 주제다.

Chapter 4

당신은 아직
준비되지 않았다

삶은 고통스럽고, 당신은 여전히 여기에 있는 이유

죽음은 멋진 일이지만, 시간과 공간이라는 정글 속에 사는 것이 더 멋지고, 그것이 지금 당신이 살아 있는 이유다.

당신은 '죽음'으로부터 왔고, 거기로 되돌아간다. 전체적으로 보아 당신이 훨씬 많은 시간을 보내는 곳은 '여기' 이승보다는 '저기' 저승이다. 그런데 '저기'에 있는 동안 당신의 주된 관심은 다시 '육신에 들어가는' 기술을 완벽하게 연마하는 것이다. '여기'에서 '육신 밖으로 나가는(유체이탈)' 경험을 자랑스러워하는 것과는 반대다.

이 책을 읽고 있는 당신도 언젠가는 죽게 될 것이다.

내가 말한 사실들을 믿지 못한다면, 당신은 회의론자일 것이다. 당신은 오늘이 의미로 가득 차 있고, 당신은 당신이 가장 원하던 바대로의 존재이며, 당신이 가장 원하는 곳에 있다는 사실을 확신하지 못한다. 당신은 삶의 마술사이고, 당신을 둘러싸고 춤추는 환영에 통달한 마스터이며, 은하계를 감싼 사랑과 순수 에너지의 해일이라는 사실 역시 믿지 못한다.

때때로 당신은 주차 공간을 찾는 일조차 쉽지 않다. 다이어트를 하고 빚을 갚는 삶 가운데서 '괜찮은 사람'이란 것이 잔인한 농담처럼 들릴 수도 있다. 살아 있는 사람들이 한탄을 즐기는 것은 놀랄 일도 아니다. 사람들은 말한다.

"나는 계획하고, 신은 비웃는다."

그런데 당신은 왜 지금 당장 죽을 생각이 없을까? 특히나 사랑하는 사람을 잃는 등, 큰 고통을 당하고 있다면 말이다. 모든 일이 혼돈스럽고, 생을 거듭할 때마다 문제들이 축적되고, 이 모든 시련이 정말 견디기 어려운데 왜 준비가 되지 않은 걸까?

이번 장은 그런 당신을 위한 것이다.

정글의 딜레마

정글 속의 삶은 당신을 현실 창조의 칼날 위에 올려놓는다.

삶이란 모험을 시작할 때 망각만한 선택이 없다. 존재하는 것은 늘 존재하기 때문이다. 당신은 망각을 통해 새로운 눈으로 신을 보고, 새로운 귀로 듣고, 새롭게 느끼고, 고동이 멈추지 않는 심장을 갖는다.

당신은 이렇게 자신이 창조한 여행길에 나서지만, 진정으로 가야 할 곳은 아직 알 수 없다. '신'조차도 알지 못하거나, 가야 할 지점 같은 건 없을지도 모른다. 당신은 여기서 신의 자격으로 새로운 길을 찾아내고 개척해야 한다. 물론 죽음을 피할 수 없는 인간의 관점에서 본다면 삶에서 아무것도 확신할 수 없지만, 당신은 의식을 탐험하는 선구자다.

당신이 가는 길은 천사들도 감히 밟지 못한다. 천사들은 당신의 용기에 감탄하며 숨죽이고 지켜볼 뿐이다. 그리고 그 길엔 시공간이라는 정글 안에서 평생을 살아야 한다는 딜레마가 도사리고 있다.

삶이란 모험은 도전이 있기에 가능하다.

높은 것이 있다고 해서, 꼭 그만큼 낮은 것이 있어야 하는 것은 아니다. 우리는 이미 그것을 이해했다. 하지만 매 순간은 '혹시'와 함께 오는 법이다. 당신이 창조한 '혹시'가 크면 클수록 거기서 느껴지는 전율도 크다.

예를 들어 고난을 무릅쓴 성취, 위험에 맞서 거둔 성공, 역경을 극복한 승리, 불모지에서 발견한 사랑과 비교할 것은 없다. 하지만 언제나 한심한 확률, 위험, 역경, 고독이 먼저 덮쳐온다! 무일푼에서 100만 달러를 만드는 일은 200만 달러를 굴려서 1억 달러를 만드는 일과 차원이 다르다. 당신은 언제나 제로에서 시작해야 한다.

하지만 좁게 보면, 위대함과 기쁨으로 이끄는 어려운 도전들은 너무나 자주 골칫거리나 저주, 악마처럼 보인다! 당신이 당당함을 포기하고 위축되고 도전에 달려들지 못하는 이유가 그것이다. 전체를 보는 관점이 실종되어 있다.

수두에 걸리고, 파산하고, 사랑에 배신당하지 않았다면 당신은 위대하지 않다. 즉 수두에 걸리고, 파산하고,

사랑에 배신당해서 당신의 삶은 완전한 최고가 된다! 당신의 삶은 무작위가 아니다. 설계에 의한 것이다. 신성神性, 즉 당신이 설계한 것이다.

죽은 자들이 알려 주고 싶어 하는 사실은, 당신이 어디에 있든 모든 일은 일어나야 할 때 일어나고, 당신은 더 높은 수준을 향해 꾸준히 진보하는 과정 중에 있다는 것이다. 이것이 시공간 안에서의 신의 궤적, 곧 영원한 확장이다.

죽은 이들은 당신이 여전히 살아 있다는 사실이 아주 아름답고 의미 있는 일임을 깨닫길 바란다. 그것은 당신에겐 여전히 갈 곳이 있고, 만날 친구가 있고, 배워야 할 교훈이 있다는 의미다. 삶에는 울음보다 웃음이 많고, 슬픔보다 기쁨이 많으며, 말 그대로 당신과 하나인 사랑으로 충만한 우주가 있다는 뜻이기도 하다.

죽은 이들은 당신의 '일'이 아직 끝나지 않았다 해도 세상은 여전히 당신이 원한 그대로란 사실을 상기하기 바란다. 과거를 놓아버리고, 현재에서 당신의 남은 생을 만들어 가라. 끝까지 버티면서 인생이 주는 기회를 잡아라. 당신은 늘 성공하고 늘 기뻐하는 천성을 가진 존재임을 잊지 말라. 성공하고 기뻐하는 것은 신성의 성향이고, 불멸의 존재가 드러내는 특질이며, 당신의 타고난 권리이기 때문이다.

해피엔딩

서둘러 이야기를 진행시켜보겠다. 아이들에게 불행한 결말을 가진 동화책을 읽어주고 싶은 부모가 있을까? 없을 것이다. 하지만 부모들은 이런 조언을 해줄 수는 있다. "애야, 결코 무서운 부분에서 책 읽기를 중단하면 안 된단다."

마찬가지다. 마지막에 모든 것이 좋아지는 것이 아니라면 '더 위대한 당신(신)'이 당신에게 시간과 공간이라는 선물을 주었을 리가 없다. 지금 상황이 아무리 어정쩡해 보여도 '더 위대한 당신'의 의도를 의심할 수는 없다. 무슨 일이 일어나든 아주 좋게 끝날 것이니, 어떤 장애물에도 불구하고 가던 길을 계속 갈 가치가 있다.

내가 지금 말하고 있는 '해피엔딩'은 결코 당신이 '죽을 때'가 아니다. 삶은 절대로 힘들기만 한 것이 아니므로 당신은 역경을 넘어 행복해질 수 있다. 즉 행복한 '결말'은 당신이 살아 있는 동안 헤쳐 나가는 힘든 구간을 이해했을 때 오는 것이다. 핵심은 그 힘든 구간을 헤치고 나아갈 필요가 있고, 무서운 부분에서 책 읽기를 중단해서는 안 된다는 것이다. 당신은 이기고, 버티고, 계속 나아가서 힘든 구간을 벗어나야 한다.

그렇게 할 자신감을 갖게 되면 새로운 꿈이 나타나고, 그 꿈에 따라 새로운 여행이 시작된다. 삶, 신, 세상의 목적을 이해하려 애쓰는 사람이라면 곧바로 '세상에 만연한 고통은 무엇이냐'고 물을 것이다. 그들은 결코 다음과 같은 것을 묻지는 않는다.

- ☀ 왜 북극에서부터 사하라 사막까지, 지구 행성에 사는 그 많은 사람들은 자신이 먹고 살 식량을 갖고 있을까?
- ☀ 왜 그 많은 사람들이 친구, 배우자, 자녀들과 함께 행복한 삶을 사는 것처럼 보일까?
- ☀ 왜 복권 당첨자, 연예인, 억만장자는 그렇게 많을까?

당신은 아프리카 어느 지역에서 굶주리고 있는 아이들이나, 거의 모든 나라에서 일어나고 있는 가혹한 학대들(둘 다 아주 공평하고 책임감 있는 질문들이다)이 어떻게 해피엔딩이 될 수 있는지 물을 것이다. 당신은 이 문제를 70억 개의 다른 생이란 맥락에서 봐야 한다. 그러면 그 같은 비극이 상대적으로 적다는 사실을 인정하게 될 것이다. 어떤 식으로든 가혹한 행위를 당한 사람의 수가 결코 적지 않을 것이란 사실을 인정하더라도, 가혹 행위만으로 피해자들의 삶을 정의할 수는 없다. 그 행위가 있기 전이나 이후, 다른 방식으로 얼마든지 행복할 수 있으니 말이다.

당신의 삶에 대해, 그리고 당신이 진보하고 있는지 아닌지의 여부에 대해, 삶의 여정 중 한 지점에서 판단하는 것은 그 순간에 일어난 일에서 완벽하게 맥락을 제거한 것이다.

일시적 상실, 영원한 선물

정글 속에서의 '상실'은 일시적 사건에 불과하며, 시공간 자체가 그렇듯 환영에 속한 것이다. 이것을 배우기 위해 '상실'이 포함될 가능성이 있는 생을 선택함으로써, 오해가 드러나게 하는 것보다 더 좋은 방법이 있을까? 사랑하는 이를 잃고 홀로 버려진 듯 슬퍼하던 사람이, 사실은 그 사람이 살아 있고 다시 만나 영원히 함께

할 것이란 진실을 발견하고 느낄 희열과 주체할 수 없는 황홀감을 상상해보라. 당신에게 다가오는 도전을 기꺼이 받아들임으로써, 도전이 주는 선물이 모습을 드러낼 기회를 만드는 것이다. 그러면 당신은 그 모든 것으로부터 자유로워지고, 이전에는 할 수 없었던 더 위대한 모험의 길을 밝히는 빛 속으로 대담하게 나아갈 수 있다.

우연히 일어나는 일은 없다. 당신이 살아 있다는 것은, 당신 스스로 어떤 상황에 처해 있는지 알며, 어느 때 어떤 일이 모습을 드러낼지에 대한 가능성을 알고 있다는 뜻이다. 지금 당신의 삶에서 함정처럼 보이는 것들은 지금까지 생각도 못했던 삶, 사랑, 실재에 관한 더 위대한 진실로 당신을 이끌기 위해, 당신이 당신 자신에게 주는 맞춤형 초대장이다.

상실이나 비극, 결점, 불완전성에 흔들릴 때, 당신은 그것들에 의해 추락할지 아니면 떠오를지를 선택할 수 있다. 인간의 영혼이 갖고 있는 회복 탄력성과 모든 인간에게 내재된 성공으로 나아가는 경향성을 감안할 때, 결국 당신은 향상하고 떠오르는 쪽을 선택할 것이다. 당신을 덮친 난제와 좌절, 상심에도 불구하고, 다시 말해 당신이 좌절과 상심으로 점철된 삶을 살아 왔다 하더라도, 당신은 온전한 채로 존재하고 있음을 발견하게 될 것이다.

배우자 학대

이것은 매우 민감한 주제라 분명하게 말해야겠다. 어떤 종류의 학대도 결코 정당화될 수 없다. 학대는 잘못된 행동이고 있어서는 안 될 범죄이다. 학대에 관련된 사람들은 엄하게 다스려야 하고, 학대에 시달리는 사람들은 빨리 구조되고 재활 치료를 받아야 한다. 하지만 학대는 끝없이 일어나고 있고, 당신은 이 어려운 문제에 대한 해답을 얻을 자격이 있으니, 여기서 이 문제와 관련된 요점을 설명하고 넘어가겠다.

이런 가설을 생각해보자. '피해자'가 자신은 죽어가고 있고, 삶은 불공정하며, 상황은 회복될 희망이 없다고 결론을 내렸다면, 그 순간에는 피해자의 판단이 맞을 것이다. 그렇지만 그것이 피해자가 내린 유일한 결론이라면, 그는 자신의 과거와 미래가 모두 포함된 전후 관계의 맥락을 무시하고 일부만 보고 있는 것이다. 만약 피해자가 이와 같은 근시안적 결론에 근거해 삶의 중요한 결정을 내린다면, 자신의 계획을 취소하고, 친구들을 피하고, 분노가 자라나게 내버려 둔다면 어떻게 될까? 피해자는 결국 자신을 둘러싼 기적에 스스로 눈을 감고, 자신만이 가진 치유 능력의 흐름을 막아 버리고, 그 위기로부터 얻을 수 있는 삶의 균형과 영혼을 향상시킬 통찰을 묻어 버리게 된다. 위기는 다음과 같은 통찰을 제공한다.

- ☀ 자신의 가치는 애써서 얻어야 하는 것이 아니라는 이해.
- ☀ No라는 말을 듣거나 No라고 말한다고 해서, 그런 행동이 사랑을 부정하는 것도 아니고 이기적인 것도 아니라는 깨달음.
- ☀ 다른 사람을 구하거나 회복시키는 것은 누가 할 일도 아니고, 누구의 책임도 아니라는 깨우침.
- ☀ 하나밖에 없는 '소울 메이트' 같은 것은 없다는 사실에 대한 숙고.
- ☀ 남을 사랑하기 전에 자신을 사랑하는 일이 선행해야 한다는 발견.
- ☀ 행복하고 평화롭게 살기 위해서 슬픔과 폭력이 필요한 것은 아니라는 발견.

똑같은 '학대·피학대' 관계가 있을 수 없는 만큼, 말 그대로 무한한 개수의 배움과 통찰이 있다. 마찬가지로 정글 안에서 경험되는 모든 상실과 괴로움, 질병, 좌절과 심리적 고통, 삶과 죽음은 모험하는 사람 각각이 창조한 것이다. 그것은 자기 교정, 균형, 치유, 성장, 절대적인 이득을 얻을 수 있는 맞춤형 기회들을 제공한다. 장기적으로(장기적이란 의미는 영원이다!) 잠재적 이득은 단기의 좌절이나 괴로움을 훨씬 뛰어넘는다. 괴로운 상황을 그저 독립적이고 우연히 일어나는 사건으로만 보지 않고 길게 보면, 그 상황이 숨기고 있던 선물들이 분명하게 드러나기 시작한다.

옴짝달싹 못할 정도로 꽉 막혀 있거나, 괴로운 상황이 끝날 가능성이 전혀 없어 보일 때조차 치유, 균형, 향상의 여지는 비록 작더라도 꼭 있기 마련이다. 지금 당신이 어디에 있든, 그곳이 옳은 자리다. 즉 당신이 기대했던 자리다.

당신이 지금 여기에 있는 것은 운명이라서가 아니라, 이제까지 당신이 선택했고 집중했기 때문이다. 물론 불편하고 불쾌할 때가 있겠지만, 당신이 지금 걷고 있는 길은 당신을 더 많은 친구들, 더 많은 사랑, 더 많은 깨달음으로 인도할 것이다. 시행착오를 통해 당신 삶 안에 깃든 온갖 환영을 이기는 심오한 힘을 깨닫게 되면, 그 길은 혼란과 오해를 벗어나 명료함으로 당신을 이끌 것이다.

삶은 미리 정해진 것도, 무작위도 아니다

그 누구도 무작위로 위협적인 상황이나 곤경에 빠지진 않는다는 사실을 아는 것이, 당신이 결코 약하지 않다는 것을 확실히 이해하는 첫걸음이다. 삶이란 당신에게 무작위로 칼을 날리는 무시무시한 장소가 아니다. 삶에서 일어나는 모든 일은 삶을 시작하기 전에 의도적으로, 혹은 더 많은 경우 비의도적으로 생각, 신념, 기대에 의해 '쓰인' 것이다. 재미없기로 작정한 것이 아닌 바에야, 미리 쓰인 각본에 의해 일어나는 일은 재미가 덜하기 때문에 사람들은 결국 새로운 질문을 시작하고, 과거의 방식을 수정하고, 필사적으로 새로운 길을 개척할 것이다.

그러는 동안, 모든 일이 일어나는 방식을 이해하게 되고 당신은 좀 더 쉽게 의미와 영감을 찾을 수 있다.

나날의 삶은 소설이나 헐리웃 영화의 플롯과 똑같은

방식으로 전개된다. 모든 일은 매우 중요하고, 철저히 계획된 목적을 갖고 있으며, 불필요한 캐릭터는 하나도 없다. 미리 정해진 것도 아니고, 무작위도 아니다. 장면들 배후에는 자연스러운 작가의 의도가 있지만, 그것은 드러나지 않게 감춰져 있기 때문에 당신은 영화가 진행됨에 따라 우여곡절들을 충분히 경험할 수 있다.

부디 무작위와 자연스러움을 혼동하지 말기 바란다. 자연스러움은 멋지다. 그것은 당신이 선택과 의미를 통제하고 유지하는 '가능성'의 장으로부터 출현한다. 자연스러움은 본능과 충동, 예감과 느낌을 포함한다. 하지만 무작위는 공허하다. 그럴 수도 있고 아닐 수도 있는, 우연과 운만 존재한다.

조명, 카메라, 액션

영화에 무작위적인 '위기일발, 일촉즉발, 하마터면'이 하나라도 있는가? 어쩌다 다치고, 어쩌다 사랑에 빠지고, 어쩌다 죽는 캐릭터가 있는가? 모든 것은 대본에 쓰여 있다. 배역도 미리 정해진다. 대본은 결정되고, 수정되고, 다시 결정된다. 플롯은 창조되고, 편집되고, 삽입된다. 대사는 써지고, 연습되고, 연기된다. 우연에 맡길 수 있는 것은 아무것도 없다. 그건 너무 위험하고 과도한 낭비다.

극장 의자에 앉아 편안하게 영화를 보는 입장에서는 영화에 '우연'이 있는 것처럼 보이지만, 그건 **그렇게 보이도록 의도했기 때문이다.** 그래야만 영화가 그럴듯해진다. 영화를 만드는 입장에서는 우연으로 포장하는 것이 가장 중요하다. 놀람, 자유의지, 무한한 가능성이 포함되지 않는다면, 감정적 가치도 없고 영화 자체가 무의미할 것이다. 우리의 삶도 마찬가지다. 그렇지 않은가?

시간과 공간은 환영이다. 하지만 그것들은 당신이 지**금 연출하고 있는 현실을 상영할 '스크린'을** 창조한다. 모든 일은 스크린 밖, 즉 시공간을 벗어난 생각과 상상 속에서 먼저 일어난다. 그곳에선 방대한 세부 계획과 협업이 순식간에 일어날 수 있다. 거기서 대본이 완성되고, 마치 번개가 가장 저항이 적은 경로를 따르듯, 아무리 충격적이고 놀라운 일이라도 꼭 일어나야 할 순간에 실행된다. 지나가는 행인, 멀리서 짖는 개, 요란한 소리를 내며 달리는 앰뷸런스 중 어느 것 하나 이유 없이 존재하지 않는다. 그리고 이유나 의미 없이 상처 입거나, 사랑에 빠지거나, 죽을 위기를 넘기는 캐릭터는 한 명도 없다. 아무리 그럴듯해 보여도 일촉즉발의 위기나 위기일 발의 상황은 없다.

만약 누군가가 끔찍한 항공기 추락 사고의 유일한 생존자라 하더라도, 토요일 아침 가족과 함께 프렌치토스트를 먹고 있는 사람보다 더 죽음에 가까이 다가간 것은 아니다. 운명 때문이 아니라(그런 것은 없다) 그것이 대본에 쓰여 있기 때문이다. 신성한 지성이 과거와 현재의 생각과 기대를, 70억 인류의 대본 하나하나마다 엮어 넣었기 때문에, 가장 개연성이 높고 실현 가능성이 높은 현실을 경험할 수 있게 된다.

삶의 드라마가 어디로 가고 있는지 아는가? 당신의 삶을 포함해, 정글에서의 모든 일이 지금 진행 중이란 사실을 아는가? 설사 당신이 정글에 대해 지루하고, 무섭고, 떠나고 싶은 느낌을 가질지라도, 당신이 '존재한다'는 사실은 아직 이 무대를 떠날 준비가 안 되었다는 부인할 수 없는 증거이다.

미지未知의 작가

영화를 즐기기 위해 영화 속에 등장하는 수수께끼 같은 소품과 특이한 무대 장치가 무엇인지 일일이 파악할 필요는 없다. 그러지 않아도 전체적으로 괜찮은 스토리를 만드는 방향으로 모든 것이 작용하고 있다는 감을 잡을 수 있다.

이제까지 어떤 일이 일어났든, 당신은 이제 삶이란 모험에 대해 감을 잡았을 것이다. 그리고 당신은 당신이 원치 않거나 좋아하지 않는 일이 일어날 때, 변화는 당신 자신으로부터 시작되어야 함을 이해한다. 당신이 바로 생각, 신념, 기대로 대본을 쓰는 작가이기 때문이다.

신성한 지성은 당신에게 즉각 반응을 보이는 안무가다. 당신이 중요하다고 생각하는 비전을 실현하기 위해 삶의 '경험'이란 형태로 스텝과 동작을 만들어낸다. 지난 후에 보면 경험을 만들어내는 일이 완벽했으며 그 의미도 이해할 수 있지만, 당시에는 절대적으로 무작위적인 것처럼 보인다.

'당신의 삶'이라는 영화에 대해 생각해보자. 영화의 제목은 당신의 길잡이가 될 수 있고, 영화의 장르는 수많은 생에 걸쳐 개발한 강점과 관심사일 수 있다. 당신은 자신도 모르게 창조한 주인공의 역할을 엄청난 확신 속에서 해내고 있으므로, 마치 당신이 '실재하는' 것처럼 생각한다. 그리고 당신이 창조한 작품의 가장 열렬한 관객은 '신'이다. 신은 당신의 영혼을 통해 한 장면도 놓치지 않고 지켜보고 있다.

물론 지금 당신은 **실재한다**. 다만 당신이 생각하는 방식으로 존재하는 것이 아닐 뿐이다. 이 같은 비유는 절대 인간의 경험을 하찮게 보려는 의도에서 하는 것이 아니다. 오히려 진실을 분별하는 데 사용되어, 당신이 신성과 하나인 존재로서 영광을 한껏 누릴 수 있게 해주려는 것이다. 그것은 **당신을 통해서, 즉 당신으로서 존재하는 것을 꿈꾼 신의 완벽함**을 이해하는 것이기도 하다. 그렇게 함으로써 당신은 목적에 따라 살 수 있었고, 상상과 인내와 출현을 다룰 줄 아는 기술의 달인으로서 당신의 세상을 기쁨으로 가꿔 나가고 있다.

창조적인 대본 쓰기

훌륭한 작가라면 누구나 한 가지 비결, 위대하고 강력한 비법을 갖고 있다. 작가는 독자를 미스터리와 서스펜스가 가득한 어두컴컴한 뒷골목으로 데려갈 수 있다. 자신은 안락한 서재에서 글을 쓰면서 말이다. 방방마다 불이 환하게 밝혀져 있고, TV 소리가 요란하고, 아이들과 반려동물이 뛰놀고, 사랑스러운 배우자가 거닐고 있다. 그곳에서 작가는 사건을 꾸며내고, 독자의 관심을 유도할 요소를 집어넣고, 사건의 복선을 깔고, 주인공을 곤경에 빠뜨리기 위해 악당을 가까이에 배치하고, 동시에 찬바람을 막기 위해 주인공에게 모자를 쓰게 하고, 결말에서 다리가 폭파되어 날아가기 직전에 탈출할 묘안을 뚝딱 생각해낸다.

당신은 비교적 수월한 역할을 맡고, 우주가 나머지 모든 일을 해낸다.

굉장하다, 모든 것이 작가 마음대로다. 심지어 작가는 시간으로부터 벗어난 이야기를 쓰기도 한다. 논리적이고 순차적으로 경험해야 할 사람은 독자다. 독자는 소설에서 전개되는 시간 흐름에 따라 책을 읽을 수밖에 없기 때문이다. 작가는 이야기가 완료된 후에도 처음으로 돌아가 새로운 캐릭터를 추가할 수 있다. 몇 가지 단서를 갖고 있는 머스터드 대령은 초고를 완성한 후에 생겨난 캐릭터일 수 있다! 하지만 작가는 아주 능수능란하기 때문에, 독자들은 책을 읽는 순간 그 묘사가 자연스럽고 논리적이라고 느끼게 된다. 물론 독자는 최종 원고가 완성되고, 인쇄되고, 한참이 지난 후에 읽게 되지만 말이다.

이 모든 일이 가능한 이유는 작가가 창작을 할 때 자신이 어떤 역할을 해야 하는지 완벽하게 이해하고 있고, 그에 따라 완성된 작품에서 독자가 발견하기 원하는 결말을 만들기 위해 적절한 순간에 적절한 버튼을 누르기 때문이다.

마찬가지로 하나의 생을 창조하는 작가도 자신의 역할을 철저히 이해한다. 또 각 생에서 자신이 원하는 결과를 내기 위해 썼던 대본이 무엇이든 간에, 그것에 근거해 뜻밖의 가치 있는 것을 찾아내는 능력을 발동시킨다.

이것이 당신의 위대한 비법이다. 어쨌든 당신은 당신을 둘러싸고 있는 세상에 종속된 것이 아님을 깨달아야 한다. 시간, 공간, 물질이라는 삶의 환영들을 조작해서 의미 있는 삶의 변화를 이루려고 애쓰는 일은 부질없다. 그것들의 원천을 변화시켜라! 당신의 생각과 상상력을 파고들어라. 마음에 이상적 상태를 그리고, 그 그림에 따라 전 우주가 물질세계에 반응해 삶의 환영들을 재조정할 수 있는 가능성을 창조하라.

당신의 상상력을 활용하면, 시간과 공간의 밖으로부터 당신이 일어나길 바라는 사건, 가고 싶은 곳, 되고 싶은 사람, 그리고 갖고 싶은 것을 끌어오는 경지에 도달한다. 마치 마법을 부린 듯 당신을 위해 모든 디테일들이 계산될 것이다. 삶이란 무대에서 우연처럼 보이는 사건들을 통해 소품과 연기자들이 이동하거나 재배치되고, 적절한 시간에 아주 합당한 이유에 따라, 적합하지 않은 것들은 사라지고 상황에 맞는 것들이 소환된다. 무엇보다 놀라운 것은 아주 그럴듯한 방식에 의해, 당신이 있던 곳으로부터 당신이 꿈꾸는 쪽으로 이동하게 된다는 점이다.

당신은 비교적 수월한 역할을 맡고, 우주가 나머지 모든 일을 해낸다. 당신이 할 일은 다음의 두 가지뿐이다.

1단계: 당신이 원하는 것을 정의한다.
2단계: 그것을 얻기 위해 분명하게 표현한다.

이것들을 제대로 하기만 하면(구체적 방법은 6장에 있다), 은 접시에 담긴 온갖 보물들이 당신에게 배달될 것이다.

지금도 대본이 써지고 수정되고 있다

삶이 현재진행형인 거대한 작업이며 어떤 생각이나

경험도 그 자체만으로 궁극의 것이 아님을 고려하면, 특정 시점에서 혹은 일련의 시간들 내내, 당신이 언제 자연스럽게 '죽을' 준비가 되는 것인지 알 수가 없다. 일이 끝난 다음에야 그런 줄 알 뿐이다. 누군가 자신은 준비가 되었다고 주장을 한들 소용이 없다. 그들이 아무리 고통스러운 감정과 슬픔을 느낀다 해도 마찬가지다. 그런 주장을 하는 것은 마치 어린아이가 눈을 가리고서, 자신의 모습이 사라졌다고 떼쓰는 것과 똑같다.

당신이 언제라도 사용할 수 있는 웅장한 영화제작소가 있다.

당신은 작가이자, 배우이자, 관객이다. 천사들이 당신 어깨 너머로 대본을 훔쳐보고, 신조차도 대본을 보고 싶어 하는 지금 이 순간도 대본이 써지고 수정되고 있다. 당신이 그것을 볼 수 없을지라도, 당신은 지금도 상승하는 나선형의 한가운데 있다. 다른 생에서 도달한 적이 없는 높이에 있으며, 지금도 계속해서 더 높이 상승하고 있는 중이다.

그러니 서둘러라. 참을성을 가지라는 말이 수동적으로 행동하라는 뜻은 아니다. 잘 작동하고 있는 모든 것, 당신이 가진 모든 것, 지금 현재 있는 그대로의 당신을 감사하고 찬양하며, 당신의 꿈을 향해 나아가라. 친구들과 함께하고, 혼자서도 시간을 보내라. 걱정하지 말라. 행복하라. 그리고 앞을 보라.

참을성을 가지라는 말이 수동적으로 행동하라는 뜻은 아니다.

물론 말은 쉽지만 행동하긴 어렵다. 이 일들이 수월하면 벌써 이루어졌을 것이고, 말할 거리도 없을 것이다. 당신은 이미 집중 프로그램에 등록했다. 시작은 무척 어렵겠지만, 일단 시작하면 더 많은 즐거움이 기다리고 있을 것이다.

당신은 때때로 길을 잃은 것 같고 자신이 불완전하게 느껴질 테지만, 당신의 삶에 잘못된 것은 아무것도 없다. 그렇게 느끼는 당신은 '정상'이고, 성장하고 있으며, 마땅히 있어야 할 곳에 있고, 모든 것이 괜찮다는 뜻이다. 풀어야 할 난제나 욕망 때문에 당신이 불리한 입장이 되는 것은 아니며, 오히려 그것들 때문에 축복 받고 있다. 그 난제 중에 당신보다 먼저 '준비가 된' 사람을 저세상으로 떠나 보내는 일이 포함된다고 해도 마찬가지다. 아니 당신이 그렇게 사랑하는 사람을 잃을 때, 더욱 특별한 축복을 받는다. 당신이 알고 있었고, 지금도 알고 있는 사랑 때문이다. 당신의 삶에서 인식되는 결핍이 클수록 불만도 크겠지만, 돌아오는 것 역시 크고 미래에 축하할 일도 더 많아진다.

혹시 지금이 '떠날 시간일까 아닐까' 고민하면서 자신을 괴롭히지 말라. 아직 당신은 때가 아니다. 당신이 떠날 때는 늦지 않게 알게 될 것이다. 그리고 어쨌든 그때가 오면 당신은 세상을 아쉬워하게 될 것이다. 사람들 누구나 그렇다.

✒ 세상을 떠난 이로부터의 편지

알렉사!

정말 굉장한 비행이었어! 내 말은 엄청난 추락 사고란 얘기야! 정말 말도 안 되는 사고였어.

항공기 추락 사고로 죽기는 힘들다고 하잖아. 비행기가 가장 안전한 교통수단이라는 말도 있고. 나처럼 완전히 확률을 깬 경우를 제외한다면 그럴지도 몰라.

그런데 친구, 나는 살아 있어! 예전과 다른 오직 하나는 나는 너를 보고 들을 수 있는데, 너는 그게 안 된다는 거야. 떠다니는 존재들이 알려준 바로는, 나는 준비가 됐고 너는 안 된 거래. 그들은 유령처럼 떠다니지만, 아주 사랑스럽고, 감동할 정도로 지혜로워. 그들 말로는 나도 이제 떠다니는 존재가 되었다지만, 내겐 아직 다리가 있어. 최소한 지금까지는.

네가 뭘 걱정할지 알 것 같은데, 걱정 안 해도 돼. 나는 네가 샤워하는 모습은 볼 수 없어. 정말이냐고? 네가 사적인 비밀로 지키고 싶어하는 일에 대해서는 자동 차단 장치 같은 것이 작동되거든. 그 사생활이 다른 누군가의 모험의 일부가 아닌 한 그렇다는 거야. 사고가 나기 전, 네가 내 남친이었던 밥(Bob)에게 키스했던 건 나도 알아. 왜냐하면 그건 새 삶의 일부였으니까. 이곳에 도착한 후 나는 모든 것을 봤어. 모든 것을 말이야. 하지만 지금은 네가 밥에게 키스한다 해도, 난 전혀 모를 거야. 그건 더 이상 내 삶이 아니니까.

친구, 여기서는 사람의 정체를 알게 된단다. 우리에게 인문학을 가르쳤던 그레섬 선생님 알지? 나는 그 선생님과 사이가 안 좋았잖아. 왜 그랬는지 알아? 그레섬 선생님은 과거 생에서 내 아버지였는데, 내가 태어나자마자 엄마와 나를 외딴 숲속에 버리고 떠났어. 엄마와 난 추위와 굶주림으로 죽었지. 소름끼치게 싫은 사람이었어!

믿거나 말거나, 살아 있는 사람들은 모두 내면 깊은 곳에, 전생에 잘못했던 사람들에 대해 어떤 느낌을 갖고 있어. 정확히 왜 그런지 모르면서도 다음 생에서 그에 대한 보상을 하려고 애쓴다고. 내가 인문학에서 A를 받은 거 기억나니? 살인을 보상하려면 그 정도로는 턱도 없지! 뭐, A를 받아서 기쁘긴 했지만.

알렉사, 사실은 너에게 고백할 게 있어. 예전 생에서 내가 너를 칼로 공격해 심한 상처를 입힌 적이 있었어. 정말 미안해. 전생에 우리는 드루이드 족이었고, 지금의 골웨이(*아일랜드 서부에 있는 항구 도시-옮긴이 주) 근처에 살았었지. 참 밥도 함께 살았어(너 대신 밥을 찔렀어야 했나봐 ㅋㅋ). 그 일로 아주 불쾌한 결과가 이어졌지. 이렇게 친구들은 더 성장하기 위해서, 아니면 비슷한 종류의 모험을 좋아해서 함께 세상에 돌아오기도 해. 정말 미안해. 넌 지금 그 일을 잊고 있겠지만, 이런 젠장, 네가 돌아오면 네 기억도 다시 돌아올 거야.

에이, 좀 쿨한 얘기를 해볼게. 난 말이야, 네가 밥과 키스할 줄 미리 알고 있었고, 밥과는 한 번도 다투지 않고 끝냈어. 아무 망설임 없이 말이야. 그 말은 나를 붙잡는 것들로부터 이미 자유로웠다는 거야. 내가 밥을 보낼 수 있었던 건, 내 행복이 타인에게 달려 있는 것이 아니고, 누가 내게 거짓말을 한다고 해서 내 행복이 줄어드는 것도 아니란 걸 깨달았기 때문이야. 나는 내가 가장 원했던 상태에 도달했어. 그게 내가 배운 교훈이야. 게다가 나는 그걸 사람들과 나누는 방법을 배웠어. 그건 정말 괜찮은 일이야. 친절을 나누는 것도 마찬가지고. 그것이 내가 죽은 이유, 혹은 최소한 이곳에 오게 된 이유야. 멋지지 않아? 내가 다음에 어디로 가게 되면, 말해 줄 수 없는 것 빼고 다 네게 알려 주겠다고 했던 거, 기억하지?

아무튼 굉장한 비행이었어! 네가 괜찮아서 기쁘고. 나도 잘 있다는 걸 알아줘, 친구야! 네가 아직도 살아 있다는 건, 그쪽 세상에 아직도 네가 할 모험이 남아 있다는 뜻이야. 내가 '죽었다'는 것은 다음에 할 모험이 다른 곳에 있다는 뜻이지. 그렇지만 우린 이런 식으로 만날 수 있어. 만약 꿈을 깨고 나서 네가 기억하지 못한다고 해도 꿈속에서는 만날 수 있잖아. 우린 영원히 여기나 저기나 모든 곳에서 만날 수 있어.

사랑해, 친구야!

칼잡이 트릭시가

삶에 아무 일도 일어나지 않을 때

물질세계에서 정말로 거대한 꿈이 실현되기 직전에 어떤 일이 일어나는지 아는가? 별 일이 하나도 없다. 그러니 지금 당신의 삶에 아무 일도 일어나지 않는 듯 보이면, 그걸 신호로 받아들이면 된다.

지금이 떠날 시간인지 아닌지 걱정이 된다면, 혹은 그럴 시간이었으면 하고 바란다면, 아직은 그 시간이 아니니 안심해도 된다는 뜻이다. 흐르는 물의 아래 부분처럼 변화는 소리 없이 온다. 그리고 당신이 지금 경험하고 있을지도 모를 소강상태는, 황홀한 변화를 가져올 우연한 사건들, 행복한 사고들, 뜻밖의 행운이라는 폭풍이 몰아치기 전의 고요일 뿐이다. 아무 일이 없다는 건 아주 멋진 일이 일어나고 있는 징조다.

게다가 당신은 타인의 한심한 행동으로 인해, 이 세상에서 펼쳐지는 공동 창조 작업에 불이익을 당하지나 않을까 걱정할 필요가 없다. 어떤 일이 일어났든 당신의 승리는 불가피한 필연이고, 그래서 더욱 달콤할 것이며, 곧 최고로 겸손한 사과의 말을 듣게 될 것이기 때문이다. 이것이 다음 장에서 죽은 이들이 당신에게 해주고 싶은 이야기다.

Chapter 5

우리가 고통을 주었다면
정말 미안하다

상처를 주는 것과 받는 것의 진정한 의미

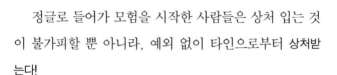

　정글로 들어가 모험을 시작한 사람들은 상처 입는 것이 불가피할 뿐 아니라, 예외 없이 타인으로부터 상처받는다!

　대개는 사랑하는 사람으로부터, 때로는 그중에서도 가장 사랑하는 사람에게 상처를 받게 된다. 물론 때가 되면 당신이 상처 받은 만큼, 당신도 타인에게 상처를 주었다는 사실을 알게 된다. 당신 역시 가장 사랑하는 사람들에게 상처를 준다. 당신이 죽음을 맞은 후에는 자연스러운 공감을 통해 당신이 상처 준 사람의 입장이 되어 볼 수 있다. 또 당신에게 상처 주었던 이들의 죄책감을 덜어주고 그들을 더 행복한 길로 보내주는 진실을 공유하겠다는 간절한 바람을 갖게 된다. 죽은 이들은 자신들이 준 고통에 대해 진심으로 미안해한다.

스위치가 꺼지면, 다른 스위치가 켜진다

스위치가 꺼지고 시간과 공간의 빛이 사라지면, 지금 당신이 '보이지 않는 것들'이라고 말하는 곳에 또 하나의 스위치가 켜진다. 당신의 삶이 영원하고 질서정연하며 신성한 지성으로 이루어졌다고 믿는다면, 이곳에서도 당신은 그 이상을 기대할 것이다. 영원한 어둠이거나, 형체가 없는 것들은 분명 아닐 것이다. 사실 '생생하다, 정교하다, 황홀하다, 눈부시다'와 같은 단어들은 '보이지 않는' 세상의 아름다움과 질서를 묘사하기엔 턱없이 부족하다.

정글 속에서의 삶이 하나의 수업이라는 점을 감안하면, 그 같은 아름다움과 질서를 경험하면서 지난 삶을 되돌아볼 것이란 생각이 타당하지 않은가? 지난 삶을 점검하고 성적표를 받아야 하지 않겠는가?

정말 그렇다. 당신은 아주 신속하게 그 단계에 이를 것이다.

그리고 누가 당신의 성적을 매길지 짐작이 되는가?

물론 당신 자신이다. 당신이 이 모든 일을 만들어냈다. 아무리 축소해도 최소한 당신의 역할 부분은 당신이 창조한 것이다. 다른 누가 당신의 삶을 평가하겠는가? 자신을 심판하는 자리에 자신이 있을 것이라곤 생각하기 어렵겠지만, 확실히 그렇게 될 것이다. 당신은 심판의 목적을 배운다. 보고 알고 이해하게 된다. 한마디로 날아오르는 것이다.

고향으로 돌아온 후, 당신은 고양된 관점으로 탄생과 죽음 사이에 벌어졌던 모든 일을 다시 돌아볼 뿐 아니라, 그 모든 창조 과정 중에서 당신의 역할이 무엇이었는지 이해하게 된다. 다시 말해 지금으로서는 도저히 가능할 수 없는 깊이와 수준으로 당신의 진실과 거짓, 절제와 광기, 합리적 이유와 정당화, 성공과 실패 등을 돌아보고 이해한다.

당신의 생애 중 하나가 어떻게 끝났는지를 돌아볼 때에도, 당신은 다음 생에서 하게 될 모험과 선택들을 준비한다. 전전 생이 가장 최근의 성취에 어떻게 영향을 미쳤는지도 살펴본다. 수천 년 전에 떠났던 친구들이 어떻게 다시 돌아오기로 했는지, 그 친구들과 어떤 식으로 관계 맺기로 합의했는지 등도 본다.

당신이 왜 수학이나 음악을 잘하고 역사나 미술을 싫어하는지, 왜 그곳에서 첫사랑에 빠졌는지, 설명할 수 없는 충동과 공포가 무엇 때문이었는지, 당신과 당신이 선택한 부모는 어떤 관련이 있는지, 당신이 혐오하거나 숭배하는 사람이 누구이며 왜 그런지 등을 알게 될 것이다.

당신은 승리하고 정복한 것 하나하나마다 순수한 환희를 맛보고, 용기 있고 과감한 행동에는 자랑스러움을 느낄 것이다. 자신의 인내에 감탄할 것이며, 순수한 배짱을 찬양할 것이며, 자신의 자비심과 공감, 다정함에 기꺼워할 것이다. 당신의 미덕이 다른 이들에게 영원히 미치고, 밖을 향해 파문처럼 번지며, 당신의 미소와 강인함이 들불처럼 공간과 시간 속으로 확장되는 것을 보면서, 당신의 느낌 또한 백만 배로 증폭될 것이다. 참으로 그렇다. 당신의 미덕은 영원 속으로 퍼져나가면서, 당신이 존재할 것이라 상상했던 것 이상의 훨씬 더 많은 생명들에 도달한다.

아차, 또 그 짓을 했네!

그런데 당신은 이 모든 것을 불신에 가까운 눈으로 바라볼 수도 있다. 사랑에 흠뻑 젖은 상태에서 천사의

도움을 받으며, 모든 일을 지배하는 위대함을 향해 나아가는 이 순간에도 말이다. 순진함, 무지, 오해로 인해 일어나고 있는 상황을 알지 못하기 때문이다. 그러면 당신은 자신의 힘으로 잘못된 것처럼 보이는 것을 교정하고 균형이 깨졌다고 느껴지는 것을 조정하려 할 것이다. 그 밖의 행동을 하는 것은 어리석은 짓이라고 스스로를 설득할 것이다. 즉 내면으로 들어가기보다는 환영과 타인을 조작하고 조종함으로써 변화를 일으키려 애쓰게 된다.

사랑과 존중의 우주에 둘러싸여 있으면서도 정신적, 신체적, 감정적 측면에서 남을 심판하고 비난하고 해를 끼치는 존재가 되는 것이다. 당신은 멍한 상태에서 '정말 내가?'라고 의심할 것이다. 혹시 보이는 이미지들이 왜곡된 것은 아닌지 의아해할 것이다. 전생에서 느꼈던 상처와 혼란은 기억하지만, 사랑이 당신을 감싸고 있었다는 것은 기억할 수 없기 때문이다.

세상을 떠난 후 겪는 이런 불편한 느낌은 멋진 순간들에 비해 흔치 않긴 하지만, 어쩔 수 없는 측면이 있다. 그 많은 도움에도 불구하고, 또 보려고만 했다면 그런 지지와 도움이 항상 존재했다는 사실이 너무나 분명함에도 불구하고, 당신은 어리석고 난폭한 '원시인'처럼 굴기를 마다하지 않았다. 자신의 행위가 삶의 무한한 가능성을 부정하고, 남을 탓하고, 그로 인해 위축된 다른 사람들의 핑계거리가 되는 것을 보면서 당신의 후회는 증폭될 것이다. 위축된 사람들의 행동은 계속 확장되던 사람들 간의 관계에 부정적인 그림자를 드리운다.

사소한 일이 아니다.

하지만 신은 '미덕good'에 의해 강해진다. 당신은 '선한 것'이 '악한 것'보다 더 빨리 더 널리 확장되는 것을 본다. 사람이라면 모두 갖고 있는, 사랑을 선택하는 강렬한 경향성이 '선'을 지지해주기 때문이다. 영원의 시간 속에서 누구나 당당하게 다시 설 수 있는 시간이 있음을 알게 된다. 낭비되는 것은 아무것도 없고 모든 경험은 신을 향해 확장된다.

그것이 무엇이든, 당신은 그곳에서 배우려고 했던 것을 배우고 마침내 사랑으로 돌아온다. 사랑이 모든 사람의 '고향home'이다. 사랑이라는 고향에서 사람들은 완전체가 된다. 다음 기회는 무한하게 존재한다. 명확하게

모든 사람은 그곳에서 배우려고 했던 것을 배우고, 마침내 사랑으로 돌아온다.

당신의 가장 큰 절망과 실수를 보게 되더라도, 당신은 자신이 절대적으로 존중받고 있음을 알고 **몸으로 느낀다.** 설령 그것이 실감나지 않을 때라도, 당신은 진정으로 존중받게 될 것임을 안다. 모든 일이 잘 될 것이며, 당신을 포함한 모든 이들을 위한 치유가 중단되지 않을 것임을 이해한다.

하나의 가능성으로 후퇴가 있을 수 있음도 이해한다. 그 가능성에 당신과 우연히 만난(혹은 부딪친) 모두가 관련되었음을 알아차린다. 그들은 무슨 일이 일어날지 알고 있었고, 절정의 명석함으로 'YES!'란 결정을 내렸다.

그들을 돕는 일이 당신을 돕는 일이다

당신이 동요하고, 망설이고, 실수를 함으로써 다른 이에게 고통을 주었던 것과 마찬가지로, 당신에게 고통을 주는 방식으로 상호작용했던 사람들은 진심으로 미안해한다. 상호작용은 이전에는 볼 수 없었던 것을 보게 해준다. 죽은 이들은 자신들의 고통을 멈추게 해주거나, 연속되는 불행한 사건들을 완벽하게 피할 수 있도록 자신을 도와준 것에 대해 아주 많이 고마워한다. 특히 지금 그들은 당신이 볼 수 없는 것을 보기 때문에 더 그렇다. 이제 그들은 그 일이 얼마나 쉬운지, 당신이 얼마나 강인한지, 과거를 내려놓은 이들에게 얼마나 더 많은 삶이 주어지는지를 알기 때문이다.

연속되는 불행한 사건들

만약 당신이 다른 존재(살아 있거나 죽었거나)에 의해 유발되는 고통을 겪고 있다면, 다음과 같은 조언에 따라 재빨리 당신 삶의 궤도를 더 평화롭고 사랑스럽고 충만하게 바꿀 수 있다.

○ 사랑의 블랙홀

'사랑의 블랙홀'(1993년에 만들어진 빌 머레이 주연의 로맨틱 코미디 영화, 원제는 성촉절Groundhog Day이다-옮긴이 주)은 끝없이 반복되는 과거를 소재로 한 영화다.

이처럼 과거를 곱씹지 말라. 그러면 당신의 관심은 현재 일어나고 있는 모든 일로부터 벗어나게 된다. 게다가 과거를 곱씹으면 앞으로 다가올 당신 삶의 모든 경험들이 과거의 트라우마에 의해 오염될 것이다. 과거에 집착하면 부정적 느낌만 불러들이게 되고, 그것은 부정적 행동과 부정적 선택의 계기로 작용한다. 더욱 부정적 결과를 촉발시키는 악순환이 시작된다. 결국 이 모두는 자업자득이다(생각이 되풀이되면서 점점 당신이 싫어하는 생각으로 빠져드는 것과 마찬가지다). 부자는 더 부유해지고 가난한 자는 더 가난해지듯이, 억울해야 할 이유가 끝없이 늘어나면서 억울함도 점점 더 커진다. 상처받았던 일을 되새기면 새로운 분노, 새로운 손실, 더 큰 좌절이 생겨날 뿐이다. 상처받아야 할 새로운 이유들과 함께.

○ 재방송은 방송국에 맡겨라

과거에 붙들리면 회복은 더욱 지체되고 불쾌한 사태는 더욱 악화된다. 당신이 과거에 초점을 맞추면 오도된 동정심을 불러오게 된다. 자신에게 일어난 일이 정말 끔찍하고, 파괴적이고, 비도덕적이고, 구역질나고, 창피하고, 비참하고, 손해 막심한 것임을 확인해줌으로써 자신의 동정심을 과시하고 싶어 하는 사람들의 과도한 관심을 불러오는 것이다. 그들은 당신의 억울함을 인정해주는 것을 시작으로, 엄청난 말의 세례를 퍼붓는다. 당신이 그런 타인들의 반응에 동의한다면, 당신 스스로 허약하고, 상처받기 쉽고, 피해를 입는 쪽이란 말도 안 되는 신념을 창조하거나 확인해주는 셈이다. '당신이 동의한다면'이라는 조건문 이하의 문장은 매우 중요하다.

당신의 힘에 대해 알게 된 지금, 당신은 궁금한 것이 생겼을 것이다.

나의 부정적인 친구, 배우자, 동료들을 어떻게 해야 할까? 그들을 차버려야 할까? 물론 그렇지는 않다. 그들 역시 위대한 특질을 가지고 있다. 그렇지 않다면 당신이 그들과 친구가 되거나 결혼을 하지도 않았을 것이다. 그렇지 않은가? 당신과 배우자는 같은 영화를 좋아하고, 같은 농담에 웃음을 터뜨리고, 기본적으로 함께 즐기는 것을 좋아한다. 당신은 그렇게 쉽게 망가지는 사람이 아니다. 다른 사람의 생각이 당신 자신의 생각이 되도록 허용하지만 말라. 모든 책임감의 정점에 자신의 생각에 대한 책임을 올려놓고, 절대 거기서 물러서지 말라. 당신 스스로 독자적으로 생각하라는 말이다. 당신 내면의 힘은 확고하다. 가능할 때에, 무슨 수를 쓰든 이 부정적인 수다의 뇌관을 제거하여 터지지 않게 만들어라. 당신이 뇌관 제거에 성공하든 못하든, 그런 수다에 동조하지 말아야 한다. 다른 사람의 한탄, 안타까움, 불평이 당신 삶의 궤도를 바꾸어주지 않는다. 당신은 중단할 수 없는 현재에 있고, 본질적으로 부정적이기보다는 긍정적이며, 성공으로 향하고 있으며, 이 세상에서 번성하기 위해 태어난 사람이다!

○ 유령과 싸우기

다른 사람을 바로잡거나 바꾸려 하지 말라. 특히 당신에게 상처를 주었던 사람들에겐 더욱 더! 그들의 행동을 정당화할 핑계거리나 설명을 찾을 필요도 없고 '그들을 사랑하는 법'을 배워야 할 이유도 없다. 당신에게 도움이 되는 일은 치유와 기분 전환을 위해 쓸 수 있는 공간을 최대한 창조하는 것이고, 새로운 친구들과의 생각, 모험으로 당신의 삶을 가득 채우는 것이다.

아인슈타인은 말했다. 문제는 그 문제를 만들어낸 '마음의 방식mind-set'으로는 절대 해결될 수 없다고. 이미 존재하는 '마음의 방식'에 대해서도 같은 말을 할 수 있다. 이미 창조된 것들에 얽매이지 말고, 주의를 돌려 새롭게 창조하라.

'아니다'란 말은 결코 영원할 수 없다. 당신은 무엇을 하겠다거나, 하지 않겠다거나, 누구를 만나겠다거나, 다시 보지 않겠다고 공개적으로 선언할 필요가 없다. 그러기가 쉽지는 않을 것이다. 과거 좋았던 때나 힘들었던 때를 잊어버리기도 어렵다. 하지만 그저 최선을 다하라. 언제나 그것으로 충분하다. 그리고 과거 따위는 당신의 자서전 작가에게 맡겨 두어라.

○ 열쇠는 당신 주머니에 있다

인간의 기본권을 심각하게 유린당한 적이 없는 이들은, 사람들 모두는 해결해야 할 과제를 갖고 있다고 생각한다. 어쨌든 그들은 도전 과제를 갖고 있다. 인권을 유린당한 경험이 있는 사람들은, 대다수의 다른 사람들이 어려운 문제도 별로 없고 강렬한 의심과 공포에 시달릴 필요도 없는 '정상적인 삶'을 살고 있으리라는, 자기 멋대로 지어낸 환상의 먹이가 될 수 있다. 이런 환상으로 인해 자신의 모든 공포, 부적절한 느낌, 당혹스러운 어색함, 갈수록 복잡해지는 고뇌의 뿌리에, 유린당한 경험이 자리하고 있다는 잘못된 결론을 내리기도 한다.

만약 유린당한 경험을 가진 사람들이 타인의 세계관을 엿볼 수 있다면, 세상사람 모두가 자신의 문제에 버금갈 만한 문제를 갖고 있음을 알고 엄청난 충격을 받을 것이다. 유린의 경험이 끔찍하지 않다거나 비정상적이지 않다는 말이 아니다. 그런 경험으로 인해 사람들의 삶이 바뀌지 않는다는 말도 아니다. 범죄의 엄중함을 폄하하려는 의도도 아니다. 하지만 문제가 없는 삶 따위는 존재하지 않는다.

당신을 자유롭게
해방시켜줄
열쇠는 늘 당신과
함께 있었다.

한 개인의 문제는 그것이 타인에게 보이는지 보이지 않는지, 혹은 타인의 문제보다 큰지 적은지를 판단할 것이 아니란 얘기다. 두 사람 이상에서 일어나는 일들은 일종의 공동 창조에 따른 것이다. 하지만 그 다음에 일어나는 일, 즉 일어난 일에 대한 당신의 반응과 선택은 오직 당신 혼자 창조한 것이다. 당신이 왜 그 사건에 관여하게 됐느냐는 상대적으로 중요하지 않다. 그 일로부터 당신이 얻을 수 있는 선물을 포착하고, 그 선물을 신중하게 이용해서 당신의 삶을 앞으로 나아가도록 만드는 것이 훨씬 더 중요하다.

지구를 선택한 용감한 검투사

'죽은 이'들이 자신이 상처 준 사람들에게 미안해하는 것은 맞지만, 당신에겐 과거에 붙잡혀 낭비할 시간이 없다. 죽은 이들은 분명한 이유로도 미안해하지만, 분명치 않은 이유로도 미안해한다. 즉 막연히 당신의 생각을 망치고, 당신을 부질없는 일로 내몰고, 당신이 스스로를 의심하는 것이 '정상'이라는 사실을 알기 어렵게 만든 일 등이 그것이다.

모든 사람이 때로는 결핍감을 경험하고, 제대로 대접 받지 못하고 있다고 느끼고, 뭔가 부적절하다는 생각을 한다. 누구에게나 문제가 있다. 다시 말해 그런 문제들은 삶이라는 위대한 모험에 필수 불가결한 것이다. 당신이 지금 갖 고 있는 도전 과제는 물론, 이전에 받은 상처로부터 얻 은 선물 역시 삶에 필수적이다. 그런 것들을 통해 당신 은 문제를 이겨내고 강력하고도 신중한 창조자가 되는 꿈을 꾼다. 당신은 약하지 않고 결코 꺾이지 않는다. 그 리고 당신에 비해 어려운 문제를 해결해본 경험이 없는 축복받지 못한 이들보다 훨씬 빨리, 훨씬 확실하게 당신 자신이 불굴의 존재라는 사실을 알게 된다.

당신을 자유롭게 해방시켜줄 열쇠는 늘 당신과 함께 있었고, 지금도 당신 손 안에 있다. 당신은 새로운 생각 의 불꽃을 일으키고, 당신이 어떤 현실을 창조할 수 있 는지 시험해보고, 사람들과 미소를 나눈다. 당신은 타 인 역시 당신과 마찬가지로 엄청난 존재라는 사실을 발 견하면서 그들이 의도하는 삶을 살아가도록 돕기 위해,

성장기에 있는 지구를 방문할 기회를 주저 없이 선택한, 사랑과 기쁨 충만한 고대의 검투사다.

당신이 변명이나 핑계거리로 이용했던, 그리고 당신을 편안하게 해주던 낡은 신념 체계들은 힘을 잃은 지 오래다. 그것을 과감히 벗어 버려야 한다. 나비로 날아오르기 위해서는, 한때 번데기를 보호해주던 고치를 버려야 하는 것과 마찬가지다.

따뜻하고 유연하지만 한계가 있는 신념들

1. 시간은 순식간에 지나간다.
   그러니 제대로 할 기회는 오직 한 번뿐이다.
2. 행운의 기회는 오직 한 번뿐이다.
3. 일찍 일어나는 새가 벌레를 잡는다.
4. 악惡을 늘 경계해야 한다.
5. 행운(혹은 불운)은 누구의 삶에서든 통제할 수 없는 요소다.
6. 우리의 미래를 통제하는 사람은 우리 자신만이 아니다.
7. 삶은 시험이고, 시험이 끝나면 우리는 죽게 된다.
9. 어느 누구의 삶에서나 무작위적이고 예측할 수

없는 일이 일어난다.

10. 내게 일어났던 일 중 더 많은 일을 피할 수도 있었다.

용서를 초월한 신념들

1. 우리의 시공간은 창조하는 삶을 위한 무대를 준비해준다.

2. 행운의 기회는 끊임없이 다가온다.

3. 모든 새들이 먹을 만큼 충분한 벌레가 있다.

4. 내가 보겠다고 선택한 것 이외의 악은 없다.

5. 나는 나 자신의 행운과 불운을 창조한다. 즉 내 생각이 현실이 된다.

6. 우주는 나를 대신해서 일을 도모한다.
   다시 말하자면 우주는 내가 원하는 것을 원한다.

7. 삶이란 끝이 없는 모험의 일부이다.

8. 모든 사람이 각자 최선을 다하고 있고, 선한 의도를 갖고 있다.

9. 어떤 상황이든 그 안에 의미, 질서, 치유, 사랑이 있다.

10. 내게 일어났던 일 덕분에 나는 더 풍요하다.

원망을 내려놓고, 상승을 준비하라

당신의 이해가 점점 깊어지고 커짐에 따라, 새로운 딜레마가 당신의 레이더에 잡힌다.

용서란 원망이 선행될 때에만 필요하다.

두 번째 거짓말은 첫 번째 거짓말을 필요로 하는 법이다. 원망을 철회하면 용서란 중요한 문제가 아니다. 누군가를 원망한다는 것은 당신 스스로 현실을 창조한다는 것을 이해하지 못한다는 뜻이고, 그 같은 맹점으로 인해 당신은 오늘과 미래를 찬찬히 살아갈 힘을 잃을 수 있다. 또한 당신의 남은 생을 엮어갈 책임이 당신에게 있다는 사실을 받아들이지 못하게 된다. 누군가가 무작위적으로 당신의 삶을 아수라장으로 만들 수 있었다면, 그것이 바로 원망이 있었음을 암시하는 것이고 그런 일은 다시 일어날 수 있다! 원망 이전에, 괜찮은 사람에게도 아무 이유 없이 나쁜 일이 일어날 수 있다는 신념이 있다. 이제 당신은 더 이상 이것을 믿지 않을 것이다.

요즘 세상에 용서가 엄청나게 어려운 문제라는 것은 놀랍지 않다. 사람들은 환영을 현실로 믿고, 외부 환경에 의해 무작위적으로 상처 받을 수 있다고 믿는다. 하지만 사람들에게 상처를 줄 수 있는 것은 없다. 당신 자신조차도 당신을 해칠 수 없다. 죽은 이들은 당신이 모든 진퇴양난의 곤경을 처음부터 건너뛰고, 모든 현실에 대한 책임감을 받아들이도록 도울 것이다. 그리고 나면 당신의 힘에 대한 더 큰 자신감과 더 명료해진 이해와 함께, 모든 사람이 당신의 친구이고, 모든 현실이 당신을 더 당신답게 만들어주며, 당신이 성취할 수 있는 것엔 한계가 없다는 사실을 더 깊이 실감할 것이다.

그들도 당신이 당한 그대로를 겪게 된다

초기의 트라우마와 상처로부터 유발된 고통이 견디기 힘들고, 이제 어떤 길을 선택해야 할지 모르겠다면, 당신이 지금 읽고 있는 이 책의 내용이 결코 남을 유린해도 된다는 의미는 아님을 숙고해보라. 남을 침해해서는 안 될 일이다. 그리고 당신이 당해도 될 만해서 당한 것이 절대 아니다. 당신에게 상처 준 사람들은 언젠가 당신이 당한 그대로를 겪게 될 것이다. 이러한 시점은 보다 빨리 올 수도 있지만, 이것이 아주 중요해서 꼭 이해되어야 한다면 나중에 다시 찾아오기도 한다.

이 장에서 말하고자 하는 요점은 이것이다. 당신에게 상처 준 사람들 중 지금 저세상으로 옮겨간 사람들은 당신에게 진심으로 미안해하고 있다. 그들은 자신이 미안해하고 있음을 당신이 알았으면 하고, 당신이 제대로 살아가길 바란다.

또한 그들은 당신이 삶의 굴곡진 과정을 사랑하고, 자신을 사랑하는 일이 꽤 괜찮은 일임을 알기 바란다. 여전히 당신에게 상처를 줄 수 있는 사람을 당신이 전력을 다해 사랑하는 것도 좋은 일임을 알기 바란다. 그들이 사랑받을 만해서가 아니라, 당신이 그들을 사랑할 만한 자격을 갖고 있기 때문이다. 그것이 당신의 힘을 주장하는 방법이다.

과거, 현재, 미래를 통해 당신을 괴롭혔고 괴롭힐 사람들은 자신의 혼란과 고뇌 속에서 길을 잃게 된다. 당신을 괴롭히고 상처를 줄 작정이었다기보다, 자신들에게 상처를 주는 세상을 이해하고 싶었던 것이다. 그것이 혼란이든 사랑이든, 당신의 생각들이 그들의 생각과 합쳐졌고 그들과 당신을 위한 수업이 시작되었다. 당신은 당신에게 도움이 되는 것을, 그들은 그들에게 도움이 되는 것을 배우는 것이다. 당신과 그들은 각자 상대를 위해 이 일을 해냈다.

그들을 사랑한다는 의미는, 그들과 함께 살고 그들을 치유하고 인사를 나누라는 것이 아니다. 그들을 경찰에 신고하거나 소송하는 것일 수도 있고, 거리를 두면서 혹은 다른 사람을 통해 그들의 선생이 되는 것일 수도 있다. 그들도 당신처럼 최선을 다하고 있으며, 그들도 당신처럼 무엇이 효과가 있고 없는지를 배우고 있는 중임을 이해하는 것이 사랑이다.

위대함을 통해 더 위대해지기

삶에는 힘들고 거친 수업도 있지만, 쉽고 행복한 수업들도 있다. 당신은 쉬운 것은 물론이고 어려운 수업도 원했다. 기억하는가? 당의정처럼 쉽게 넘길 수 있는 것만 바란 것이 아니다.

당신은 어려운 수업조차 눈을 크게 뜨고 읽어냈으며, 가르침을 이해하고자 하는 설렘으로 넘쳤고, 당신 자신의 생각을 밀어내고 주인 노릇을 하던 낡은 생각과 믿음들을 잠재웠다.

당신은 쓰라린 경험만을 하는 사람이 되고자 하지 않

왔다. 발견하고, 즐기고, 로맨스를 펼치려고 여기에 왔다. 최고의 친구를 사귀고, 손을 잡고, 귓가에 비밀을 속삭이려고 온 것이다. 당신은 산의 정상에 오르고, 파도를 타고, 별이 찬란한 밤하늘을 응시하고 싶었으며, 당신의 분야에서 세상을 흔들고 싶었다. 당신은 '일부', '조금', '한 방울'이 되기 위해 여기 온 것이 아니다. 당신은 미리 알고 있었다. 여기엔 당신을 소리치며 울게 만들 일이 있을 것이고, 견디기 힘든 시기와 목 졸라 죽이고 싶은 사람들이 있을 것이란 사실을! 하지만 그 고약한 순간들도 당신이 하게 될 여행, 발견하게 될 힘, 나누게 될 사랑에 비하면 믿기 어려운 정도로 작다는 것 또한 당신은 알고 있었다.

당신은 매력적이고 훌륭한 친구들로만 둘러싸이길 선택하지 않았다. 당신은 안내자, 조력자, 교사도 원했다. 당신은 천천히 배우기를 원하지 않았다. 속성 프로그램을 원했다. 당신은 사랑이고, 다른 사랑을 끌어당기는 존재이다.

그러나 지금이 지구 행성의 성장기라는 점을 감안하면, 대부분의 사람들은 자신이 진정 어떤 존재인지, 자신들이 갖고 있는 힘을 어떻게 다뤄야 할지 모르는 상태다. 이를 극복하기 위해 당신들은 서로를 돕고 있는 중이다. 그 과정에서 서로를 때리기도 하고, 물기도 하고, 별별 무모한 짓을 한다.

주변에 사자, 호랑이, 곰은 계속 있겠지만, 당신이 더 지혜로워짐에 따라 맹수들의 수는 점점 줄어들 것이다. 지나가는 사람 중에 존, 페드로, 루카스, 수아이자, 올가 같은 이름을 쓰는 사람들도 있겠지만, 그들이 꼭 거기 있을 필요가 있는 것은 아니다.

당신이 고통에 시달리는 것은 위대함에 지불하는 비용이 아니며, 좋은 일엔 항상 나쁜 일이 따르기 때문도 아니다. 때로는 잘못된 창조가 공동으로 창조하는 방법을 배우는 비용이기 때문에 그렇다.

당신은 파산하거나 실패하는 것이 아니라, 위대하고 더 위대해지는 중이다. 당신에게 진짜 적이 생기는 것이 아니라, 진짜 친구를 갖게 되는 것이다. 당신은 영적인 거인들을 친구로 가졌고, 그들은 당신을 깊이 사랑한 나머지 돌대가리에 무식쟁이 역할을 연기하고 있는 중이다. 당신이 진정한 자신의 존재를 발견하도록 돕기 위해!

✒ 세상을 떠난 이로부터의 편지

사랑하는 로렌에게

어떻게 말을 꺼내야 할지 모르겠어. 미안하다고 말할 염치도 없고. 당신이 견뎌야 했던 것들을 생각하면 입이 떨어지지 않아.

고맙다는 말은 괴이할 정도로 부적절한 것 같아. 마치 내가 고맙다고 말하는 게 아니라, 고맙다는 말을 듣는 것 같은 느낌이거든.

당신은 나를 사랑했고, 내게 바라는 건 오직 사랑뿐이었지. 그런데 나는 당신의 사랑을 당신의 마음에 닿는 데 사용했을 뿐만 아니라, 당신의 의심과 두려움을 불러일으키는 데도 사용했어. 난 당신을 이용했어.

로렌, 이 말이 얼마나 한심하게 들릴지 알지만 나는 내가 저지른 일로 벌어진 혼란에 대해 별 생각이 없었어. 더 한심한 건, 내가 당신을 괴롭히는 일을 그만둔 후에도, 내가 끼친 피해로 인해 당신이 자신을 원망하고 증오하게 됐고, 세상이 잔인하고 불공평하다는 잘못된 믿음을 갖게 되었다는 거야. 당신은 세상 어디에나 존재하는 사랑, 가능성, 아름다움을 보지 않으려고 했지.

내 생각엔 사람들 모두가 삶에 의해 상처받아. 누구나 고통을 겪을 수밖에 없다는 거야. 내가 당신에게 상처 주지 않았다면, 다른 누군가가 그랬을 거야. 내가 우위를 주장하지 않았다면, 당신이 주도권을 쥐었을 거야. 내가 당신에게 상처를 주는 동안, 난 상처 입지 않을 것이라 생각했어.

아이의 거짓말이 결국 들통나듯, 모든 진실은 드러나게 되어 있어.

무지는 우리가 살았던 시대의 전염병 같은 거였고, 모든 사악한 행위의 뿌리였지. 하지만 희망이 영원히 샘솟는 이곳에선 모든 것이 신의 일부이고 아무것도 낭비되지 않아. 무지는 아주 잠시 동안만 우리를 끌어내리고 꽁꽁 묶기도 하는 엉성한 거미줄 같아. 그 거미줄 안에서 가해자와 피해자가 힘을 합해서, 동정심과 이해를 통해 자신들을 해방시킬 만큼 강한 근육이 발달할 때까지 배움을 교환하는 거야. 그리고 나면 사랑이 드러나고, 날개가 활짝 펴지면서 빛으로 올라갈 수 있는 거야.

로렌, 이곳은 참 아름다워. 어디를 가나 사랑과 평화, 관용이 있어. 그리고 무엇보다 이해가 있지. 신은 아주 위대해. 정말 공평하지 않은 것처럼 보여서 이 말까지 하기는 좀 망설여졌는데, 난 지금 행복해지는 법을 배우는 중이야. 진짜로 행복해. 나는 다시 시도하기로 했어. 다시 사랑하고 사랑받아볼 거야. 다들 그렇게 하고 있어. 중요한 건 그것뿐이야. 실수를 통해 더 큰 진실로 이어지는 길로 들어서게 되고, 그렇게 더 행복해지는 거라고.

내가 했던 생각과 행동, 당신에게 준 상처에 대해 현실처럼 생생한 아픔을 느끼지만, 당신에 대한 내 사랑은 당신이 이제까지 알고 있었던 것보다 훨씬 크고 강렬해. 우리가 처음 만났을 때보다 훨씬 크고 세상에서 가장 높은 사랑보다 더 위대해. 당신 안에 있는 위대함 앞에 겸손해짐으로써 내가 더 위대해졌기 때문이지. 만약 당신이 없었다면 나는 아직도 헤매고 있을 거야.

로렌, 당신에겐 아직 시간이 있어. 당신은 자신이 아는 것보다 훨씬 강하다는 것을 꼭 기억해. 사랑과 가능성, 아름다움을 다시 보도록 해. 그것들이 당신을 둘러싸고 있어. 당신이 필요로 하는 모든 것은 당신 안에 있으니까 당신이 원하는 것 모두를 세상에 창조할 수 있어. 당신이 아직 그곳에 남아 있는 이유가 그거야.

미안해, 그리고 고마워. 당신을 영원히 사랑할 거야.

잭슨으로부터

당신은 지혜로워지기로 했다

당신의 삶 속에 등장하는 사람들은 보이지 않는 '끌어당김'과 당신의 암묵적 승인에 의해 미리 결정되었다. 그들은 당신과 동일한 관심, 동일한 신념, 동일한 진동을 갖는다. 혹은 당신을 보완해줄 관심, 신념, 진동을 가질 수도 있다. 당신이 그들을 필요로 하는 것처럼 그들도 자신의 '예언'을 성취하기 위해 당신이 필요하다.

그들은 당신의 교사가 될 예정인데, 그들이 특별히 지혜로워서가 아니라 당신이 그렇게 원했기 때문이다. 당신 자신을 용서하듯 다른 사람들을 용서하라. 사실 용서보다 더 좋은 방법도 있다. 다른 사람을 이해하고 당신의 삶에 최선인 것을 창조하는 자유로운 상태로 옮겨가는 것이다. 필요한 것은 당신의 허락뿐이다. 다음 장에서 그 사실을 확인하게 될 것이다.

Chapter 6

당신이 생각한 것은
현실로 나타난다

원하는 것을 이루어주는 우주의 법칙, TBT

진실을 탐구하는 당신이라면 이렇게 생각해보라. 삶이 그저 생존에 불과한 것이라면, 우리의 상상력을 어떻게 설명할 것인가? 삶이 희생에 관한 것뿐이라면, 욕구는 어떻게 설명할 것인가? 삶이 그저 생각, 반영, 에테르 같은 것에 불과하다면 물질세계는 어떻게 설명할 수 있나? 그렇지 않은가?

마지막으로 당신이 신의 눈과 귀라고 생각해보기 바란다. 영화 '아바타Avatar'에 나오는 판도라 행성 같은 곳을 꿈꾸지 않겠는가? 조화와 사랑으로 충만한 모험과 신비의 장소, 그곳에서 당신은 동물과 의사소통할 수 있고 물질을 지배하는 마음의 기술을 익혀 행성의 일원이 될 수 있다. 당신은 정말 그렇게 할 것이다!

당신의 고향, 지구 행성에 온 것을 환영한다! 여긴 최고다. 의심할 바 없이, 이곳은 당신의 우주에 속한 장소 중 가장 흥미진진한 곳이다. 1억 개의 다양한 생물이 대기와 땅과 바다에 서식하고, 그들은 정신이 혼미할 정도로 제각각 아름답다.

지구 행성에서 당신은 모든 것에 대한 지배권을 갖고, 선택에 따라 창조할 수 있는 존재다. 당신에게 무엇이 가능한지, 당신이 얼마나 멀리까지 도달할 수 있는지, 당신이 얼마나 많은 것이 될 수 있고, 할 수 있고, 가질 수 있는지를 상기시켜주는 꿈을 간직한 채, 스스로 정의한 '먹이 사슬'의 최상층에 머물고 있다.

완벽함으로 무장한 요새이자, 뭇 별 중의 오아시스인 이곳에서 당신은 상상하고, 설계하고, 창조함으로써 성공하도록 되어 있음을 보지 못했는가? 당신이 목표로 정하면 십중팔구 성취한다는 것을 알아차리지 못했는가? 세상을 떠난 이들은 꿈이 정말로 실현된다는 사실을 그 어느 때보다 잘 안다.

그리고 이런 사실을 알면 모든 것이 달라진다.

당신은 결국 성공할 운명이다

무지는 여전히 세상에 만연해 있다. 사람들은 우상을 숭배하고 의심 속에서 기도하면서 마치 신이 모든 것을 결정하는 듯 신에게 호소한다. 바위에는 의지할 수 있지만 상상력엔 의지할 수 없다고 생각한다. 이처럼 지구 행성에서 영적인 무지가 절정일 때조차도, 당신은 삶의 비밀을 모조리 폭로해 왔다!

불과 이백 년 전만 해도, 뉴욕의 현대식 주택이란 단층에 방 둘, 널빤지 벽, 튼튼한 지붕과 가까이 있는 별채를 의미했다. 오늘날 현대식 주택이란 100층 마천루에 대리석과 유리로 마감되고, 십년 전만 해도 상상할 수 없었던 편의시설을 갖춘 궁전이나 다름없는 공간을 말한다.

백 년 전만 해도 모든 지구인이 새만 날 수 있다고 생각했지만, 지금 우리는 우주정거장을 갖고 있다. 불과 십 년 전에 우리는 인터넷 웹사이트 마이스페이스MySpace를 사용했다. '꿈은 실현된다'는 세계적 인기를 누리는 격언이다. 당신의 이야기에서뿐 아니라, 당신의 삶과 당신이 추앙하는 사람들에게도 이 말은 흔히 사용된다. 당신은 번성하는 시간과 공간 속에 있고, 번성해야 할 운명이다. 일단 그것이 진실임을 알게 되면, 그것은 피할 수 없는 일이 된다.

희망 사항일 뿐이라고? 정말 그럴까? 당신이 이제까지 살아오면서 화를 내기보다 미소 짓는 쪽이 더 많지 않았는가? 울기보다 웃음을 터뜨린 경우가 더 많지 않았는가? 혼란에 빠진 경우보다 분명한 경우가 더 많았고, 혼자 있기보다 친구와 있는 경우가 더 많지 않았는가? 병을 앓기보다 건강한 경우가 많았고, 적자일 때보다 흑자일 때가 많지 않았는가? 이 책에서 반복되는 주제들 중 하나는 당신이 결국 성공한다는 것이다. 왜 그런지, 어떻게 해서 그런지 이 장에서 알아볼 예정이다. 이는 단순히 삶은 보는 방식 이상의 것이다.

앞으로 나아가라. 현실의 모든 것을 원하라. 그것이 현실이 존재하는 이유다.

고난은 꿈이 가치 있다는 증거다

여전히 많은 사람들이 운명, 행운, 카르마가 삶의 여정을 결정하는 요인이라고 믿고 있음에도 불구하고 성공, 건강, 기쁨이 대세이고 아주 멋진 진보가 진행되고 있다. 그런데 왜 그것들을 분명하게 보지 못할까? 진실을 볼 준비가 되어 있지 않기 때문이다. 준비가 안 되었을 때는 어떤 증거도 소용이 없다. 현재 지구상의 인류 대다수는 '삶은 힘들고 사람들은 저열하다'는 신념을 선택하고 있다. 그들이 정상적인 것보다는 예외적인 것에 초점을 맞추고 있기 때문이다. 하지만 인류는 이런 신념에도 불구하고 번성을 이어가고 있다. 성장하고 더 나은 것으로 향하는 의식의 성향이 훨씬 강하기 때문이다.

죽은 이들이 당신에게 말해주고 싶은 것은 '당신이 날아오르고, 성취하고, 성장하기 위해 태어났다'는 사실이다. 그런 성향도 일부 갖고 있다는 뜻이 아니다. 이는 당신 존재의 일부가 먹고, 자고, 번식하려는 충동을 갖는 것만큼이나 당신 본성의 큰 부분이다. 이는 당신이 여기에 와서 하기로 한 일의 가장 중요한 부분이다. 그러니 당신의 삶을 즐겨라! 꿈은 성장의 발판이 되는 난제들을 촉발하는 모험에 불을 댕긴다. 해결하기 어려운 문제들은 당신이 약하다는 징표가 아니라, 당신의 꿈이 가치 있다는 확인이다. 당신이 풀어야 할 난제는 일시적이지만, 거기서 얻는 교훈은 영원하다.

구르고, 솟구치고, 날아올라라

당신이 성공을 향해 나아간다는 경향성과 그것이 만들어진 메커니즘을 이해하면, 상상할 수 없는 것들이 가능해진다. 당신은 사건들이 지향하는 곳으로 눈을 돌릴 수 있다. 당신은 충분히 준비되고 동기를 부여받지 않았는가? 그만큼 고통스러웠으면 충분하지 않은가? 피 흘리고, 땀 흘리고, 소리쳐 우는 것도 그만 했으면 되지 않았는가? 당신은 과거에 저지른 실수들이 어떤 식으로 길을 닦아서 당신이 목전에 둔 '깨어남'을 가능하게 했는지 보아야 한다.

일단 눈가리개가 벗겨지고 낡은 신념들이 해체되면, 사실은 처음부터 거기에 있었던 모든 것들이 보일 것이다. 풍요로운 당신의 행성에는 모든 이들을 위한 모든 것이 충분히 존재하고, 기회는 샘솟듯 끊이지 않고 영원히 생겨난다. 일찍 일어난 새와 나중에 일어난 새가 모두 벌레를 잡을 수 있는 이유는, 이 세상에 존재하는 것들은 모두가 필요하고 정당하기 때문이다!

당신의 생각과는 정반대로, 삶은 쉽고 사람들은 멋지다. 자신이 가진 것이 마음에 들지 않으면 누구나, 언제나, 어디서나 가진 것을 모두 바꿀 수 있다. 이 신성한 정글에 당신이 존재한다는 것만으로, 당신은 이미 승리자에 속해 있다. 만약 어떤 방식이든 사용료나 회비가 있었다면, 그건 이미 오래 전에 지불된 상태다. 바로 지금 여기에서 당신은 매 순간 위대함을 향해 전진하고 있다. 이 시스템은 당신 편이 되어 작동 중이다. 이제 깨어나서 제대로 살아갈 시간이다.

당신의 생각들은 더 이상 모호하고 엉성하지 않다. 생각들은 당신이 알고 있는 상태 그대로의 세상을 완벽하게 창조한다. 생각은 시공간을 자유자재로 바꾸는 동력이고, 고유한 지성을 갖고 열심히 조립되는 신의 입자들이다. 적절한 조건이 되면 물이 증발하고 불이 붙고 대륙이 미끄러지듯, 당신의 생각들은 사물이 되고 사건이 되고 당신의 삶에 참여하는 사람이 된다. 당신은 자신의 상상력이 만들어낸 거푸집에 사람, 장소, 물건들을 채워 넣고 있다. 당신이 당신의 일을 할 때, 생각은 자신이 할 일을 한다. 다시 말하지만, 당신은 원하기만 하면 모든 것을 가질 수 있다.

다행히도 사람들은 자신이 좋아하는 것을 생각하게 되어 있다. 두 배로 다행인 것은, 당신의 '긍정적' 생각은 '부정적' 생각보다 발현될 가능성이 10,000배는 더 높다는 사실이다.

못 믿겠는가? 당신의 삶이 그 증거다. 당신이 많은 걱정을 하고, 옳지 않은 것에 자주 집중하지만, 아직도 악몽보다는 이루고 싶은 꿈을 더 많이 갖고 있다는 사실을 달리 어떻게 설명할 수 있을까? 당신은 영원 속을 헤쳐 앞으로 나아가는 사랑과 기쁨의 해일과도 같다. 잠시 현실을 점검하기 위해 시공간 안에 정착한 초자연적이고 무한한 존재다. 당신의 진정한 본질을 바꿀 수 있는 것은 아무것도 없다. 괴로운 시간이 하루, 일주일, 한 해를 간다고 해도 당신의 진정한 본성은 변할 수 없다. 좌절, 상심, 유린도 당신을 막을 수 없다.

그러니 구르고, 솟구치고, 날아올라라. 그것이 당신의 진짜 본성이다. 당신의 사전에 '아마', '확실치는 않지만', '그럴지도' 따위는 없다. 당신을 멈추게 하는 것은 불가능하고, 당신은 즐거움을 추구하고 성공하기 위해 태어났으며, 순수하고 영원한 신의 에너지다. 이것이 죽은 이들이 당신에게 전해주고 싶은 말이다. 이런 이해를 바탕으로, 당신이 이 세상에 올 때 하고자 했던 것들을 성취하고, 절대적으로 충만한 상태에서 당신의 삶을 살기를 바라는 것이다.

절묘한 발현의 메커니즘

당연한 얘기지만, 모든 물질이 발현되는 단계가 있다. 의도적으로 이 과정에 개입하려면 그 메커니즘이 어떤 것인지 알아야 한다. 더구나 일관된 결과를 얻을 수 있을 정도로 숙달되려면 연습이 필요하다. 당신에겐 말만 하면 들어줄 태세가 되어 있는 우주와 우호적인 원칙들이 있다. 우주는 우연히 당신을 돕는 것이 아니라, 계획적으로 그런 일을 한다. 즉 절대로 중립적이지 않은 우주는 당신의 요구가 정당한지 아닌지 같은 판단을 하지 않으며, 의도적으로 당신 편을 들어준다. 당신은 우주로부터 떠받들어지는 존재이며, 지금 이곳에서 성공을 거두고 더 위대해지고 있는 신이다.

당신이 지금 원하는 것이 이미 이루어졌다고 상상하라. 그 일이 어떻게 일어났는지는 상상할 필요가 없다.

변화를 일으키기 위해 당신이 맡은 일은 쉬운 쪽이다. 형이상학적 에너지를 해방시키기 위해서는 2개의 단계가 필요한데 이를 통해 기적, 행운, 운명, 계시, 우연한 사건 등으로 불리는 일들이 일어난다. 당신은 그저 단계를 실행하고, 결과가 나타날 때까지 그 상태를 유지하기만 하면 된다. 당신이 다음에 설명하는 단계에서 만들어지는 작은 차이에 걸려 넘어지지만 않으면, 당신의 왕국은 반드시 온다. 설령 아무 일도 일어나지 않고, 확률이 당신에게 불리하게 조작된 것처럼 보일지라도 이러한 단계를 반드시 실행해야 한다.

1단계: 당신이 원하는 것이 이루어졌다고 상상하라.

마음으로, 혹은 생각으로 당신이 지금 원하는 것이 이미 이루어졌다고 상상하라. 그 일이 어떻게 일어났는지는 상상할 필요가 없다. 상세 계획에 관해서는 염려할 필요가 없다는 의미다. 일이 진행되는 과정을 보지 말고, 그 일이 완료된 상태에 집중하면 된다.

2단계: 매일 당신의 꿈이 이루어지는 방향으로 움직여라.

몸을 움직여, 당신이 할 수 있는 정도의 뭔가를 하라. 실현될 꿈에 비하면 턱없이 작은 노력이다. 그래서 당신의 행동은 늘 허망해 보일 것이다. 하지만 그런 작은 노력은 필수다. 당신은 샴페인과 캐비아를 꿈꾸지만, 편의점 알바 면접을 위해 버스를 기다리는 처지일 수도 있다. 하지만 어떤 식으로든 꿈이 이루어지는 방향으로 행동해야 한다. 당신이 제대로 하고 있는지 확신할 수 없다 해도 문제가 되지 않는다. 당신이 가는 길이 잘못되었을 가능성이 높다 해도 괜찮다. 어떤 식으로든 노력하라. 어느 방향으로 움직여야 할지 모르겠다면, **아무 방향으로든 움직여라.**

    당신의 생각은 고유한 에너지와 생명력을 갖고 있다. 당신의 생각은 당신 인생의 소품과 연기자, 환경들을 마치 줄로 조종되는 인형처럼 여기저기로 옮겨 배치하고 당신을 이끌어 일생일대의 우연한 사건이나 예기치 않은 행운과 맞닥뜨리게 한다. 우연처럼 보이는 사건들은 당신이 생각해왔던 것들을 서서히, 완벽하게 반영하는 세계로 당신을 인도한다. 하지만 당신이 집밖으로 나가지 않고, 소파에 앉아 오프라 윈프리의 전화가 오기만을 기다린다면, 우연한 사건이나 행운 같은 것은 일어나기가 힘들다. 꿈을 이루기 위해 몸을 움직여야 하는 이유가 그것이다.
    굉장하거나 힘든 일을 할 필요는 없지만, 삶의 마법이 작동할 수 있는 범위 안에 있기 위해서는 몸을 움직여 무엇이라도 해야 한다. 당신이 정확하게 어떤 일을 했는지가 문제되는 경우는 거의 없다. 뭐라도 했다면 그것으로 충분하다. 당신이 움직였다는 그 이유 때문에, 새로운 가능성의 세계가 당신에게 끌려오는 것이다.

GPS 항법 장치

이제까지 했던 이야기를 GPS로 작동하는 내비게이션에 비유하면 더 쉽게 이해가 될 것이다. 승용차나 스마트폰에 장착된 내비게이션은, 꿈이 실현되는 것과 정확하게 같은 방식으로 작동된다.

1단계: 최종 목적지(최종 결과)를 입력한다.

내비게이션은 당신의 현재 위치를 알고 있다. 목적지를 알려주는 순간, 당신이 어떻게 도착할 수 있는지를 아는 것이다! 사실 내비게이션은 순식간에 당신이 선택할 수 있는 모든 도로와 분기점을 고려하고 속도 제한과 신호체계, 교통량을 계산해서 결과를 산출한다. 그리고 놀랍게도 최단거리로 가장 빨리 도착할 수 있는 행복한 경로를 알아낸다. 그렇지만 명심해야 한다. 당신이 2단계를 실행할 때까지 내비게이션은 당신에게 '말'을 걸지 않는다는 사실을.

2단계: 차에 기어를 넣는다(그리고 움직인다).

당신이 차에 기어를 넣지 않으면, 안내 시스템은 당신을 도울 수 없는 상태로 머물게 된다! 지금 당신 차의 기어가 'P(주차)'에 위치해 있다면, 차에게 이렇게 말하고 있는 셈이다. "아니, 지금은 아니야. 난 아직 준비가 안 됐어." 당신이 그런 의사를 표명하고 있다는 사실을 모른다 해도, 결코 차의 도움을 받을 수 없을 것이다. 차에게 '어디로 가고 싶다'고 바라는 것과, 차가 그리로 데려가지 못하게 하는 것은 커다란 모순이기 때문이다.

그건 삶에서도 마찬가지다. 꿈을 갖고 있으면서도, 그리로 가기 위한 행동을 하지 않는 것과 같다. 일단 당신이 'D(운행)'로 기어의 위치를 바꾸면 전체 시스템은 신속하게 작동하기 시작한다. 경로를 탐색하고 필요하다면 경로를 재설정하면서, 목적지에 도착할 때까지 당신의 손을 잡고 인도한다. 만약 당신의 선택이 적절하지 못해서(유행가를 목청껏 따라 부르느라 주의가 분산돼서 그럴 수도 있다) 제 길을 벗어나더라도, 결국은 "합법적으로 유턴하세요"란 지시에 따라 제자리로 돌아와 있을 것이다. 주차된 차, 혹은 주차된 인생에서는 그런 안내와 경로 수정이 불가능하다.

진보의 기적은 눈에 보이지 않는다

진보의 기적은 거의 눈으로 볼 수 없지만, 그렇다고 해서 진보가 이루어지지 않고 있다는 뜻은 아니다. 당신이 삶을 바꾸기 위해 나섰을 때, 혹은 앞의 비유에 따라 GPS의 안내를 받아 여행길에 올랐을 때를 상상해보자.

목적지는 새로 사귄 친구의 집이고, 초행길이며, 3시간이 걸린다면 운전 중에 선택한 좌회전, 우회전과 경로가 모두 완벽했다는 것을 여행길의 어느 지점에서 알 수 있을까? 마지막 순간에야 분명해진다!

당신이 3시간의 여정에서 2시간 55분을 달린 끝에 다음과 같은 어처구니없는 결정을 하는 경우를 상상해보자. '이건 아닌 것 같아. 다른 사람들은 모두 성공했겠지만 나한테는 효과가 없어. 나는 무언가를 성취할 신념이 없는 게 분명해. 집으로 돌아가 밀린 연속극이나 봐야겠어.'

그렇지 않다! 그건 **절대적으로** 당신에게도 효과가 있다! 그것은 늘 당신을 위해 작동하고 있다! 하루하루 당신은 가까워지고 있고, 매일 그것은 더 쉬워진다! 이렇게 결론 내리는 것이, 당신이 영원을 여행할 때마다 써먹는 상투적인 수법이라고 해보자. 당신이 효과가 없다고 주장하는 순간, 그것은 효력을 상실하고 힘들다고 주장하는 순간 그 일은 힘들어진다. 당신의 위대한 자아인 우주는 당신이 하는 말을 하나도 빠짐없이 귀담아 듣는다. 당신이 한 말이 그대로 당신의 새로운 최종 결과물이 된다.

우주는 판단하지 않고 그저 반응할 뿐이다. 어제는 우주에게 "나는 록 스타가 될 거야"라고 말하고, 오늘은 "그건 될 수 없는 얘기야"라고 말한다면 결과는 만들어지지 않는다. 두 개의 상반되는 '최종 결과'는 서로 충돌하고, 서로를 무효화한다. 당신은 여전히 성공하는 경향성을 갖고 있다. 하지만 당신의 견해와 말을 자주 바꾸는 것은, 아주 강력하게 당신 편이 되어 작동하는 시스템을 방해하는 짓이다.

꿈의 실현을 방해하는 3가지

바퀴는 언덕을 거슬러 올라가지 않고, 젖은 장작은 불이 붙지 않는다. 이와 마찬가지로 꿈의 실현이 다음과 같은 일에 좌우된다면, 꿈을 실현하기 위해 아주 힘들고 어려운 시간을 겪어야 한다.

1. 특정 경로(저주받은 '어떻게')
2. 특정 인물(저주받은 '누구')
3. 특정 세부사항

○ 특정 경로

당신의 꿈이 실현되는 방법how으로서 특정 경로를 고집한다면, 가끔은 성공할지 모르겠지만 '저주받은 어떻게'에 얽혀들게 된다. 당신은 온 세상의 무게를 어깨에 올려놓고, 스트레스를 만들고, 걱정을 키우고, 원래는 제한이 없던 우주를 제한하게 된다. 하나의 우주는 매일 당신의 오만가지 생각들을 일일이 추적할 뿐 아니라, 70억 공동 창조자들의 생각들을 모두 검색하고 있다. 모든 생각의 주체들은 매 순간 마음을 바꾸고 삶의 우선순위를 재배열하며, 수십 개의 다른 꿈과 소원을 갖고 있다. 우주는 매 초마다 그 모든 생각과 꿈, 거기 포함될 물질적 요소들을 방정식에 추가해야 한다. 우주는 무한한 유연성과 자유를 필요로 한다.

급변하는 요소들이 가득한 장애물 코스를 선택한 사람에게 유연성과 자유가 필요한 것과 마찬가지다. 그렇지만 예컨대 '지금 쓰는 이 책으로 대박 나야 해'라고 말한다면, 그 순간 부자가 될 수 있는 다른 모든 길로 통하는 문이 '쾅' 하고 닫혀버린다. 책을 쓰는 일과 돈을 버는 일이 양립할 수 없다는 것이 아니다. Y를 가질 수 있는 유일한 길이 X라고 생각하는 순간, 당신이 성공할 가능성은 무한히 작아지고, 당신은 언제 깨질지 모르는 살얼음 위에서 스케이트를 타는 처지가 된다.

○ 특정 인물

본인이 허락하지 않는 한, 당신이 특정한 사람을 특정 방식으로 행동하게 할 수 없다는 사실은 따질 필요도 없이 당연한 일이다. 당신의 연애 상대, 비즈니스 상대, 부모, 형제자매, 누구라도 그렇다. 그들은 당신과 똑같이 보호 장치를 내장하고 있다. 당신의 생명, 선택권, 힘이 침해되지 않듯이 다른 사람의 것도 똑같이 보호된다. 때로 다른 이들을 마음대로 유린할 수 있는 것처럼 보이지만, 그건 일시적이고 표면적일 뿐이다.

그렇다고 해서 당신이 환상적인 연애 상대나 비즈니스 파트너를 가질 수 없다는 말은 절대 아니다. 다만 그가 누구여야 한다고 특정해서 고집하지 말라는 뜻이다. 그런 일은 신성한 지성에게 맡기자. 신성한 지성은 가능한 모든 조합을 알고 있다.

당신은 부모, 교사, 선배, 사장으로서 당신의 안내나 지도가 필요하거나 그러기를 원하는 사람들을 인도할 책임을 갖는다. 하지만 당신의 노력을 통해 그들이 행동할 수 있는 확률을 높인다 해도, 그것이 그들의 행동을 보장하지는 않는다. 그리고 무엇보다, 그들의 선택이 당신의 행복을 좌우하도록 해서는 안 된다.

○ 특정 세부사항

세부사항은 별 의미가 없다. 그것들이 아무리 멋지고 재미있고 강렬하더라도 그렇다. 당신의 삶에 세부사항이 필요 없다는 것도 아니고, 세부사항이 스릴 넘치고 재미있을 리 없다는 의미도 아니니 오해하지 말라. 하지만 당신이 특정 세부사항을 고집하고 거기에 집착한다면 그것들은 스트레스, 장애, 그리고 쓰디쓴 좌절로 이어질 확률이 높다.

첫째, 특정 세부사항은 당신의 웅대한 계획에 비해 상대적으로 덜 중요하다는 사실을 이해하라. 둘째, 그 세부사항이 특정 경로, 특정 인물과 지나치게 얽혀 있는 경우 완전한 발현을 위태롭게 할 수 있다는 사실을 이해해야 한다.

앞에서 보았던 특정 경로나 특정 인물에서와 마찬가지로, 당신이 특정 세부사항을 고집하더라도 가끔은 성공할 것이다. 특히 빨간 장미나, 특정한 숫자, 폭스바겐 '비틀'의 색깔처럼 당신이 원하는 것이 흔하게 존재하는 경우라면 자주 성공할 수도 있다. 하지만 특별한 언덕 위에 있는 특별한 집, 다음번 올림픽의 금메달처럼, 하나밖에 없는 것을 다수가 원하는 경우라면, 많은 사람들이 그것을 얻을 때까지 행복을 유보하고 속상해 할 것이란 사실을 이해해야 한다.

당신이 진정으로 원하는 것이 더 큰 행복, 더 좋아진 건강, 더 깊은 사랑처럼 모든 사람이 충분히 가질 수 있는 것일 때, 희소한 아이템에 대해 신경 쓸 필요가 전혀 없다.

당신이 세부사항의 축적을 통해 성공을 관리하려 든다면 저주받은 '어떻게'에 얽혀드는 것이나 마찬가지다. 그것들을 보내 버리자. 그런 세세한 것을 다 따지기엔 우리의 뇌가 너무 작다. 물론 세부사항도 쓸모가 있다. 꿈을 이루기 위해서는 세부사항을 명료하게 생각하고, 시각화하고, 사랑해야 한다. 다만 너무 고집하거나 집착하지 말라는 말이다.

결코 어렵지 않다. 항상 당신이 상상하는 것보다 더 좋을 수 있는 여지를 남겨 두어라. 당신이 바라는 최종 결과가 행복, 건강, 번영 등등이 되게 하자. 이는 가끔 당신 삶에 출현하는 자질구레한 것들에 집착하지 않고 '평생' 완벽한 영향력을 발휘하는 가치들이다.

집착 없이 사소한 것들을 즐기는 일은 그리 어렵지 않다.

자, 이런 상황을 상상해보라. 지금 당신은 새로 뽑은 빨간색 BMW의 앞좌석에 앉아 있고 브루노Bruno가 운전하고 있다. 뒷좌석엔 노란 장미 다발이 놓여 있다. 당신은 로스앤젤리스 공항으로 가는 중이고, 공항에서 버진 애틀랜틱 항공사의 일등석을 타고 영국의 히드로 공항으로 날아갈 예정이다. 앨라배마 주 모바일Mobile에 신축한 훌라후프 공장의 개장을 축하하기 위한 세계일주 여행의 첫 기착지가 영국이기 때문이다.

당신은 이런 상상을 충분히 즐길 수 있지만, 다른 가능성에 대해 문을 잠그지 않아야 한다. 옆에서 운전하는 사람이 브루노가 아니라 로키일 수 있다. 지금 가는 곳이 런던 아닌 로마일 수 있고, 훌라후프 공장이 아니라 새로 설립한 요가 학원일 수도 있다. 항상 문을 열어 놓은 채, 더 많은 문을 두드려보아야 한다. 자신의 책도 쓰고, 학교로 돌아가 공부도 하고, 이력서를 돌리고, 부동산 세일즈도 해보고, 온라인 동호회 사이트에도 가입하고, 살아가는 매 순간마다 당신의 강점과 취향을 고려하면서 삶의 마법과 기적을 누리는 일을 절대로 중단하지 말아야 한다.

그리고 최종 결과에 대해서만 당신의 가슴이 뛰어야 한다. 앞서 열거한 세부사항들이 당신의 최종 결과가 되어서는 안 된다. 당신이 맞게 될 미래의 보다 큰 그림에 중요성을 부여하고, 그것을 분명히 표현하는 것을 멈추지 말며, 다른 세부적인 것들은 신경 쓰지 말아야 한다.

에덴동산의 사과를 한 입 베어 물고 싶은 유혹에 저항하라. 여기서 사과를 베어 문다는 것은 시간, 공간, 물질이란 환영이 그 환영을 만들어낸 본질보다 훨씬 실재하는 것처럼 행동하는 것을 말한다. 원하는 것을 얻기 위해 경로, 사람, 세부사항이 관리되어야 하는 것은 맞다. 하지만 더 중요한 것은 큰 맥락 속에서 환경을 파악하는 것이다. 그 환경을 만든 원천 안으로 들어가야 한다. 그리고 그 원천은 당신의 상상력이다.

불운을 불러들이는 악순환

지금까지 당신은 '삶은 힘들고 사람들은 저열하다' 라는 견해가 그럴 법하다고 인정했을 것이다. 비록 의도하지 않았겠지만, 삶과 사람에 대한 이런 관점은 당신의 최종 목적지를 드러낸 것이다. 즉 이는 1단계의 최종 결과 중 하나가 되었다. 자신들의 신념대로 세상이 돌아가길 바라는 것은 아니지만, 욕망이나 혐오만으로는 어떤 것도 결정적으로 발현시킬 수 없다. 생각은 생각일 뿐이고, 2단계에서 밝힌 것처럼 생각에 의한 행동이 존재해야 한다.

최종 결과를 좇아 행동한다는 것은, 그것이 일어나도록 최선을 다한다는 것만이 아니다. 때로는 당신의 부수적인 행동이 발현을 촉진하도록 결정적 영향을 미치기도 한다. 부수적인 행동에는 물품을 비축한다든가, 문을 잠근다든가, 심장을 보호한다든가 등등이 포함될 것이다. 그런 예방책들이 악운을 쫓아낼 것처럼 보이지만, 실제로는 악운을 불러올 수도 있다. 사람은 자신이 생각하는 대로 행동하며, 에너지와 기대감을 점점 더 증가시키고, 마침내 그런 생각들은 현실이 되기 때문이다. 실제로 그런 일이 일어나면 당신은 동일한 방식으로 생각하고 행동할 명분을 갖게 될 것이고, 일종의 악순환이 시작된다.

당신이 세상에 발을 들여 놓을 때마다, 사물과 사건들은 '힘들고 저열한 것'을 당신에게 보여주기 위해 자세를 바꿀 것이다. 당신이 중요한 삶의 변화를 원하고, 그것을 위해 새로운 일을 시작하고 삶을 재배치하더라도, 당신이 '힘들고 저열하다'는 낡은 세계관을 유지한다면 그런 일들이 따라온다. 짜증스러운 환경과 까탈스러운 사람들이 예기치 않은 방식으로 당신에게 다가오고, 당신은 자신의 신념이 맞다는 증거로 '불운'의 집중포화를 받게 될 것이다.

엄청난 관찰력과 탐구심을 갖고 있지 않는 한, 자신만이 그런 경험을 한다고 생각함으로써 크나큰 좌절을 겪게 되는 것이 다음 순서다. 심지어 당신은 자신이 그런 불운을 몰고 오는 사람이라 자책까지 하게 된다(어쨌든 당신은 정말로 괜찮은 사람이다).

그런 상심과 혼란은 내면의 고집스러운 영혼을 반성하고 숙고하게 만든다. 자신의 생각, 상상, 기도(자신들이 원하는 것과 원하지 않는 것에 대해 생각하고 말하는 것이 기도의 실체다), 기대, 신념 같은 것들이 자신들이 경험하는 일의 원천일 수도 있다는 깨우침에 한발 다가서는 것이다. 그런 깨우침을 통해, 만약 변화를 창조하고 싶다면 자신부터 시작해야 하고, 자신들이 생각하고 믿고 기대하는 것을 숙고해야 한다고 느낀다. 물론 생각을 바꾸더라도 갑자기 모든 것이 바뀌지는 않는다. 한동안은 여전히 그들이 과거에 생각하고 믿던 것들이 세상에 출현한다.

삶의 유일한 변수

모든 삶은 계속 이어지는 여행이고, 각각의 여행은 당신을 세상 속으로 밀어 넣었던 꿈에 의해 만들어진다. 세상으로부터 사건과 사물, 환경이 생겨나고, 연이어 당신의 감정이 생겨난다. 당신은 생각하고, 창조하고, 여행을 떠나게 될 것이란 사실은 피할 수 없다. 하지만 당신은 생각들을 선택해 취함으로써 목적지를 선택하고 여행의 스케줄을 조정할 수 있다. 기분 좋지 않은 것들을 억제하고 기분 좋은 것들을 더 많이 끌어낼 수 있다는 의미다.

당신을 당신답게 만드는 것은 당신의 생각일 수밖에 없고, 당신의 생각이 당신의 느낌을 불러온다. 당신의 생각을 '결정', '의도', '말', '행동'이라 바꿔 불러도 마찬가지다. 생각이 존재하는 모든 것이며 유일한 삶의 변수다. 당신이 생각할 것이란 사실이 아니라 당신이 생각하는 내용이 변수가 된다. 여행이 진행됨에 따라 당신은 그 여행을 공들여 가꾸어 나가거나, 별 생각 없이 놓아두는 것 중에 하나를 선택할 수 있다. 당신의 선택에 따라 삶이란 배를 소중한 마음으로 운행할 수도 있고, 바다 위에 표류하게 내버려둘 수도 있다.

당신의 꿈은 당신의 것일 수밖에 없다. 그 꿈을 현실로 만들 수 있다.

당신만의 춤을 추어라

가장 중요한 것은 당신의 가슴을 따르는 것이다. 그것이 당신의 목적이므로. 당신에겐 갈망하는 것이 있다. 그것을 허용하라. 갈망에 귀 기울이고, 그것을 삶에 가져오는 쪽을 선택해야 한다. 당신의 꿈은 당신의 것일 수밖에 없다. 그 꿈을 현실로 만들 수 있다.

자신 안의 드러머가 연주하는 박자에 맞춰 춤을 추어라. 춤추는 것을 서두를수록, 70억 다른 춤꾼들이 어우러진 교향악 한가운데서 당신만의 리듬을 찾아낼 것이다. 자신의 꿈을 선택하고, 그 꿈의 움직임을 배우고, 당신이 내딛었던 작은 걸음을 기억하라. 그러면 당신이 좋아하는 방식으로 더 빨리 꿈이 이루어지도록, 우주가 제공하는 기회는 기하급수적으로 증가할 것이다. 매일 움직이고, 행동하고, 밖으로 나가라.

무엇을 어떻게 해야 꿈이 실현될지 모를 때조차, 아니 그럴 때일수록 더 움직이고 행동하고 나가서 돌아다니도록 하라. 당신은 꿈이 어떻게 실현될지 알 수 없다. 아무 일이라도 하라. 그러면 우주가 당신을 찾아낼 것이고, 점들이 연결될 것이고, 지상의 삶이 천상의 삶처럼 바뀔 것이다.

✒ 먼저 세상을 떠난 이의 편지

보비, 줄리, 티미, 내 아이들아!

나야, 엄마!

난 이제 너희들에게 말 걸기를 포기했단다. 내가 아무리 애써도 너희들은 반응이 없더구나. 그래서 이렇게 편지를 쓴다.

엄마가 어디 있는지 너희들은 상상도 못 할 거다. 시간여행, 공간여행, 아마 너희들은 그렇게 부르겠지. 지붕에서 떨어진 후, 엄마에겐 별별 이상한 일이 계속해서 일어나고 있단다. 아주 길고 복잡한 꿈만 같아. 앞뒤가 착착 맞는다는 것만 빼면 말이지. 그리고 내 얼굴의 주름이 싹 사라졌단다! 새로 사귄 친구들은 내가 죽은 거라고 하는데, 난 그 말에 신경 쓰지 않아. 친구들은 모두 좋은 사람들이만, 내겐 좀 이상하게 보이는구나. 날 보고 '죽은 사람'이라고 하니까.

여기서 너희들의 할머니와 할아버지를 만났는데, 다시 젊어지셨더구나! 너희들 외할머니는 엉덩이에 있던 문신이 없어졌고, 요즘은 매일같이 수영을 즐기신단다. 외할아버지는 엄청나게 큰 파도 위에서 서핑을 하고 계시지. 우린 피라미드가 정말로 음파에 의해 건축되었는지, 아틀란티스가 어떻게 가라앉았는지 등에 대해 끝없이 대화를 나눴고, 난 개미인간에 대해 온갖 것들을 배웠단다.

난 여기서 내 일생을 다룬 영화도 보았어! 아, 그 충격은 말도 못할 정도였지. 나는 어린아이가 되어 다시 살았고, 너희들이 하나하나 태어나는 것도 지켜봤어. 너희들 아빠가 덴버로 가지 않고 라스베이거스로 가는 것도 봤고, 리키가 정말 좋은 일이라고 핑계 대고 나쁜 짓을 하는 것도 봤단다.

하지만 계속 되풀이되는 주제는 성취와 목표 달성, 실현된 모든 꿈들이 그 이전에 어떻게 시작되었는지에 관한 것이었어. 내 말은 모든 불쾌한 일들 역시 이전에 상상된 일이었다는 거야. 그곳에 있을 때는 전혀 몰랐는데, 지금은 지독하게도 분명하구나!

가끔은 사전에 상상하지 않았던 사건도 일어나지. 그건 다른 사람들의 삶과 일치될 수 있는 장소에서, 비디오의 빨리 감기(FF) 버튼처럼 일어난 거였어. 이곳 사람들은 그걸 'EM(Escalator Moments)'이라고 부른다다. 신난다는 사람도 있고 불쾌하다는 사람도 있지만, 모두가 그들의 생각에서 시작되었다는 사실엔 변함이 없어. 때론 사람들 모두가 그 생각뿐인데도 사건이 일어나지 않기도 해. 그건 그 사람들의 다른 생각(현실화 되고 있는 중인)이 방해하기 때문이야. TBT, 생각이 현실이 된다는 건 진짜야!

아, 그리고 제일 환상적인 것은, 누구라도 엄청나게 많이 가질 수 있다는 거야. 무엇이든 말이야! 성공하려면 희생이 필요하다, 치러야 할 대가가 있다, 운이 따라야 한다, 타이밍이 맞아야 한다, 예전에 믿었던 이런 말들을 돌이켜보면 참 웃겨. 음, 사실 내가 제일 믿기 힘들었던 것은 우리가 얼마나 귀가 얇고 잘 속아 넘어가는 사람이었던가, 하는 거였어. 성공한 사람, 또는 우리가 원하는 것을 갖고 있는 사람들을 잘 살펴봐.

성공한 이들이 공통으로 갖고 있었던 오직 하나는, 그들이 자신의 성공을 꿈꿨다는 거야. 그들은 성공이 가능하다고 상상했고, 자신의 꿈과 관련된 뭔가를 했어. 그들이 열심히 일했기 때문에 성공했다는 얘기가 아니야. 느긋하게, 우연히, 혹은 소심하게 그 방향으로 움직였고 그들이 원하던 것을 만난 거야!

오늘날 큰돈을 벌었던 사람들을 한번 보자고! 그들 중에 로켓 과학자는 한 명도 없지! 머리가 좋은 것과 부자가 되는 것 사이엔 아무런 연결점이 없어. 연결 확률 제로라고. 특정 신앙이나 배경, 특별한 인종이나 가문도 행복과는 연결점이 없어. 행복한 사람들은 행복한 생각을 해! 별로 힘든 것도 아냐. 그들을 괴롭히는 것보다 자신이 좋아하는 것에 집중하고, 효과가 없는 것보다 효과를 발휘하는 생각에 집중하는 것이, 행복해질 수 있는 사건과 물건들을 끌어들이는 거야!

돈을 쓰는 일보다 버는 일에 집중하는 사람들이 더 많은 돈을 벌고, 그 반대로 하는 사람들은 결국 빈털터리가 되는 것과 마찬가지야. 질병엔 신경을 끄고 건강에만 집중하는 사람, 미움보다는 사랑에 집중하는 사람, 집에 머물기보다 여행에 집중하는 사람 등등, 모두가 자신이 집중했던 것을 소유하게 되는 거지. TBT, 이 원칙은 정말 대단해!

아무튼 너희 세 녀석들이 이 편지에 답장을 하지 않으면 내가 어떻게 해야 할지 모르겠지만, 그곳에서 아침에 마시던 커피가 생각난다는 것은 인정해야겠어. 이곳엔 뭐든지 있지만 너희들이 없으니까. 너희들이 많이 그립단다. 아마도 나는 죽었을 거고, 어쩌면 너희들에게 돌아갈 수도 있을 거야. 내가 돌아가는 것을 더 많이 생각하고 상상하면 언젠가는 말이야. 너희들 모두를 언제까지나 사랑한단다.

너희들의 영원한 엄마가

여전히 당신 차례다

이것은 당신이 수천 년을 기다려 온 것이다! 당신은 지금 여기에 있다! 당신이 무엇을 원하든, 어떤 방식으로 원하든(우리가 검토했던 사소한 문제들을 제외하고), 당신은 그것을 가질 수 있다! 한 가지만 요청하지 말라. 많은 것을 요구하고 감사하라. 당신이 그 사실을 알기만 하면(지금 바로 알 수도 있다), 온 세상은 당신의 손바닥 안에서 돌아간다. 정말 그렇다. 위대한 친구와 자비심처럼 삶에는 당신이 의도하는 것 이상의 것이 존재한다. 당신이 진실을 알게 되는 순간, 의도하는 삶은 가시밭길을 빠져나가 부를 확대하고 감정적으로나 물질적으로 안락하고 창조적인 삶으로 안내하는 초대장이 된다. 이것이 당신의 현재 삶에 대해 죽은 이들이 말하려는 것이다. '누더기로 떠난 아이가 부자가 되어 돌아왔다'는 당신의 동화를 모든 이들이 공유함으로써(다음 장면이 어떻게 전개되든), 그것은 훨씬 더 인상적인 귀향이 될 것이다. 그리고 인상적 귀향은 죽은 이들이 당신에게 알려주고 싶어 하는 다음 주제이다.

Chapter 7

천상은 황홀,
그 자체다

고향으로 돌아간 후, 당신에게 생기는 변화

죽음을 경험하고 살아 돌아온 사람들, 즉 임사체험을
한 사람들은 한결같이 흰 빛을 보았다고 한다. 그건 무
엇일까? 단도직입적으로 말하자면 사랑이다. '지친' 눈
에는 사랑이 흰 빛으로 보인다. 당신은 그 빛이 신성한
지성으로부터 뿜어져 나온다는 사실과 그것이 초자연적
인 지성 자체라는 사실을 느낌으로 안다. 그 빛이 당신
보다 당신을 더 잘 알고 있음을 느끼는 것이다. 그 빛은
당신을 이해한다. 당신을 애지중지하던 부모님처럼, 아
니 그보다 무한 배 더 많이 당신을 이해하고 사랑한다.

　이렇게 아낌없이 이해되고 있음을 아는 것이 바로
'천상heaven'이다.

당신 역시 깨닫게 된다. 지난 생에서 분리를 만들어내고 처음부터 함께였던 것을 알지 못하게 방해했던 것이 당신의 오해였음을. 흰 빛은 우리가 할 수 있는 한, 신에 가장 가까이 접근한 것이다. 마침내 우리 자신이 신임을 알게 되기 전까지는 그렇다.

그 빛 속에서 이어지는 놀랍고 아름다운 것들을 보면서 당신은 엄청난 황홀감에 경탄할 것이고, 지금 알고 있는 것들(아래의 3가지)을 이승에서 알았더라면 어떤 삶을 살았을지 궁금해 할 것이다.

- ☀ 당신은 너무나 중요하다.
- ☀ 당신은 너무나 강력하다.
- ☀ 어떤 실수도 없었다.

물론 예외는 있다. 당신이 이 책을 계속 읽어 나간다면, 지금 당장 그 답을 알게 될 테니까.

당신은 너무나 중요하다

당신은 있는 그대로 경탄할 만하다. 당신은 다른 누구에게도 보이지 않는 현실을 보고, 다른 누구도 들을 수 없는 것을 듣는다. 다른 이가 가보지 않은 곳을 가봤고, 또 가볼 것이다. 그리고 무엇보다 당신은 그 누구도 느끼지 못할 것을 생각하고 느낀다. 이것이 당신이란 존재고, 당신의 존재 이유다.

이것들은 최고 중의 최고인 지고한 존재에게 바치는 당신의 공물이다. 당신은 이렇게 존재하는 것 말고는 다른 어떤 일도 할 필요가 없다. 그리고 당신은 그 누구도 창조한 적이 없고, 창조할 수도 없는 것을 창조할 것이다. 당신은 이제까지 한 번도 드러난 적이 없는 신의 얼굴이다.

당신이 얼마나 사랑받는지, 말로는 도저히 표현할 길이 없다. 끝없이 상승하는 나선 속에서 모든 순간은 소중함, 그 이상이다. 당신은 도착하는 순간, 이 모든 것을 느끼기 시작한다.

살아 있는 동안, 대부분의 사람들은 '자신이 아닌 것들'로 자신이 누구인지를 가늠한다. 죽을 때까지 기다릴 필요가 없다. 지금 당장 완전한 진실을 보라. 그 누구도 모든 사람이 될 수는 없다. 모든 것을 가진 사람은 이제 껏 없었고 앞으로도 없을 것이다. 모든 것이 신神인 가운데, 당신은 아주 작은 불꽃에 불과하다.

이 말은 당신이 당신 아닌 것을 찾는다면, 언제든지 찾아낼 수도 있을 거란 의미다. 하지만 요점은 그게 아니다. 당신이 '무엇인지'를 찾아내지 않고서는 당신이 '무엇이 아닌지' 결코 알 수 없다. 당신은 특질, 성격, 지식, 욕구, 괴이한 버릇, 보조개, 주근깨들의 집합이며 영원히 확장함으로써 그 이상이 될 수 있는 존재다. 당신은 '당신으로서의as you' 신을 통해 창조로 향한다. 결코 '당신을 통해서through you'가 아니다. 당신은 신을 통해 당신이란 집합의 원소들을 관찰도 하고 지휘도 하게 한다. 그러면 모든 것으로 모습을 드러낸 신이 당신과 함께 춤출 것이다.

당신은 유일무이하며 대체 불가능한 존재다. 당신은 걸작masterpiece이고, 신성의 작은 화신Mini-Me이다. 당신은 실현된 꿈이다. 신의 입장에서 볼 때, 지금의 당신이 존재할 기회는 이번이 유일하다. 신의 은총은 차고 넘친다. 당신이 이 글을 읽고 있는 이 순간도, 당신은 스스로 상상하는 것보다 훨씬 중요한 존재이다.

당신은 너무나 강력하다

천상에 도착한 순간, 당신은 먼저 왔던 사람들이 보았던 것을 보기 시작한다. 당신이 삶이라고 알고 있었던 이전의 삶은 꿈에 불과하고, 사실은 이 '새로운 장소'에서의 삶을 꿈꾸어 왔던 것이다. 그리고 꿈꾸는 주체로서의 당신은 늘 꿈보다 큰 존재였다. 당신 생각에는 삶이 당신에게 일어난 것이지만, 삶의 입장에서 보면 당신이 삶 가운데 생겨난 것이다. 무엇보다 당신이 먼저 생겨났다. 말 그대로 당신은 태양이 매일 뜨는 이유였다.

죽음은 삶보다 훨씬 더 '살아 있는' 상태로 존재하는 것이 가능한 곳으로 들어가는 관문이다. 당신과 관련된 조각들이 갑자기 기하급수적으로 증가하면서 과거, 현재, 미래를 포함하는 것이 된다. 당신은 여러 버전의 당신에게 각각 연결된 평행우주가 존재함을 알게 될 것이다.

평행우주가 존재하게 된 이유는 전생에 당신이 선택의 갈림길에서 심각한 고민을 했기 때문이다. 그 시점에서 시간의 주름이 만들어지고 평행우주가 탄생했다. 당신은 동시에 두 개의 길로 들어섰는데, 각각의 '당신'은 자신이 유일하다고 생각한다. 당신은 이런 '분화分化'가 당신의 전 생애를 통해 일어났다는 사실을 알게 될 것이다.

당신이 삶이라고 알고 있던 이전의 삶은 꿈에 불과하다. 사실은 이 '새로운 장소'에서의 삶을 꿈꾸어 왔던 것이다.

크건 작건 당신이 의사 결정을 해야 했던 교차로마다 분화가 일어났다. 경로를 살짝 벗어난 경우라면 대개는 돌아와 합쳐졌다. 하지만 보다 큰 교차로는 심각하게 다른 경험, 완전히 다른 인생, 다른 직업, 다른 배우자와 자녀들, 다른 교훈과 발견 등 모든 것이 다른 경험을 불러왔다. 그리고 모든 현실 버전마다 그 핵심에는 당신이 있고 당신의 생각, 신념, 기대들이 있다. 생애들 안에서 수백 혹은 수천의 생애를 살게 되지만, 분명히 각각의 화신化身은 당신이다.

충격적이게도, 이 모든 화신에 동력을 공급하는 것은 당신이다! 당신도 그것을 안다! 말이 되는 것이다! 전압, 회전력, 양력揚力, 마력 등 당신이 환영의 측면에서 힘을 측정했던 방법은 영적으로 힘을 측정하는 방법과는 전혀 다르다. 지금 당신의 세계에 살고 있는 남자나 여자, 아이 누구나 몇 마디 말로 산을 옮길 수 있다. 단지 음조만이 문제다. 그리고 언젠가는 당신도 그렇게 할 수 있을 것이다.

○ 당신의 왕국이 도래한다

　당신의 이해력은 시간과 공간 안에서 당신이 헤아릴 수 있었던 범위를 훨씬 넘어선다. 당신의 역사는 훨씬 더 풍요롭고, 당신이 속한 세계의 사람들은 더욱 경이롭다. 지금은 대부분 잠들어 있는 상태일지라도, 당신의 영적인 힘은 당신의 뇌가 이해할 수 있는 수준을 훨씬 넘어선다.

　뇌는 더 이상 당신의 영적인 힘을 제약하지 못한다. 당신은 자신이 해낸 일을 보고 자신 앞에 놓인 것들을 느끼는 순간, 경외감에 몸을 가누기 어려울 것이다. 공간 안에 당신이 존재하는 시간이 무한하기 때문이다. 당신의 최근 생에 있었던 물질로 이루어진 풍경을 응시하면서, 물질과 환경이라는 환영이 당신의 상상, 백일몽, 공포가 출현할 때마다 어떻게 매번 달라지는지를 보게 될 것이다. 당신은 자신의 삶의 소품들과 배우들, 환경들을 배열하고 다시 배열했으며, 바꾸고 또 바꾸기를 되풀이했다. 그것이 바뀌는 속도는 당신이 마음을 바꾸는 속도만큼 빨랐다. 그러니 당신은 전능했고, 지금 역시 그렇다.

☀ 당신의 생각이 흔들리면, 바람이 울부짖기 시작한다.

☀ 당신이 미소 지을 때, 영원의 해변으로 사랑의 파도가 밀려온다.

☀ 당신이 말할 때, 풍요와 행운의 수문水門이 진동한다.

☀ 당신이 꿈꾸면, 별들이 자리를 바꾼다.

이것이 당신의 삶이고 당신의 힘이다. 힘을 이해하고 힘을 사용하라. 지금 바로 시작하라.

사전에 계획한 대로 당신은 역경을 이겨내고 삶의 모든 영역에서 날아오를 수밖에 없다. 결국 성공은 평범한 것이 될 것이므로 당신은 알아야 할 다른 무엇이 있는지, 다른 방법의 삶이 있는지, 그리고 당신이 할 수 있는 다른 무엇이 있는지 궁금해질 것이다. 그리고 당신의 의심 덕분에(의심 역시 사전에 계획된 것이지만), 당신은 더 강해지고, 더 호기심이 많아지고, 한층 많은 지식과 지혜, 진실, 사랑을 끌어당기게 된다.

당신은 이미 새로운 작은 행성의 초기 단계와 당신의 형성기에 거쳐야 할 정신적 경로를 통과했다. 죽은 이들이 꿈속에 그런 메시지를 가지고 당신에게 오는 것이 그 증거다. 당신은 아주 잘 해냈다.

실수는 없다

시간과 공간의 감탄할 만한 완벽성은 그 안에서 일어나는 모든 일과 일어나지 않는 모든 일이 당신을 더욱 위대하게 만든다는 사실에서도 알 수 있다. 내재된 이 공식은 너무나 장엄해서, 그 무엇도 시간과 공간이 만든 정글의 아름다움을 희석시킬 수 없다. 여기서 당신의 모험을 가능하게 해주는 것은 당신의 환영에 대한 신념과 작은 선의의 거짓말뿐이다.

생각해 보라. 당신은 영원을 갖고 있다. 당신은 다시 살고 또 살 것이다. 그러니 역행, 상실, 혹은 좌절처럼 보이는 것들이 궁극에 가서는 미래의 진보, 이득, 성취를 한층 더 의미 있게 만들지 않겠는가? 그런 역행, 상실, 좌절들은 당신이 경험했던 불안을 피해가야 할 처지에 있는 사람들에게 교훈이 되지 않을까? 그래서 당신의 고통이나 슬픔이 그들이 겪어야 할 것을 덜어줄 수 있지 않을까?

그리고 다시 말하지만, 환영은 그저 환영일 뿐 현실

이 아니다. 환영을 현실이 되게 하는 것은 당신의 신념뿐이다. 객관적이어야 한다거나, 검은 것 아니면 흰 것이라든가, 전부 아니면 아무것도 아니라는 식의 신념이 당신을 고통으로 몰아넣는다. 새롭게 눈뜬 관점으로 최근 생을 돌아보면 마치 생생한 꿈을 꾸고 깨어난 것 같을 것이다. "와, 정말이지 믿어지지 않아!" 지난 생에서의 장애물을 보았을 때는 특히나 안도감이 느껴질 것이다. 그렇지만 그것이 현실이었다고 생각함으로써 가능해진 경험이 당신을 변화시켰다. 당신을 더 지혜롭게 만들었다. 당신은 새로운 '현실'을 경험할 기회를 원했고, 꿈이 주는 교훈은 너무나 강렬했고 너무나 도움이 되었다! 완전히 마음을 사로잡고, 충격적이고, 아름답고, 극적이기 때문이다! 사후생의 관점에서 보는 시간과 공간의 정글 속에서의 삶이란 그런 것이다. 하지만 정글 속의 삶으로부터 당신이 얻게 되는 사랑과 배움 이외에 '진짜'는 아무것도 없다.

당신은 이제 궁금할 것이다. 생애 중에 상처받거나 비참해진 사람들은 어떻게 된 것인가? 그들의 상실이 너무 커서, 그렇지 않았더라면 남은 생에서 가능했을 수도 있는 행복한 삶을 누릴 희망마저 산산이 부서지지 않았

는가? 이런 의심이 들면 이제까지 해왔던 대로 다음과
같은 질문을 해 보자.

☀ 그들에게 일어난 사건이 끝내 아무런 선물도 되
   지 않을 것이라고 정말 확신하는가?

☀ 이것이 그들의 유일한 삶이라고 정말 확신하는가?

☀ 그들은 영원한 존재가 아닌가?

☀ '바람직하지 않은' 사건이 발생하기 전에 그들의
   삶이 어느 곳을 향해 가고 있었는지를 알고 있었
   고, 그들의 원래 목적지가 그 사건으로 인해 바뀐
   목적지보다 더 좋았을 것이라 확신하는가?

☀ 일어난 일이 그들에게 전혀 이해되지 않을 것이
   라고 확신하는가?

☀ 지상의 삶에서 그들이 얻은 교훈이 다른 식으로
   는 얻어질 수 없으며, '졸업'이 불가피하다고 정
   말 확신하는가?

지금 현재 당신의 관점으로 볼 때, 지구의 초기 단계
에서 환영 속에 사는 사람들 모두에게 일어날 수 있는
절대 최악의 사건이 죽음이라는 데 의견의 일치를 보인

다는 사실은 참으로 역설적이다. 왜 그럴까?

당신의 신체 감각들 입장에서, 죽음은 한 생명과 그 생명이 갖는 모든 가능성들이 영원히 소멸한다는 의미다. 무대 위에서 공연이 종료되고 커튼콜까지 끝났다. 기껏해야 공연이 끝난 줄 모르는 하프가 잠깐 연주를 계속할 수나 있을까? 모든 것이 끝났다. 하지만 영적인 각성과 함께 어떤 생애보다 먼저 영원이 존재했고, 모든 생애 후에 영원이 따라온다는 사실을 마침내 이해하게 되면, 갑자기 분명해지는 것이 있다. 환영 속에 사는 사람들은 다른 사람에 대해서는 물론이고, 자신이 가장 죽기 적당한 시점이 언제인지를 결코 단정해서는 안 된다는 사실이다.

치명적인 병을 앓고 있는 사람은 느닷없는 심장 발작이나 자동차 사고를 선택한 사람보다, 아주 충만한 생애를 보낸 후 천천히 떠나는 쪽을 선택한 것인지도 모른다. 이번 생에서 배우려고 계획했던 것들을 모두 배웠기 때문에, 사람들에게 작별 인사도 하고, 유언장과 금전 문제도 정리하고, 모든 사람들에게 자신이 세상을 뜬다는 것을 알릴 수도 있는 것이 아닐까? 그렇지만 샐리 아주머니와 빌리 아저씨가 먼 친척까지 모두 불러 모아,

자신의 병을 고치고 생명을 연장시켜달라는 24시간 철야 기도를 하게 하는 것은 좀 아닌 것 같다.

무엇이 최선인지 말로 단정하지 않으면서, 관련된 모든 사람들에게 최선의 일이 일어나기를 빌어주는 것이 해결책일 것이다. 다른 사람의 사정이 어떤지 당신은 결코 알 수 없을 테니 그 방법이 제일 좋지 않을까? 그리고 어떤 일이 일어나든 실수는 있을 수 없기 때문에 그것이 최선이었다고 알면 된다.

저세상에 가서야 알게 되는 것들

왕국, 영광, 힘……, 저세상으로 옮겨간 후 당신은 그제야 알 수 있게 된 모든 것들에 압도당할 것이다. 이제 그 아름다움과 기적을 더욱 분명히 하기 위해서, 당신이 '음~' 하고 동의하게 만들 일을 몇 가지 더 소개하겠다.

○ 불가사의에 대한 이해

가장 오래된 영혼들, 위대한 천사들, 혹은 지혜롭고 지혜로운 수호자들조차 창조의 거대함이나 그것의 시작에 대해, 즉 아무것도 없음에서 어떻게 '존재하는 모든 것'으로 도약했는지를 '생각'으로 헤아릴 수는 없다(최소한의 시간과 공간의 범위 내에서는 아닐 수도 있겠지만).

최초의 불꽃이 있었다. '신God'은 어떻게 존재하게 됐는가? 어떻게 '신'이 존재하지 않았을 수 있었는가? 그리고 마치 정신 나간 소리, 혹은 그 이상이겠지만, 어떻게 '신'이 늘 존재할 수 있는가? 생명 그 자체의 본질은 '무생명'과 나란히 놓인다. 물론 시초에 대한 경탄은 시간이 '실재'라고 가정한 바탕 위에서 생겨난다. 왜냐하면 중간과 끝이라는 거짓과 함께 생각할 때만 '처음'을 상정할 수 있고, 시작점이 있다는 역설적인 질문을 만들어낼 수 있기 때문이다. 무엇이 그 시작점을 만들었는가 하는 것은 또 하나의 해결 불가능한 수수께끼처럼 보인다. 시간이 없는 중에 각성이나 지성은 어떻게 기능하는가? 시간은 정리된 삶을 살기에 충분할 만큼 아주 편리한 준거점을 제공한다. 사실 당신이 지금 생각하는 것처럼 생각하거나, 지금 이 글을 읽는 것처럼 책을 읽는 데도 시간이 필요하다.

하지만 우리의 전제를 유지하면서도 여전히 많은 것을 관찰하고, 추론하고, 또 알아낼 수 있다. 마치 축제날 밤에 반짝이는 불꽃이 폭발하듯 점점 빠른 속도로, 당신이 이승에서 저승으로 옮아가는 것에 대한 통찰이 드러나는 것이다.

○ 신성한 수수께끼

시간과 공간에 속한 일체 존재가 '어떻게 시작되었는가'라는 문제는 당신을 피해 빠져나가겠지만, 당신은 문득 모든 시공간 여행자들이 받아들였고 이미 이 책을 통해 다뤄진 바 있는 가장 대담무쌍한 도전이 다음과 같은 것임을 속속들이 알게 된다.

환영의 바다 안에서 무엇이 진짜인지 분간하기 위해서는, 물질적 증거가 모순될지라도 그들의 느낌을 신뢰해야 한다. 그리고 그것들에 생명을 부여했던 거짓말을 꿰뚫어봐야 한다.

말로 표현할 수 없는 대담함이다! 정말 어마어마한 모험이다! 저세상에 도착하자마자 당신은 이해하기 시작한다. 만약 '신'이 엄청나게 충격적인 쌍방향 스토리, 블록버스터, 혹은 브로드웨이 쇼를 기획하면서 드라마, 서스펜스, 코미디, 로맨스를 무제한으로 포함시키고, 가능한 모든 인간의 정서, 상황, 표현을 담으려고 의도했다면 그것이 바로 시간과 공간일 것이다!

시공간이라고 하는 정글 속의 삶보다 더 거친 것을 생각할 수 있을까? 그보다 더 범위가 넓은 것이 있을까? 그 삶보다 강렬한 것이 있을까? 위험하지만 어떤 면에서는 안전하기도 한 것이 또 있을까? 복잡하지만 아이라도 알 수 있을 만큼 단순한 것이 또 있을까? 꿈꿀 수 있는 것은 무엇이라도 될 수 있는 그런 가능성으로 가득한 것이 여기 말고 어디에 또 있을까? 모든 길을 '고향'으로 통하게 해주는 충만한 사랑이 이 삶 말고 또 있을까?

정글 속의 모험은 열정을 불러일으키고 감정을 창조한다. 그 열정과 감정이야말로 당신이 그곳에 존재하기로 한 결정을 포함해서, 생애 내내 하게 되는 선택들의 바탕에 깔린 주된 이유다. 그렇지만 삶의 선택 사항으로, 누군가는 꿈 한가운데서 깨어날 준비가 될 수도 있다. 마치 당신처럼 말이다.

이전에 당신이 갖고 있던 삶의 작동 방식에 대한 잘못된 전제, 즉 **사물과 사건들이**(생각이 아니고) 현실 상황이 된다는 전제를 돌이켜 숙고해볼 필요가 있다. 그러면 다음과 같은 사실이 이해되기 시작한다.

☀ 당신이 생각 속에서 곱씹은 것들은 결국 실제로 경험하게 되어 있다.

☀ 당신이 뭔가를 믿고 기대하고 그쪽을 향해 움직이면, 그것들도 당신을 향해 움직이기 시작할 것이다.

☀ 당신의 공간에 계속해서 나타나는 것들 가운데 당신이 싫어하는 것이 있다면, 당신은 그것을 바꿀 수 있다. 그러기 위해서는 당신 자신을 바꿔야 한다.

정말 멋지지 않은가. 그러나 당신이 저세상으로 옮겨 간 후에, 엄청난 규모의 계시가 쓰나미처럼 몰려오는 동안, 당신은 상상하기 시작한다. 만약 당신이 창조자였음을 의식적으로 알았더라면, 이전 생에서 당신의 삶은 무엇이 되었을까? 당신이 늘 가장 있고 싶어 하는 장소에, 마치 신의 손바닥 안에 있는 것처럼 안전하고 흠 없는 상태로 존재했었다는 사실을 알았더라면……. 어떤 꿈이라도 실현시킬 수 있고, 실제처럼 느껴지는 공포를 이기고 사랑을 선택할 수 있고, 계속 성장하는 친구들과 웃음의 집단에 둘러싸일 수 있을 만큼 충분히 강력한 힘을 가지고 있었다는 사실을 알았더라면, 이전 생의 삶은 어떠했을까? 이 문제를 숙고하게 되면, 당신은 느닷없이 아주 크고 격렬한 한 가지 욕구에 사로잡히게 될 것이다.

돌아가자! 돌아가서 한 번 더 그 환영 사이에서 춤을 춰보자!

○ 환생의 정확한 의미

안 될 게 뭐 있겠는가? 시간은 당신이 아주 많이 갖고 있는 것 중 한 가지다. 영원을 생각한다면, 신성에서 유래한 생을 단 한 번만 살기로 선택할 이유가 무엇일까? 당신은 커피 한 잔 하거나, 키스 한 번 하거나, 포테이토 칩 한 조각을 먹을 시간도 내기 힘들다 하지만, 지금 우리는 영겁을 얘기하는 중이다. 당신이 7의 10승의 무한수 승만큼의 삶을 살았다고 해도 일단 삶을 끝낸 상태에서 보면, 당신이 몸을 받아 지낸 시간의 총량은 영겁에 비하면 극한소에 불과하고, 표시도 안 날 것이고, 도대체 비교 자체가 부적절할 것이란 얘기다. 영겁은 무한히 긴 시간인데, 당신이 왜 한 번만 살아야 하는가? 원하는 만큼 여러 번 살아보고, 마지막 한 방울까지 남김없이 삶을 경험해보는 것은 어떨까? 원시 시대와 첨단 기술의 시대를 경험해볼 수도 있고, 가난한 집안에서도 태어나고 거부의 자식으로도 태어날 수 있을 것이다. 남자도 되어보고 여자도 되어볼 수 있다. 좌뇌형 인간도, 우뇌형 인간도 되어볼 수 있다. 명석하게도 태어나보고, 순진하게도 태어나보고, 감성적인 사람으로도 금욕적인 사람으로도 살아볼 수 있을 것이다. 헤아릴 수 없이 많은 양극성과 그 극성들의 결합을 시험해 볼 수 있다!

그 후, 당신은 어디에 살 것인지에 관련된 모든 선택을 하게 된다. 즉 어느 행성, 어느 나라, 어떤 문화에서 살아볼지를 선택한다. 그리고 각 생마다 부모를 골라야 하는데, 부모 쪽에서도 당신을 선택하게 된다. 그리고 다른 생에서 만난 친구들 중 이번 생에서 함께할 친구도 선택해야 하고, 아무튼 이것저것 선택할 일이 많다.

다른 사람들도 마찬가지다. 그들 모두도 같은 배를 탈 것이고, 다시 돌아오고 또 돌아오기를 원할 것이다. 완벽하다! 당신은 당신이 잘 아는 사람들과 돌아올 것이고, 그 외의 사람은 피할 것이다. 다른 사람들도 똑같이 행동한다. 당신은 영원을 갖고 있다. 당연하지 않은가?

정말이지 완벽하다! 천상에 있는 당신의 마음은 마구 흔들린다!

다시 말하지만, 실재라는 그림을 그림에 있어 말은

전혀 도움이 안 된다. 예를 들어보자. 당신의 **전형적이면**서 믿을 수 없는 한 생에 한정된 세계관을 감안할 때, 환생이란 개념은 존 도우John Doe라는 남자로 세상을 떠난 후, 제인 디어Jane Deer라는 여자로 돌아온다는 의미가 된다. 그러나 다음과 같은 것들에 대해 의문을 품기만 하면 즉시 그릇된 함축이 드러난다. 새로운 제인은 실제로 옛날의 존인가? 아니면 새로운 제인은 그저 제인일 뿐인가? 맞다, 제인은 제인이다. 그렇다면 존은 어디 있는가? 존은 여전히 존이다. 하지만 존은 이 생으로 돌아오지 않았는가? 그렇다, 존은 제인이 되어 돌아왔다.

어쩌면 한 사람의 개성Personality이란 것은 다른 화신化身들이 무성하게 자라고 있는 '영혼 나무'에 달린 이파리 하나일지도 모른다고 생각해보라. 그리고 아마도 시간은 환영이니까, 모든 이파리들이 서로 다른 시대에 속할지라도 그 모든 이파리가 동시에 연극을 진행하고 있는 것일 수도 있겠다고 생각해보라. 이제 좀 더 명료해진 것 같지만 그만큼 더 많은 편차도 생겼다. 이제 우리는 존과 제인이 실질적으로 같은 사람이 아니란 것을 알 수 있다.

비록 한 사람이 다른 사람의 경험과 소원으로부터 진

화를 이루었고, 다른 사람의 기억과 다른 사람이 얻은 교훈, 경험, 성숙도, 재능, 매력을 넘겨받아 소유한다고 해도 두 사람은 엄연히 다른 사람이다. 그러니 환생 비슷한 뭔가가 진행되고는 있지만, 그건 한 생이 끝난 후에 다른 생이 시작되는 식으로 의식이 선형적으로 진보하는 것은 아님이 분명하다. 그러기는커녕, 각각의 생에 태어나는 화신은 자신의 고유한 관점을 영원히 유지하며, 동시에 다른 사람들에게 그 관점을 나누어준다.

당신의 가슴이 뛰고 있을 때, 가능성이 매우 높은 관점 하나를 추가해보겠다. 누군가의 다음번 생애는 지금보다 더 이른 시점에 일어날 수도 있다는 사실이다. 실상 이런 일은 모든 '시간'에 걸쳐 일어난다.

영혼 가족

우리의 주제와 관련성이 있으면서 흥미롭기도 한 사실 하나는, 현재 시점에서 어느 특정 행성의 문명에 '살아 있는' 사람들은 불가피하게 영적으로 동일한 가족에 속한다는 것이다. 동시대에 사는 사람들 사이에는, 같은 행성의 원시 시대에 살았던 사람과의 사이에 있을 수 있는 것보다 훨씬 더 많은 공통점이 존재한다. 길모퉁이에서 만나는 낯선 사람조차 당신의 영적인 친척이고, 친척 중에도 가장 가까운 친척인 셈이다. 행성을 반 바퀴 돈 장소의 길모퉁이에서 마주친 이방인조차, 무한한 경우의 수를 고려하면 거의 동일한 시간과 장소를 공유하고 있는 당신의 영적인 친척이다.

삶이 전개됨에 따라, 당신은 특별히 함께 어울리고 싶은(함께 배우는 것이 즐거운 친구들도 마찬가지다) 일부 가족 구성원이 있고, 마주치지 않은 편이 더 좋았을(혹은 그들에게 신체적 위해를 가하고 싶을 수도 있다) 가족 구성원도 있다는 사실을 알게 된다. 이는 어떤 가족에게나 있는 꽤 정상적인 일이다. 하나의 문명으로, 하나의 단위로, 한 가족으로 당신들은 함께 환영 속으로 대담하게 뛰어들었다. 그래서 지구를 당신들의 영적 진화에 필요한 운동장이자 실험실로 공동 창조했다. 그러는 동안 당신은 꽤 멋진 삶을 살아냈고, 당신의 존엄을 다시 경험했고, 사랑에 다시 빠지고 또 빠졌으며, 약간의 즐거움을 누렸다.

○ 그 많은 사람들은 어디서 오는가?

'보이지 않는 존재들'로부터 오는 화려하고 기이한

정보에 동화되기 시작하면서, 당신은 즉시 '이 많은 사람들이 어디서 오는가?'와 같은 깜찍한 질문을 떠올릴 것이다. 1만 2천 년 전 지구상의 인구를 100만 명이라 가정하고, 지금의 인구가 70억 명에서 계속 늘어나고 있는 중이라고 해보자. 69억 9,900만 명은 어디서 온 걸까? 지구의 인구는 늘 일정해야 하는 것 아닌가? 당신은 이런 식의 의문을 가질지도 모른다. 만약 내 영혼이 보낸 오직 한 명의 사자使者가 나라면, 내가 저세상으로 '돌아가는' 시점에 내 존재는 사멸하는 것인가?

하지만 당신은 사후생에 대한 새롭고 강화된 관점을 재빨리 발견하게 될 것이다. 당신 스스로 자문자답하면서 자연스럽게 다음의 관점들은 발견할 수도 있다.

- ☀ 당신의 첫 질문은 순진하게도 '생명이 살아갈 수 있는 행성은 지구뿐이다'라고 가정하고 있다.
- ☀ 당신은 '평행현실' 및 '옆길로 샌 현실'은 없을 것이라 가정하고 있다.
- ☀ 이 세상에 멋지게 도착해 실질적으로 머무는 이곳 외에, 내가 점유한 다른 세계는 없을 것이라고 가정하고 있다.

☀ 조금 전 '제인 디어'라는 여자로 이 세상에 돌아오고 싶다는 욕구가 '존 도우'란 남자를 약화시키지는 않는다'는 사실을 당신이 읽지 않았거나 이해하지 못한 것 같다.

☀ 당신은 시간과 공간이 일종의 홀로그램이거나 다차원의 꿈이 아니라고 가정하고 있다.

☀ 마지막으로 최후의 일격이 있다. 당신은 모든 사람이 취하는 유일한 스케줄만 있다고 가정하고 있다.

이와 비슷하게, 당신의 영혼에 의해 망각 속으로 삼켜진 생각들은 한정된(그리고 실제가 아닌) 시간과 공간의 세계 내에서만 발현될 수 있으며, '여기 아니면 저기, 지금 아니면 절대 할 수 없다' 등등의 이분법으로 나타난다는 것을 알게 될 것이다. 이런 두려움은 당신이 두 개의 장소에 동시에 존재할 수 없다는 사실을 함축한다. 즉 당신은 당신이 알고 있는 '당신'이거나 당신의 영혼에 의해 흡수된 당신이거나, 둘 중 하나여야 한다. 그러나 통합된다는 것이 꼭 해체된다는 의미일 필요는 없다. 뜨거운 찻잔 안에서 녹아 사라지는 각설탕의 운명이라

여길 필요가 없다는 것이다.

'영혼 재통합'의 경우, 개성은 온전한 전체에 추가되는 동안 온전한 상태로 유지된다. 각각의 개성과 온전한 전체는 둘 다 영원히 존재하며, **내면적으로** 존재한다. 결국 현실이란 측면에서 볼 때, 외부에 존재하는 것 따위는 없다. 지금 당신이 신神 안에서 여러 개의 생을 살지라도, 당신은 여전히 당신으로 남는다.

지금 당신이 신神 안에서 여러 개의 생을 살지라도, 당신은 여전히 당신으로 남는다.

○ 영혼의 나이

개인으로서, 혹은 더 나은 의미에서 한 영혼의 차원에서 시간과 공간을 들고 나는 순환이 1만에서 5만 생이어진다면, 좀 지겨워질 것이라고 쉽게 상상할 수 있다. 목표들은 성취됐고, 참을성도 얻었고, 공감 능력도 발달했을 것이고, 초연한 태도 역시 개발되는 중이다. 당신은 깊이, 열정적으로, 진심으로, 백만 번도 넘게 사랑에 빠졌을 것이고 또 쓸모 있는 사람이 되기도 했을 것이다. 그래서 결국 당신은 다른 상태로 옮겨가는 것을 고려하게 될 것이다. 이래야 말이 된다. 그렇지 않은가?

당신이 억지로 '떠나야만' 하는 것이 아니다. 게다가 당신은 '공간'을 믿을 때만 '떠날' 수 있다.

당신은 상상할 수 있는 모든 크기의 모자를 써볼 것이고, 성숙의 길로 나아갈 것이다. 지금 막 출발하는 어린 영혼은 자각이란 면에서 인간의 아기에 비유할 수 있을 만큼 무력하고 혼란스러우며 옳고 그름의 개념도 없는 경우도 많다. 영혼이 성숙하게 되면, 인간의 아이에 비유될 만큼 명석하기도 하고 어설프기도 하며 삶에 의욕을 보이기도 한다.

더 성숙한 영혼이 되면(인간으로 치면 청소년쯤 될 것인데), 꿈과 새로 찾아낸 도전 과제를 가지고 매우 생산적이고 지혜가 풍부한 삶의 시간을 보낸다. 마침내 나이든 영혼의 단계로 가게 되면, 현명하고 노련한 대가처럼 사려 깊고, 평온하며, 이해심이 넘치게 된다. 인간의 젊은 이가 어린 시절 배웠던 기술들을 완전히 숙달시켜 평생 가지고 있는 것과 마찬가지로, 각 화신化身은 일찍이 이전 생에서 획득한 교훈, 경험, 성숙, 재능, 매력들을 가지고 온다. 당신은 더 이상 삶의 정글 안에 관심을 갖지 않고, 정글 밖에 있는 새로운 기회에 더 끌리게 된다.

영혼의 나이에는 더 낫고 못한 것이 없다. 인간의 나

이에 더 낮고 못한 것이 없는 것과 마찬가지다. 각 연령대는 다른 시기가 주지 못하는 가능성들을 제공하며, 모든 시기는 다른 시기들이 존재하고 의미를 갖게 하기 위해서도 필요하다. 대개의 경우 기록된 역사 전반에 걸쳐 모든 영혼들이 더 높고 더 세련된 삶으로 천천히 진화하면서, 사랑에 중심을 둔 더 지혜로운 선택을 하는 것을 지켜볼 수 있겠지만, 당신의 스케줄에 꼭 '진화'가 포함되어야 하는 것은 아니다. 생각건대, 어떤 새로운 영혼이 처음 몸을 받는 것이 기원전 125,589년일 수 있다면, 다른 새로운 영혼의 경우는 서기 2014년일 수도 있다는 뜻이다.

○ 집단적 연령

개인이 성숙하는 것과 똑같이 집단도 성숙한다. 2012년에 인류가 멸망한다 어쩐다 하는 소란의 의미가 궁금했다면, 한 집단이 영적 진화에 하나의 전환점을 찍었다고 이해하면 될 것이다. 그해 영혼의 지혜는 흥미진진한 '10대'의 맨 끝을 통과해 '성인 초반'의 시기에 들어섰다. 말하자면 우리 집단의 가중 평균이 높아져 승급한 것이다. 자연스럽게도 일부 개체는 더 빨리 성장하고 다른 개체는 더 느리게 성장한다. 500번의 생을 통해 얻을 수 있는 것보다 많은 것을 단 한 번의 생에서 얻기도 한다. 우리 모두가 같은 횟수의 생을 살지 않았다는 점도 고려해야 한다. 그러나 대체로 우리는 여전히 한 무리의 머리 큰 아이들이다.

우리는 '와우, 나는 록을 한다! 여러분, 나를 주목하세요!'라는 식의 치기 어린 광란의 단계로부터, 숙취로 머리가 아픈 다음날 쓰리고 상처 입은 에고를 달래는 단계로 가고 있다. 그리고 처음으로, 오직 우리만이 우리가 한 모든 결정의 결과에 책임이 있다는 것을 이해하기 시작했다. 그러니 이제 우리는 자신의 힘을 발휘하는 법을 배웠던 형성기로부터 벗어나면서, 힘을 행사한 결과에 대해 책임지는 법을 배우게 될 것이다. 이 같은 변화에 직면한 내면의 정신적 저항이 만들어냈으며 지금도 만들어내고 있는 것이, 지구의 변화와 사회적 격변의 형태로 드러나는 물리적 혼란이다. 생명이 없는 것처럼 보이는 다른 모든 것들처럼, 날씨도 우리로부터 힘을 얻기 때문이다.

사람들은 변화를 별로 좋아하지 않는다. 특히 그 변화가 자신들의 세계관에 도전하면서 더 큰 책임감을 가지라고 요구하는 경우엔 더욱 그렇다. 내면에 부는 저항의 폭풍우가 거셀수록, 지구 행성에 불어 닥치는 외부의 폭풍우도 더 거대해진다. 이는 응징이나 보복의 차원이 아니라, 우리 내면에서 커져가는 긴장이 발현되는 것이다.

지구는 이제 막 성숙을 시작한 영혼들과 새로운 영혼, 오래된 영혼이 함께 거하는 곳이므로, 여전히 많은 드라마가 있고 영혼들이 배워야 할 많은 교훈들이 주어진다. 전체적으로 봐서 우리는 건강한 속도로 움직이고 있고, 헤아릴 수 없을 만큼 많은 진보와 비교적 평온한 행성에서의 생활을 누리고 있다. 확실히 이곳 행성은 향상의 여지가 아주 많고, 향상은 반드시 이루어질 것이다. 그것이 전부다. 이 행성이 앞으로 어떻게 될지 곰곰이 생각해보는 것도 매력적이긴 하지만(사실 그것은 죽은 이들도 모른다), 가장 중요한 것은 열린 마음과 열린 사고방식을 갖고 하루하루를 살아가도록 만든 기억 너머의 선택들을 존중하고, 당신의 꿈을 따르는 것이다.

더 큰 그림을 궁금해 하고, 그 그림에 대해 상상하고 숙고하라. 하지만 당신이 알지 못하는 것이 당신이 지금 할 수 있고 알 수 있는 것들을 방해할 정도로 빠져들어서는 안 된다.

고향으로 돌아가는 순간

새로운 교훈을 배우고 즐거움과 지혜를 얻기 위해 육신을 가지고 보낸 한 생을 마친 후 '고향'에 돌아올 때마다, 당신은 더 많은 진실을 기억해내고 현실의 더 넓은 차원을 볼 수 있다.

잠수했다가 갑자기 물 밖으로 머리를 내미는 순간을 생각해보라. 거기에 공기가 있고 머리 위엔 태양이 빛나고 운동 능력이 극적으로 향상된다. 원래의 환경으로 돌아온 것이다. 같은 일이 죽음에서도 일어난다. 예외가 있다면 전생이나 전생의 마지막 순간에 압도당한 경험 때문에 겁에 질려 있는 어린 영혼들의 경우다. 이들에게는 즉각적인 안내가 필요하다.

자살한 사람들 역시 다른 경험을 하게 된다. 자신의 한 생애를 끝내기로 한 결정의 순진함(혹은 유치함과 치졸함)을 감안해보면, 그 생애 역시 다른 생애들과 마찬가지로 꼼꼼하게 계획되고 결연히 선택된 것이었다. 그 생애의 삶이 진행되는 대로 놓아두었다면, 굳이 자살을 하지 않더라고 '충분히 이른 시기'에 자연스럽게 끝났을 것이다.

자살자들은 근시안적이고 편협한 사고방식을 가지고

있는 경우가 많아 새로운 환경을 완전히 파악할 능력이 부족하다. 그들은 더 높은 단계로 나아가기보다는, 이번 생에서 배우기를 거부했던 것들을 더 잘 가르쳐줄 수 있는 새로운 생애와 그에 적합한 새로운 환경을 창조해야 한다는 것(그리고 결국은 그런 환경을 원하게 된다)을 곧바로 알게 된다.

그 외에는 저세상에 도착하자마자 전생에 대한 검토와 깊은 반추 후에, 이내 황홀하고 명료한 상태로 옮겨 간다. 이들이 느끼는 것은 고향으로 돌아가는 과정을 완전히 거치지 않은 사람들, 즉 임사 체험자들의 설명에서 공통으로 보이는 황홀감과 명료함의 수준을 훨씬 넘어서는 것이다. 그 완벽함이란 묘사가 불가능하다. 정상적으로 저세상에 도착한 당신이 머무는 장소의 특징을 말하자면 다음과 같다.

- ☀ 손상되었던 모든 것이 완전해진다.
- ☀ 그동안 잃어버렸던 모든 것을 되찾는다.
- ☀ 그때까지 입었던 모든 상처가 치유된다.
- ☀ 질병이 있던 곳에는 건강이, 혼란이 있던 곳에는 명료함이, 절망이 있던 곳에는 즐거움이, 결핍이

있던 곳엔 풍요가 자리한다.

☀ 이제까지 두려워했던 것들의 정체가 밝혀진다.

☀ 모든 적이 친구가 된다. 그리고 본질적으로도 그렇다.

☀ 이전 생에서 불쾌했던 모든 것들이 엄청나게 멋진 선물이라는 이해와 함께 볼 수 있다.

먼저 세상을 떠났던 사랑하는 이들이 당신을 환영한다. 기쁨 가득한 눈물이 흐르기 시작한다. 다른 생으로부터 친구들과 사랑하는 가족들이 '도착'해서, 한눈에 당신을 알아보고 인사한다. 그럴 때마다 그들과 함께 지냈던 모든 기억이 되살아난다. 당신은 다음 기회와 새로운 모험을 계획하는 장소에 있고, 그곳에서는 모든 사물과 사람들이 장엄하게 빛나는 매력을 내뿜는다. 당신은 무한한 가능성의 진정한 의미를 발견한다.

이곳에서 당신은 적게 일하고 더 많이 얻는다. 꿈을 실현하는 것과 관련해서 흘리는 땀이란 그저 뒤풀이 때 밤새 춤추며 흘리는 땀이 전부다. 그렇다, 이건 진짜다. 완전히 진짜다. 에테르체이긴 하지만 당신에겐 몸이 있고, 당신의 정체성은 안전하며 더 확실해질 뿐이다. 시간과 공간은 여전히 존재하지만 전생에서 물질로 된 몸을 갖고 있을 때 느끼는 시공간과는 다르다. 이 세계에서는 모든 것이 유연하고, 관대하며, 수용적이다. "아하!", "세상에나!", "농담하는 거죠?"와 같은 기쁨에 넘치는 말을 수없이 외치다 보면, 이전 생에서 가졌던 당신의 마음은 산산조각이 나서 사라지게 된다.

이것은 고향과 같다. 아니라면 최소한 고향 쪽으로 크게 한 걸음 나아간 것이다. 당신이 지구에서의 생과 관련된 것들을 사전에 선택했던 이곳에서, 모든 일이 성취됐음을 보게 될 것이다. 이곳은 당신이 지구에 사는 동안, 아련하게 기억을 떠올리던 왕국이다. 이곳을 위해 모든 시공간이 만들어졌고, 당신과 다른 모든 이들은 시공간에서 재창조를 위해 부단히 노력했다. 당신은 바쁘게 움직이면서, 다음번 환생 여정에서 겪을 감정을 경험하기 위해 시공간을 재창조해본다. 당신이 육체를 갖고 살았던 전생과 흡사하게 말이다. 그리고 이곳에서도 당신의 생각이 현실이 된다는 것을 알게 될 것이다.

그러나 이곳에서는 생각이 좀 더 정교하게 현실이 되고, 때로는 저절로 나타나기도 한다. 이곳에 존재하는 모든 것들과 마찬가지로, 당신의 발현은 사랑 안에서 반짝이고 지성과 함께 빛나는 것처럼 보인다. 당신은 지금 우정, 여행, 소통, 탐험, 호기심, 모험, 성별 등등, 당신이 지구상에서 가졌던 모든 개념들이 최초로 생겨난 곳에 있는 것이다. 지구에서는 그런 개념들이 에테르체 내에 숨어 있으며, 과부하 상태인 당신의 감각으로는 거의 인식할 수 없는 수준으로 존재했다.

귀향은 당신과 당신의 진정한 자아에 대해 다시 알려준다. 당신은 신성에서 유래하여 은하계를 넘나드는 기쁨과 사랑의 존재다. 당신은 시간과 공간의 정글에 뛰어드는 모험을 선택했고, 자신이 하려는 일이 무엇이었는지 알고 있었다는 관점으로부터 이를 이해한다!

당신이란 존재의 절정은 알고 있었지만, 분명히 그때까지는 몰랐던 것이다.

이를 알게 되면 당신은 움츠러들 것이고, 의아해할 것이고, 숨이 턱 막힐 것이다. 처음에는 불신 때문에, 다음에는 이 모든 것들의 필연성 때문에 그렇다. 바싹 마른 입술에 닿은 물처럼, 어둠 속에서 길을 잃은 이 앞에 나타난 불빛처럼, 당신의 감각들은 안도감으로 넘칠 것이고 다음에는 황홀감이 몰려온다. 그리고 이 아름다움과 사랑과 선함을 뒤에 남은 사람들과 공유하고 싶다는 열망이 따라온다. 당신을 기다리고 있는 모든 것들에 안도하는 한편, 초조함도 느끼게 된다.

'지금 이 느낌이 살아 있는 동안에도 가능한 것이었으면' 하는 생각이 떠오르는 순간 강렬한 소망이 당신을 강타한다. 그렇다, 당신은 지금 무엇보다 돌아가고 싶은 것이다. 다시 '살고' 싶고, 이 시간을 기억하고 싶고, 이토록 분명한 것을 알고 싶고, 전에는 놓쳤던 것을 발견하고 싶다. 다른 사람들이 당신을 '보호'하기 위해 설정한 제약과 한계를 거부하고 싶다. 당신 자신을 존중하고 찬미하고 싶고, 당신의 꿈에 대해 진실하고 싶다. 당신의 가슴을 사랑이라는 모험에 다시 빠지게 하고 싶고, 사랑하는 사람들과 함께 머물고 싶다. 맨발로 찬 이슬이 맺힌 새벽녘의 풀밭을 다시 걷고 싶고, 모닥불 앞에서 밤하늘의 별들을 응시하고 싶다. 다른 이들에게 한 줄기 빛이 되고 싶고, 다시 돌아가서 당당하고 싶다. 그리고 사람의 마음 안에서 나오는 모든 것들을 영원히 사랑하고 싶다.

환생의 전체 주기가 완성될 때까지는 모든 사람이 돌

아가고 싶어 한다. 그리고 모든 사람이 그렇게 한다.

삶은 그토록 아름다운 것이고, 당신의 삶 역시 그러했다. 모든 것이 선물이고, 당신은 늘 존중과 흠모를 받아 왔다. 당신은 당신이 '죽음'이라 부르는 거울을 통해 이런 사실을 어느 때보다 명료하게 보게 된다.

🖋 세상을 떠난 이로부터의 편지

알레한드로!

모두 여기 있어, 모두가! 그리고 모두 아주 행복하고 멋지고 건강해!

네 엄마는 네게 미안하다고 하고, 네 아빠는 네가 자랑스럽다고 말해. 지나도 여기 있는데, 다른 남자(사실은 나) 때문에 자기를 떠난 너에게 아직도 섭섭하다고 전해 달래. 어쨌든 정말 고맙다. 지나는 회복됐으니까 걱정할 필요 없어. 이곳에 와서 모든 것이 완벽하게 이해되기 시작하면 누군들 회복되지 않겠어? 여기에는 선택지가 무궁무진해. 친구와 가족, 빛깔과 질감들, 소리와 향기 등등. 너 그거 알고 있니? 지구상에 3원색만 있는 이유는 지구의 시간과 공간이 밋밋하기 때문이야. 여기에 오면 단지 21일 안에(그건 대략 영겁과 같아), 최소한 42개 차원을 알게 되지. 그리고도 더 많은 차원이 있어. 수백 가지 원색이 있고, 모든 색을 들을 수도 있어! 모든 색은 번호를 갖고 있고 그 번호는 모두 소리를 갖고 있다는 게 믿어지니? 게다가 모든 소리는 맛과 향기를 갖고 있어. 여기서는 색깔을 제대로 섞으면 음악이 들리는 아이스크림 무지개가 된다고! 아, 그리고 이곳에는 길에 번호가 있어. 옆으로 가는 길, 들어오는 길, 나가는 길에다 돌아가는 길까지 있지. 그리고 모든 번호의 길에는 그 길로부터 시작되는 지선들이 뻗어 있어. 그리고 사실 나는 '다운로드'를 중단해야 했어, 그것이 여기 와서 되찾은 내 천사 같은 얼굴을 엉망으로 만들었거든.

너도 언젠가 죽게 될 거야. 그때 다시 한 번 이곳에 오는 거야!

이곳에 딱 하나 없는 것은 '도전'이야. 여기는 앞으로 나아가려는 (move on) 사람들을 위한 곳이지만, 우리들 중 대부분에겐 느긋하게 휴식하는 곳이라서 도전을 잊고 있어. 그렇지만 완전히 잊은 것은 아니야. 환영 속에서 우리가 겪었던 스트레스가 하나도 없다는 건 정말 굉장한 일이야. 마치 스테로이드를 맞은 것처럼 힘이 넘치고 거칠 것이 없어. 어떤 노력을 하지 않아도 모든 것이 환상적이야.

어떤 사람은 여기서 수천 년을 머물기도 해. 스케줄 같은 건 없어. 하지만 결국은 모두 지상으로 돌아가거나 앞으로 나아가지. 그런데 여기엔 이상한 규칙이 있어. 지상의 삶으로 돌아가는 일을 만족스럽게 끝낼 때까지는 다음으로 넘어갈 수 없다는 거야.

정글을 헤치고 나아간다는 것은 정글과 평화롭게 지낸다는 뜻이야. 그것은 자기 자신과 평화롭게 지낸다는 의미이기도 해. 도전에 대처하는 법을 배운다는 것은, 네가 무엇을 창조하고 네 안에서 무엇을 발견하든 간에, 그 모든 것들보다 너 자신이 더 크다는 것을 어떤 식으로든 깨닫는 거야. 물론 정글 속으로 돌아가지 않고서는 그걸 배울 수 없어. 왜냐하면 이곳에는 도전할 것이 없으니까. 내 말을 이해하겠니? 역설적인 것은, 삶에 권태를 느낀다는 것이 평화를 얻었기 때문이 아니라 자신에게 충분히 도전하지 않았다는 신호라는 거야. 대개 더 나아갈 조건에 가까워진 사람은 권태로운 사람이 아니라 행복한 사람, 바쁜 사람, 사람들과의 관계가 원만한 사람이지.

도전을 위해서가 아니라면, 우리가 알았던 삶은 가치가 없다는 걸 알겠니? 만약 매번 생을 받을 때마다, 기술이 충분히 발달한 시대에 높은 지능과 감성, 멋진 얼굴과 몸매, 좋은 성격의 사람으로 태어나고, 지혜롭고 사랑이 넘치는 부모를 선택했다고 생각해보자. 으악! 아마 몇 번은 재미있을지도 몰라. 직전 생에서 아주 힘든 도전을 했다면 그럴 수도 있겠지. 하지만 얼마 지나면 더 많은 것을 원하게 될 거야. 그저 멋지게 보이는 것이 아니라 열정을 원한다는 말이야. 적게 가지고 시작했을 때, 더 많은 것을 얻게 된다는 사실을 너도 알게 될 거야.

네가 많은 것을 얻기 위해서, 어느 한 생에서 겁을 먹거나 불편해야 한다는 얘기가 아니야. 네가 성장해야 한다는 뜻이야. 성장은 네가 꿈을 이룰 때 따라오는 것이고, 그건 네가 꿈을 갖는 이유이기도 해. 꿈은 그 안에 포함된 도전과 함께 오고, 도전 역시 그 안에 내포된 꿈과 함께 오는 거야. 새로운 삶을 시작할 때, 삶을 구성하는 변수들을 선택하는 이유가 바로 그거야. 다시 말해, 어떤 생애가 선택되는 이유는 그 생이 제공할 가능성이 높은 도전들, 가능성이 높은 꿈들 때문이야. 도전이 꿈이고 꿈이 도전이야. 이렇게 말하고 보니, 네 아빠 말투 같아졌네.

알레한드로, 너를 많이 사랑해. 내 느낌을 말로 다 표현할 수 없어. 어디에서나 빛의 도움을 받을 수 있는 이곳이 아니라면 참기 힘들었을 거야. 여기서는 너에 대한 그리움으로 내 가슴이 터질 것 같은 때조차, 더 이상 행복할 수 없을 만큼 행복해. 난 알아. 우리는 다시 함께할 것이고 영원히 함께할 거야. 우리는 연결되어 있고, 너와 나를 포함한 모든 이들이 지금 나를 압도하고 있는 존재의 희열을 경험하게 될 거야.

이곳은 정말 아름답지만, 네가 사는 그곳도 마찬가지야. 그리고 머지않아 너를 만나러 갈 작정이야. 우리가 다시 같은 진동을 공유하게 될 때까지 정말 행복하길 바라. 무슨 일이 있더라도, 네게 필요한 것이 무엇이더라도, 네가 누구를 원하더라도 행복해야 해. 너의 꿈을 따르고, 두려움과 맞서고, 매일매일 앞으로 나아가란 뜻이야. 네가 행복해지는 것이 내 유일한 소원이야. 그리고 네가 행복해질 걸 알기에 나는 안심할 수 있어.

너의 잘 생긴 야만인, 프레디가

신참자여, 1분만 기다려라!

온통 장엄하다. 평화, 조화, 아름다움이 가득하다. 사랑이 넘친다. 당신에겐 애초에 두려워할 무언가가 있었던 적이 없다. 당신 자신을 위해서나 당신이 그리워하는 사람들을 위해서나 두려워할 것은 없다. 죽은 이들이 당신이 알았으면 하는 것이 바로 '이것'이다! 하지만 사후의 생이 아무리 장엄할지라도, 당신이 시간과 공간의 정글에서 막 벗어난 순간, 당신을 맞이한 환영위원회에 꼭 묻고 싶은 것이 있을 것이다. 모순 중에서도 가장 큰 모순으로 보이는 문제, 즉 '왜 지상에서는 좋은 사람들에게 나쁜 일이 일어나는 것인가?'이다. 이 질문에 대한 죽은 이들의 대답은 다음 장에서 확인하기 바란다.

Chapter 8

삶은 공평하고도
공평하다

좋은 사람들에게 나쁜 일이 일어나는 이유

이해Understanding는 삶의 생명수이고, 눈물을 씻어주고 주름을 없애줄 향기로운 진정제다. 누구도 근시안적 견해를 가졌다는 이유로 심판 당하지는 않지만, 자신의 짧은 소견으로 인해 심각한 곤란을 겪는 것은 불가피하다. 반면 깨달은 이는, 당신이 갖고 있는 상투적인 모습과는 매우 다르게 더 빨리 달리고, 더 높이 도약하고, 더 많은 친구들과 웃음, 풍요를 누린다. 죽은 이들이 통찰을 주기 위해 당신과 연결되려고 애쓰는 이유가 바로 그것이다.

현자賢者는 헤어질 때 슬픔을 느끼지 않는다. 예상되는 이별의 기간이 며칠이 됐든 몇 생이 됐든 마찬가지다. 누군가를 생각하는 것은 그 사람과 함께 있는 것이고, 그렇게 함으로써 창조된 공간이 새로운 모험을 가능케 할 것임을 알고 있기 때문이다. 현자는 눈으로 받아들인 어떤 분리도 거짓임을 알고 있다.

예언자는 배신에 분노하지 않는다. 예언자는 배신이 있으리란 것을 이전부터 알고 있었다. 예언자는 이해한다. 누군가에게는 인정받고 싶은 욕구가 의무를 다하려는 욕구보다 훨씬 클 수 있다는 사실을. 그리고 자신의 행복과 가장 큰 사명은 다른 사람들의 행동에 좌우되는 것이 아님을.

신비주의자는 다른 사람의 결점을 찾아내거나 비난하지 않는다. 우연히 생기는 일은 아무것도 없는 이 환영의 세계를 창조한 사람이 자신임을 알기 때문이다. 그러므로 신비주의자에게는 모든 고통이 자초한 것이고, 환경이 아무리 불공평해 보여도 삶은 공평하다는 사실이 아주 분명하다.

세상이 불공평해 보이는 이유

10의 21제곱 개의 항성, 1억 종이 넘는 생물, 사과한 알이 갖는 엄청난 의미 등 존재하는 모든 것의 장대함을 생각해본다면, 그것들 뒤에 있는 '마음'이 어이없는 나쁜 일을 막기 위한 응급조치 혹은 메커니즘을 창조하지 않은 이유가 궁금해지지 않는가? 최소한 좋은 사람들에게 나쁜 일이 일어나는 것만이라도 막을 수 있지 않았을까? 개가 짖지 못하게 고안된 목걸이(이것은 무시무시한 물건이다)처럼, 사람들이 다른 사람들에게 해를 끼칠 수 있는 생각, 말, 행동을 하기 전에 전기 충격을 받게 한다면 효과가 있지 않을까?

과연 추함은 아름다움의 반대말인가? 평화의 대가로 폭력이 있는 걸까? 사랑의 대가로 미움이 있는 것이고? 이런 가설이 정말 말이 되는 것인가?

아니면 종교가 가르쳐온 대로, 원시시대에 지구에 묶인 성운이나 추악한 에너지 덩어리가 변신해 악마라도 된 것일까? 신의 주방에 서식하는 바퀴벌레처럼 낙원에 잠복해 있는 악마가 있는 걸까? 자신의 의지와 지성을 갖고 독자적으로 존재하면서 계속 에너지를 얻는 그런 악마 말이다. 글쎄, 이런 것을 궁금해 할 사람은 거의 없을 것이다.

악마가 좋은 것을 모두 다 빼앗을 능력까지는 안 될지 모른다. 하지만 '신' 앞에서 자신의 것을 차지하고 자신의 입장을 지켜낼 만큼은 막강하고도 사악하다. 이 가설은 어떤가? 말이 된다고 생각하는가?

다음과 같은 사실을 고려해보라. 그래도 위의 두 가지 가설 중 어느 것 하나라도, 그리고 아주 약간이라도 그럴듯해 보이는가?

- ☀ 낮이나 밤이나, 마치 온종일 들을 수 있는 귀가 있는 듯이 노래하는 새
- ☀ 그저 재미로 뒤집고, 선회하고, 도약하는 심해 생물
- ☀ 자신들이 사랑받는 것만큼 끔찍하게 인간을 사랑하는 반려동물
- ☀ 더없이 아름다워서, 인간의 눈을 즐겁게 하기 위해 존재한다고 밖에 설명할 수 없는 꽃

현실이 이 정도로 굉장하다면, 당신이 예전부터 상상해온 가장 황홀한 동화(즉, 아이를 데려가는 귀신 따위는 전혀 필요가 없는) 속에 살고 있다는 확실한 증거로 봐야 하

지 않을까?

"미안하지만, 지구는 너무 넓기 때문에 자네가 항상 공평한 대우를 받는 건 불가능하다네." 신성한 지성은 결코 이렇게 말하지 않았다.

당신의 전제를 점검해보라

하늘이 무심코 지나친 실수 같은 것이 있을 수 있을까? 제어할 수 없을 만큼 심히 바쁘게 돌아갔기 때문에, 우주 최초의 별이 밤하늘에 빛나던 우주 생성 초기에, 신성神性은 지구가 지금처럼 존재할 가능성을 전혀 예견하지 못했던 것일까?

아니면 다른 식으로 '왜 나쁜 일이 일어나는가?'란 질문 자체에 치명적 결함이 있는 걸까? 어쩌면 '나쁜 일이 일어난다'라는 가정 자체가 적절하지 않을지도 모른다. 세상에 의미 없는 것은 없다는 뜻이다. '예상하지 못했다'란 것은 말 그대로 미리 생각하지 못했다란 의미이지, 무작위적이란 뜻이 아니다.

그렇다면 이것은 말이 되는가? 신성의 왕국 안에서 어디서나 지켜볼 수 있는 장엄한 아름다움과 질서를 감안한다면, 당신은 그곳에서 벌어지는 모든 일의 배후에는 어떤 가치와 건설적 목적이 있을 것이라 예상했던 것은 아닌가? 방대한 양의 모순되는 증거가 없었다면, 당신은 '신의 주방'에서 어떤 불결함이라도 예상할 수 있었을까? 말도 안 되는 얘기다!

이제 말이 되는 얘기를 해보자. 당신의 영광스러운 완벽함의 보루, 은하에 포근히 안겨 떠다니는 에메랄드처럼 아름답고 소중한 별 '지구'는, 모든 것이 순조롭던 에덴동산에서의 첫날부터 영원히 수정이 필요 없는 완성된 시스템이어야 마땅하다. 이건 말이 된다! 에덴동산에서는 모든 것이 빛났고 사랑스러웠고 만족스러웠다. 이 것이 당신이 신성으로부터 기대하고 싶은 것이 아닌가?

지금 이렇게 훌륭하게 말이 되는 사실과 함께, 모순되어 보이는 증거들을 좀 더 자세히 살펴보도록 하자.

우주의 법칙, 끼리끼리 모인다

지금쯤이면 당신은 생각이 현실이 된다는 관념에 동의할 것이다. 그 명제가 모든 곳에 통하는 절대성을 갖는다는 것까지는 확신하지 못할 수도 있지만, 머지않아 그런 확신에 도달할 것이다.

당신은 누군가의 '에너지 진동'이 의미하는 바를 알

기 위해 홀치기염색을 한 옷을 걸친 히피가 될 필요가 없다. 누군가가 따스하고 부드러운 생각과 느낌을 갖는 다면 그는 그렇게 진동할 것이고, 따스하고 부드러운 상황과 사람들을 끌어당긴다. 누군가가 분노하고 부정적인 생각이나 느낌을 가지면 그는 그런 상태로 '진동할' 것이고, 마찬가지로 그런 현실을 끌어온다. 맞는가? 당신은 누군가의 '진동'을 한 가지 특정한 주제에 대한 그의 생각, 신념, 기대가 결합된 것과 동일시해도 좋다(나는 보통 생각이라고 표현한다).

당신은 이 이야기가 어디로 흘러갈지 짐작할 것이다. 그렇다, 긍정적 생각은 긍정적 발현을 창조하고 부정적 생각은 부정적 발현을 만들어낸다. 또한 당신은 내가 곧 이런 말을 할 것이라 짐작할 것이다. 맞다, 모든 삶의 모든 것은 공평하다. 이런 생각이 지나치게 일반화된 선언이라 생각할 수도 있다. 특히 이리도 우왕좌왕하는 세상에서는 어떻게 공평하게 일이 일어나고 진행되는지를 놓치기 쉽기 때문이다.

○ 예금 통장의 비유

그러니 엄청나게 긍정적인 인물을 예로 들어보자. 그

의 활기찬 재정financial 진동은 대략 3만 달러의 순 가치를 지닌다. 편의상 3만 달러가 그의 계좌에 들어 있는 현금 액수라고 생각해도 좋다. 이는 설명을 목적으로 한 아주 단순한 사례다. 실상 진동은 그렇게 정확하지 않다. 우리의 진동은 소폭일지라도 끊임없이 오르내리면서 세계관, 우선순위, 신념의 변화, 경제 및 유행에 대한 반응과 다른 변화하는 기준들이 그려내는 만화경 같은 다양한 모습들을 반영한다.

여기서 늘 마음에 담아두어야 할 사실은, 우리의 재정 진동이 실제적으로는 우리가 생각하는 방식의 숫자가 아니란 것이다. 직접적으로 그리고 간접적으로 숫자, 물질, 영적인 가치 등으로 표현되는 재정의 순 가치로 우리를 이끄는 것은 우리가 하는 모든 생각이 수렴한 무엇이다.

3만 달러에 못 박힌 진동을 갖고서는, 그의 생각이 인생에 다른 무언가를 허용한다 하더라도, 재정적으로 말하자면 늘 3만 달러의 계좌로 되돌아올 것이다. 모든 발현을 통해 흠결 없는 방식으로, 알아차리기 어려울 정도로 환경을 변화시켜 그의 예금액이 3만 달러로 유지되게 만든다는 의미다.

만약 위의 인물이 자신은 환경의 위협에 취약하고, 삶은 고달프며, 진보하기는 어렵다고 믿는다면, 그는 자신도 모르는 사이에 1만 2천 달러를 들여 수리해야 할 집의 새는 지붕을 발현할 것이다. 그 후 부를 축적하는 속도에 관한 다른 신념들이 정렬되고 그 기회가 그에게 찾아왔을 때, 그의 진동이 여전히 3만 달러로 유지되고 있다면, 소진했던 1만 2천 달러는 그에게 돌아올 것이다. 그 형태는 누군가로부터의 선물일 수도 있고 소득세 환급, 직장의 보너스, 복권 당첨일 수도 있다. 혹은 가장 일반적인 경우겠지만, 다양한 몇 가지 방식이 결합되는 형태로 적은 금액들이 모여 돌아올 수도 있다. 그에게 지붕 수리비 청구서와 이어지는 점차적인 보충은 완벽하게 연관이 없는 것처럼 보이겠지만, 그의 생각과 진동이 그 두 가지 일 모두를 직접 끌어들였던 것이다.

반대 방향으로도 마찬가지 효과가 발휘된다. 그에게 생각도 못한 횡재가 찾아왔다고 해보자. 예를 들면 먼 친척으로부터 유산 2만 5천 달러를 상속받은 것이다. 하지만 그의 전체적 진동이 3만 달러에 유지되고 있다면 그 횡재는 나쁜 습관, 허세, 실수, 혹은 그 밖의 뭐가 되었든 그의 세계관에 맞춰 다 빠져나가고 결국 그의 수중에는 3만 달러만 남게 될 것이다.

위의 사례에서 보면 좋은 일도, 나쁜 일도 일어나지 않았다. 그저 에너지 진동에 의해, 환경의 변화를 가장한 생각의 현실화가 일어난 것뿐이다.

○ 우주의 발현 공식

이처럼 극단적으로 단순화된 돈과 관련된 사례는 당신이 변화를 창조하는 과정을 양적으로 이해할 수 있도록 도와준다. 하지만 '진동＋행위＝삶의 경험'이란 과정은 정글 안에서 일어나는 모든 삶, 모든 경험에 스며들어 있고 그것들을 지배한다. 건강, 깨달음, 자기 확신, 창조성, 에너지 수준, 체중, 우정, 배우자, 통증, 사업, 경기, 심지어 사진빨까지 모든 것, 그 모든 것의 모든 것을 지배한다!

당신은 사랑, 기쁨, 건강, 그리고 모든 좋은 것들에 대한 초기 기본값을 갖고 태어났지만, 모순되는 신념들이 그것들을 짓밟을 수 있다. 신념은 그것과 유사한 형태의 생각들을 파생시키고, 당신이 삶에서 행동을 취함에 따라 그 생각들은 당신의 주위를 빙빙 돌면서 당신이 경험하는 현실이 된다. 당신의 에너지 진동은 강력하다.

그것이 당신의 생각을 불러일으키고 생각은 곧 현실이 되기 때문이다.

　신념들의 합류→에너지 진동→생각과 기대→행위 →우연한 사건, 사고, 행운→반응→발현(앞선 생각 및 기대와 일치하는)→반복(신념들과 일치하는 세계관을 창조 하기 위해 신념들을 진화시키는 것을 통해)

　이를 좀 더 단순하게 정리해보면 이렇다.
　신념들→진동→생각→행위→환경→사건과 사물

　이를 엄청나게 단순화시키면 이렇게 된다.
　생각은 현실이 된다.

게임의 실체

　신념의 본질에 대해 얘기해보자. 사람들은 자신의 신념에 대해 미심쩍어하는 상상력(즉 생각)을 고무하거나 봉쇄함에 따라, 새로운 세계가 탄생하는 것을 허용하거나 막는다. 당신이 무언가를 믿는 이유는 절대 합리적이지 않다. 하지만 그 이유가 논리적이든 비논리적이든, 신중하든 경솔하든, 이기적인 것이든 이타적인 것이든,

보수적이든 진보적이든 아무 상관이 없다. 그저 당신이 믿는다는 것만으로 발현의 충분조건이 갖춰진다. 물론 앞서 언급했듯이, 그 신념이 그 시대의 대중들에게 널리 퍼져 있는 신념과 일치해야 한다는 아주 느슨한 조건이 필요하기는 하다. 하지만 지금 여기 당신이 존재한다는 사실은 대중 전반의 신념이 당신의 신념이기도 하다는 의미를 내포하기에 충분하다(3장을 참고하기 바란다).

중요한 것은 신념이 있다는 것이고(그래야 진동이 창조된다), 그 신념은 다른 이들의 신념과 상충되지 않는다는 것이고(다른 이들의 신념을 알거나 모르거나 상관없다), 신념을 가진 이들이 세상에 나타난다는 것이고(그들은 물리적인 행동을 취한다), 그로 인해 상상할 수 없을 만큼 방대한 잠재적 우연, 사고, 행운의 네트워크를 사용할 수 있게 된다는 것이다.

게다가 당신은 성공하는 경향성과 기본값으로 설정된 기쁨, 건강, 명석함, 우정, 풍요 등을 가지고 있다. 그 모든 좋은 것들을 감안하면, 당신이 조바심내고 걱정한다는 사실에 대해 지나치게 조바심내고 걱정할 필요는 없다. 그러는 게 정상이다! 그냥 당신이 있는 곳에서 가질 수 있는 것을 가지고, 할 수 있는 일을 하라. 그러면서 당신의 현실과 신성한 유산에 관련된 진실을 이해하도록 하라. 그러면 당신은 곧 아무도 막을 수 없는 불굴의 존재가 될 것이다. 도전 과제라 할 것이 사라져서가 아니라, 해결해야 할 난제들이 궁극적으로는 이전에 몰랐던 전진의 지름길을 드러내는 선물로 이해될 것이기 때문이다.

때로는 당신의 노력이 부질없어 보이기도 할 것이다. 하지만 운명의 추를 움직이기 위해서는 시간이 걸린다. 그리고 그 추는 늘 흔들리고 있다. 당신의 노력이 그 생애 안에서 추가되어 되돌아오는 것을 환경이 막고 있는, 거의 있을 법하지 않은 사건이 있을 수도 있다. 하지만 그 에너지가 남아 있는 한, 그 결과들은 다음 생에서 나타날 것이다. 이른바 '카르마' 현상이다.

예를 들어, 잘 손질된 마당이 딸린 작고 깨끗한 집에 사는 예의 바르고 친절한 사마리아 사람을 생각해보자. 그는 가끔 우연히 주차장 너머로 날아오거나 이웃사람들이 버린 쓰레기를 줍곤 한다. 그가 그 생애 내에 같은 마음을 갖고 선행을 하는 사람들과 어울리는 경험을 시작할 수도 있고, 안 할 수도 있다. 하지만 그의 변함없는 진동은 이어지는 생애에서, 그를 그런 사람들과 그런 지역사회, 그런 세계로 이끌 것이다.

마찬가지로 사람들은 잔인하고 폭력적이고 사악하며, 자신은 남을 죽이지 않으면 자기가 죽는 세계에 살고 있으며, 한 사람의 이상이 다른 사람의 이상보다 우월하다면 폭력도 정당화될 수 있다고 믿는 사람이라면 끊임없이 그런 사람, 그런 지역사회, 그런 세계로 이끌려간다. 그런 이끌림은 그의 생각이 변하지 않는 한, 미래의 모든 생에서 재현될 것이다.

그의 진동은 그와 같은 생각을 하는 사람들에게로 이끌거나 혹은 대립하는 환경을 만들 것이고, 그래서 더 철저하고 분명하게 자신의 신념들을 공고히 해줄 것이다. 당신에게 타고난 선한 품성, 성공 가능성, 앞에서 이름 붙인 초기 기본값이 없다면 이런 주기는 영원히 되풀이될 것이다. 하지만 당신은 선한 품성과 성공 가능성, 기본으로 설정된 사랑과 기쁨 등 온갖 좋은 것들을 갖고 있으므로 기울어지는 배를 바로 세우기에 충분하다. 그래서 궁극적으로는 모든 사람들이 진실의 차원으로 돌아오게 된다.

그러는 동안 다른 사람이 당신이 가진 것과 당신의 정체성에 뭔가를 보태기도 하고 가져갈 수도 있는 것처럼 보이겠지만, '하루'의 끝에서 보면 '당신이 누구인가?' 하는 것은 전적으로 당신의 생각, 신념, 기대의 함수다. 이것이 당신의 고유한 진동(멋지거나 바보 같거나)에 일치하는 것이면 무엇이든지 에테르로부터 끌어내는 시간과 공간에서 벌어지는 게임의 실체다.

불행한 우연이나 뜻밖의 사고가 발생했을 때, 그런 사건들과 거기에 관여된 사람들은 전체 창조의 맥락에서 벗어나 있는 것처럼 보이므로 그 사건들을 '나쁜 것'이라 생각한다. 하지만 실제로 당신은 '현재의 위치'를 벗어나 가고 싶은 곳에서 미래를 발현하기 위해 당신의 위치를 바꾸었던 것뿐이다.

너무 쉽고 사랑스러운 사례가 아닌가? 다른 예를 더 들어보겠다.

삶보다 먼저 당신이 있었다

당신이 갖고 있는 모든 진동과 일치하는 물질세계를 창조함으로써 삶이 생겨난다. 지금 당장 중요한 것은 당신의 진동이 먼저라는 사실을 이해하는 것이다. 실제로

삶은 당신이 만든 것
10퍼센트에 당신이
받아들이는 것
90퍼센트로 이루어진
것이 아니다.
삶은 100퍼센트
당신이 만든 것이다.

는 당신이 삶에 나타났고, 그 다음에 삶이 응답했다고 말하는 것이 정확하다. 당신이 먼저 왔다, 기억나는가? 정글이 존재하게 된 이유도 당신이고, 매일 태양이 떠오르는 이유도 당신이다. 당신은 창조자다. 창조자일 뿐 아니라, 당신 삶의 발현을 가져온 에너지의 진원지다. 삶은 당신이 만든 것 10퍼센트에 당신이 받아들이는 것 90퍼센트로 이루어진 것이 아니다. 삶은 100퍼센트 당신이 만든 것이다.

확실히 당신은 지금 막 잠에서 깨어났고 당신이 가는 길에는 놀라운 일들이 많을 것이다. 그런데 그 놀라운 일들은 당신이 자신도 모르게 창조한 것이다. 당신은 무슨 수를 써서라도 그 상황에 적응해야 한다. 그 방법과 이유들이 금방 이해될 것임을 분명히 이해하라. 좋은 것이든 나쁜 것이든, 그것이 건강 검진표이든 사업 계획서이든, 뭔가가 당신을 놀라게 하면 결론으로 건너뛰지 말라. '그것을 잘 받아들이되' 그 놀라운 사건 앞에서 당신이 무력하다는 생각을 갖지 말라. 그렇게 생각하는 것이 당신을 그렇게 만든다. 당신은 이미 충분한 힘을 갖고 있어서 더 이상의 힘이 필요치 않다. 하지만 당신은 이렇게 생각할 수도 있다.

- ☀ 삶이 당신에게 나타났고
- ☀ 아무 목적이나 이유 없이 불행하고 무작위적인 현실이 생겨났고
- ☀ 누구라도 희생자가 될 수 있고
- ☀ 결국 당신이 하는 경험의 원인은 타인이다.

그렇다면 이것은 어떨까? 즉 당신의 정글은 1조 년 전에 충돌로 생겨난 우주 먼지의 우연한 부산물이고, 당신은 우연히 따뜻한 물속에 빠졌고, 모든 어려움을 이겨내고 아가미와 지느러미가 자라고 충분한 지능이 생겨 땅 위에서 걸어 다니도록 진화했고, 두 발로 서게 됐고, 마침내 하이힐을 신게 됐다?

당신이 받아들일 준비가 됐다면, 진실은 이렇다.

- ☀ 당신이 삶에 나타났고
- ☀ 모든 사물과 사건은 이유가 있어 생기며

☀ 다른 이들은 당신을 건드릴 수 없고

☀ 당신은 당신이 하는 경험들을 창조하는 주체다.

그러면 당신은 삶이 어떤 식으로 작동하는지 이해하고, 당신의 성공하는 경향성을 확신하고, 예상 못한 일이 일어날 때마다 그 일을 침착하게 받아들여야 함을 알게 된다. 살아가다 보면 수십 걸음 전진을 위해 한 걸음 물러나야 할 때도 있는 법이다.

자신의 운명을 바꾸는 방법

그러니 현실이 어떻게 출현하는지에 대해서는 잊어라. 현실은 생각, 신념, 진동의 산물일 뿐이다. 어떤 사람이 100만 달러를 얻거나 잃는다면, 그것은 완전히 그가 만든 것이다. 외부 세계는 그 사람의 내부 세계를 반영하는 거울이기 때문이다. 100만 달러를 얻은 사람은 그가 갖고 있는 재정과 관련된 에너지 진동에 근거해서, 그 돈을 지키거나 불리거나 잃어버릴 것이다. 모든 행운과 불운에 있어서도 그렇다. 다른 사람 누가 관여하든, 그들이 무슨 역할을 하든, 그 사람 삶에 있어서의 모든 굴곡과 전환점은 오로지 그 자신이 창조한 것이다. 마침내 이런 사실을 깨닫게 되면, 누구라도 자신의 '운'을 자신의 뜻대로 바꿀 수 있다.

○ 사건과 사물이 생겨나는 과정

보다 간명한 설명을 위해, 재정과 관련된 가설을 하나 더 사용해보겠다. 당신이 좋아하는 돈 역시나 사랑, 건강, 행복, 혹은 당신이 지금 마음으로 바라고 있는 것과 정확히 똑같이 작동한다. 기업가를 예로 들어보자. 100만 달러의 순 자산(재정 진동)을 갖고 있었던 그는 어느 해에 그답지 않은 낙관적 생각들을 함으로써 자신의 목표와 예상치를 높였고, 그 결과 순 자산이 170만 달러로 증가했다. 그의 진동이 100만 달러에서 변치 않고 유지된다면, 70만 달러라는 잉여 자산은 결국 '사라지고' 말 것이다.

이 가상의 사례에서, 그가 잉여 자산을 투자에 사용했다고 생각해보자. 그는 순진하게도 사기꾼의 가식과 허세에 넘어가버렸다. 물론 그런 일은 그의 진동이 다른 사람들의 진동과 일치할 때만 생길 수 있다. 이론의 여지가 없는 '나쁜 놈', 사기를 치겠다는 의지로 똘똘 뭉친 인간이 있다고 해도, 그의 자산이 감소한 진짜 원인은 자신의 낮아진 진동 때문이지 그 '나쁜 놈' 탓이 아니다! '피해자'와 '도둑'은 서로를 끌어당긴다. 그들 각자는 자신들의 진동과 일치하는 발현을 성취하기 위해 상대를 필요로 하거나 상대를 믿었다.

방정식을 뒤집으면 어떻게 해서 재산이 만들어지고, 어떻게 해서 누군가에게 멋진 사건과 사물이 생겨나는지가 보인다. 첫째 '그 일은 내게 일어날 수도 있어, 난 꽤나 똑똑해, 난 자격이 있어, 신이 나를 보살펴주고 계셔, 나를 대가를 치렀어, 점을 보니 내가 부자가 된대' 등을 믿고 있는 누군가가 있다. 다시 말하지만 그러한 신념들은 합리성과는 아무 관계가 없다. 둘째, 아무 갈등 없이 그렇게 믿고(믿는다고 주장하는 것이 아니라 정말로 믿어야 한다), 규칙적으로 **실제 행동을 통해 그 믿음을 표현**하는 사람은 합법적으로 혹은 비합법적으로(이것 역시 신념에 따라 결정된다) 재산을 모으게 될 것이다.

억울한가? 최소한 처음엔 그럴 것이다. 이것을 믿으면 모든 변명이 사라진다, 영원히! 그렇지만 힘이 난다! 정말이지 환상적이다! 이보다 더 쉬운 것이 있을 수 있을까? 당신의 운이 마음에 들지 않으면 그 운을 바꾸면 된다! 당신의 운을 생각하고 느끼고 기대하고, 마치 운이 바뀐 것처럼 행동하고 과시하라. 그리고 크게 놀랄 준비를 하라.

그렇지만 이것이 '나쁜 놈'의 한심한 행동이 용인된다거나 그 '나쁜 놈'을 범죄자로 대하지 말라는 이야기는 아니다. 그런 사기 행각을 실수로 치부하거나, 실수로 희생자가 되었다고 생각해서도 안 된다. 왜 그런지는 곧 알게 될 것이다.

사악한 짓을 하는 길 잃은 영혼들

이번 생에서 당신이 도달한 곳이 어디냐에 따라, 이런 생각들이 처음에는 모욕적이거나 고통스러울 수도 있겠지만, 진실만이 당신을 구원해준다. 진실은 당신의 힘을 회복시키고 더 새로워진 희망을 줄 것이다. 그리고 생각해보라. 이 책은 그저 소식을 전하는 전령일 뿐이다. 에이즈에 대해 설명하는 의사는, 에이즈를 정당화하거나 승인하거나 혹은 흉악한 질병이라고 부정하지 않는다. 그저 설명할 뿐이다. 마찬가지로 지금의 이 묘사도 모든 시공간 창조의 배후에 있는 세부사항들에 대해 그 어떤 판단도 개입시키지 않고 설명한 것이다.

반복해서 말하지만, 세상엔 순결한 악당 같은 것도

없고 무대가 어떤 식으로 꾸며져 있든 다른 사람을 유린하는 짓은 절대로 용인되어서는 안 된다. 그럼에도 불구하고, 삶이 어떻게 펼쳐질지에 관련된 함축은 엄청나게 충격적이다. 즉 실질적으로 이제까지 살았던 사람들 대부분이 가지고 있었던 '낡은' 세계관과는 180도 다르다.

악행을 저지른 사악한 사람들은 지옥에 떨어져 영원히 악마에게 괴롭힘을 당하는 벌을 받아야 한다고 믿는 것은 환상적일 정도로 쉽고 정치적으로도 선호될 만하다. 당신이 자신의 순진함이나 호기심의 희생자라고 믿기보다, 당신을 착취하고 이용하는 사람들의 희생자라고 믿는 편이 훨씬 쉽다. 최소한 그런 설명을 믿는 것이 살기에 더 수월했다는 의미다. 하지만 이제 당신은 깨어나는 중이고, 다시는 예전으로 돌아가지 못할 이유가 꽤 생겼다.

사악한 사람은 없다. 그저 악한 짓을 하는, 길 잃은 사람만 있을 뿐이다. 병든 사람도 있고, 뒤틀린 사람도 있고, 정상이 아닌 사람도 있다. 아주 다양한 사람들이 있지만, 그들 모두는 한때 당신이 그랬던 것과 마찬가지로 이번 생을 계획했던 사람들이고, '신의 일부'였으며,

그 계획에 따라 시간과 공간이란 정글을 헤치고 길을 찾는 사람들이다.

그들 개개인은 선한 의도를 가지고 있지만, 일부는 근본적인 혼란에 빠졌거나 시간과 공간이 너무 생소한 나머지 끔찍한 행동을 저지른다. 당신과 그들의 차이는 뭘까? 당신이 수천 혹은 수만 번도 넘게 생을 살아본 경험이 있는 데 반해, 그들은 갓 태어난 아기와 같아서 극도로 겁에 질려 있고 증오, 분노, 모욕, 조종, 강압, 폭력 외의 다른 방어 기제를 발달시키지 못한 상태에 있다. 삶에서 그렇듯이, 위의 두 부류 사이에서 일어나는 일이 동등할 리가 없고 영원히 동등한 것은 아무것도 없다.

길을 잃은 사람들에게는 더 많은 사랑이 필요하다. 도움이 더 필요하고 안내와 인내가 필요하다. 그러나 그들이 진실로부터 너무 멀리 벗어나 있다면, 이번 생은 그들이 균형과 명료함을 찾아내기에 시간이 부족할 가능성이 아주 크다. 세상이 사악한 곳이라는 믿음을 가진 자신들 때문이든, 비슷한 믿음을 갖고 있는 타인들 때문이든 그들은 결코 안전할 수 없다. 그들에겐 재활이 필

이제 당신은 깨어나는 중이고, 다시는 예전으로 돌아가지 못할 이유가 꽤 생겼다.

요하다. 이상적으로 보살피고 지지해주는 환경 속에서의 재활 말이다. 만약 이런 재활에 대한 사회의 지원이 감정적이든 재정적이든 불가능하다고 믿는다면, 교도소와 수용시설로 만족해야 하겠지만 말이다.

왜 어린아이들이 고통 받는가?

정글 속에서 살았던 경험이 아무리 적을지라도, 우리 모두는 사랑과 기쁨이 충만한 고대의 검투사들이다. 마찬가지로 어린아이나 유아의 신체 연령이 어떻든 간에, 그들 모두는 오래된 존재들이다. 그리고 괴로움의 이유는 헤아릴 수 없을 만큼 많다.

가장 순결한 생명체에게 끔찍한 일이 일어나는 경우는 다음과 같다.

☀ 어쩌면 고대의 검투사가 전생에 끝내지 못한 일을 이어갈 수 있다.

☀ 어쩌면 그들은 스스로를 특정한 사람들 주변의 특정한 '단계'에 머물게 했을 수 있다. 그러니 우리가 그렇게 반응할 필요가 없을지도 모른다.

☀ 어쩌면 초기에는 유린을 막을 기회가 있었을 것이

고, 그들이 그 기회를 잡기로 결정했다면 결국 그 일이 그렇게 흘러가지는 않았을 것이다.

☀ 어쩌면 그들의 현 생애가 매우 짧다 하더라도, 이번 생에서 목표로 한 것을 이미 성취했을지도 모른다. 또한 이번 생의 슬픈 결말은, 그들이 살아남아 배울 수 있는 교훈보다 그들을 떠나보낸 뒤 남겨진 사람들에게 더 큰 의미를 가질 것이다.

☀ 그런 고통에는 여러 가지 이유가 있을 것이다. 만약 그 이유가 다른 사람 누군가(가족 중 한 명일 수도 있고, 사랑하는 사람일 수도 있고, 국가나 전 세계일 수도 있다)의 관심을 끄는 것이었다면, 비슷한 잔혹 행위에 노출되거나 혹은 그럼으로써 생을 끝낼 수도 있다.

이중 '희생자'가 실질적으로 영웅이 아닌 경우가 있는가?

인내심을 가져 주기 바란다. 이것은 우리 시대에 던져진 엄청나게 새로운 생각들이다. 아직도 당신이 이 과격한 개념들을 다루는 데 도움이 될 얘기들이 더 있다. 우리가 사는 시공간에서 끔찍하고 추악한 일들이 벌어진다는 사실은 의심의 여지가 없다. 설령 당신의 눈이 그것을 이해하는 것처럼 보일지라도, 그것 전체를 '볼' 수는 없을 것이다. 당신의 마음과 정신을 열어야 한다. 환경이 대단히 불공평하게 보일지라도 반복해서 그렇게 하라. 당신이 거대한 맥락 속에서 그것을 '볼' 수 있을 때, 당신은 현실에 깃든 의도, 치유, 질서, 그리고 사랑을 발견할 것이다.

지구는 하버드가 아니라 유치원이다

비틀거리고 넘어지는 사람이나 다른 사람에 의해 희생되는 사람들은 그들이 자초한 것으로 생각되는 일에 대해 책임이 있는 걸까?

다시 우리는 피해자에게 책임을 돌리는 증상과 만나게 된다. 이런 증상은 너무 오랫동안 닫혀 있던 눈에 진실이 보일 때 흔히 발생한다. 하지만 희생자에게 책임을 돌리는 것은 말이 안 되는 가정을 하고 있다. 즉 책임 전가는 당신이 '창조자의 학교에 등록해 공부하는 것을 선택한' 영원한 창조자라는 이해의 방정식에 들어맞지 않는다.

이제 막 걸음마를 시작한 아기를 떠올려보자. 당연히

아기는 발을 헛디디고 넘어질 것이다. 넘어진다는 이유로 그 아기가 책임을 추궁 당해야 하는가? 넘어지는 것이 아기의 잘못인가? 당신은 두 가지 질문 모두에 그렇다고 말할 수도 있을 것이다. 하지만 정말 그런가? 지금 어떤 일이 일어나고 있는지 본질을 파악하고 있는가? 아니면 불필요하게 부정적이고 부적절한가? 더 나아가, 어떤 일을 과정으로 보는 것이 아니라 역사로 보는 것은 아닌가? 여정이 아니라 목표로만 일을 규정하고 있지 않은가 말이다.

"보세요! 우리 아기가 걸음마를 배우고 있어요. 지금 첫발을 떼었다고요!"라고 하는 말은 어떨까? 여기엔 잘못된 함축이나 암시가 없다. 당신은 아기가 뒤뚱거리고 넘어지는 것을 비난하지 않는다. 이것은 '잔에 물이 반이나 차 있는가, 아니면 반이나 비었는가' 하는 분석 이상이다. 당신이 가지게 된 새로운 관점은 '걷는 법을 배우는 과정'이 진행 중임을 이해하게 해준다. 이는 그 과정 내의 어떤 한 걸음이나 넘어짐보다 훨씬 의미가 크다. 그 과정은 초보자를 새로운 움직임, 모험, 학습의 영역으로 고양시킨다. 그러니 참으로 그 잔은 완벽하게 차 있다. 반은 물로, 반은 공기로!

정글 안에서의 삶은 그런 과정이다. 환영의 세계에서 헤아릴 수조차 없는 장엄한 모험과 성장으로 한 사람을 이끄는 과정인 것이다. 그러나 정글의 삶은 그 자체로 충분하다. 자신을 기다리고 있는 모험의 거대함과는 상관없이, 일단 더 많이 즐겁고 행복한 삶을 살기 시작한 많은 사람들은 오직 이 순간만으로도 충분히 당당하고 완전하다.

당신은 창조자의 학교에 적을 두고 있지만, 그 학교는 우주의 하버드 대학과는 거리가 멀고 유치원과 더 비슷하다. 거기엔 깔깔거리는 친구들이 있고, 매일의 일과인 현장 학습이 있고, 한껏 자랑스러워하는 스타들도 있다.

추악함에 집중하지 말고 아름다움에 집중하라. 힘들거나 복잡한 것이 아닌, 쉽고 즐거운 것에 초점을 맞추어라. 무지개, 나비, 내리는 눈송이에 집중하라. 친절함, 포옹, 키스는 어떤가? 돌고래, 라벤더, 베토벤에 집중하고 윙크, 자기 신뢰, 손잡기에 초점을 맞추어라. 뛰고, 구르고, 첨벙거리고 모래 놀이를 하고 친구, 멘토, 사랑하는 이에게 집중하라.

삶은 당신에게 유리한 게임이다

삶은 밤에 꾸는 꿈과 같고, 당신이 꿈을 창조하는 데에는 이유가 있다. 물론 그 이유는 모험을 하고 교훈을 얻는 것이다. 꿈은 의미가 있고 질서가 있고 목적이 있지만, 당신은 자신이 꿈을 창조하고 있다는 사실을 잊는다. (잠시지만) 꿈이 실제라고 믿을 동안에만 꿈이 주는 교훈과 거기 숨어 있는 비밀을 배울 수 있기 때문이다. 다 괜찮다. 일단 꿈이 끝나면, 그 꿈의 의미가 완전히 수긍될 것이다.

당신은 꿈이 그 자체로 전체적 균형을 이루고 있다는 사실을 알게 될 것이다. 시간의 선형적 구조나 견고해 보이는 소품에 속지 말라. 순서는 의도를 따르며, 모양들은 눈을 깜빡이는 순간에도 변하고, 과거는 매 순간 다시 만들어진다. 아니다, 당신이 아무리 머리를 싸매고 애써도 이 모든 것을 이해할 수는 없을 것이다. 지금 무슨 일이 일어나고 있는지 알기 위해 굳이 애쓸 필요도 없다. 지금 당장 희생자 놀이를 멈추고 앞으로 나아가라, 그리고 날아올라라.

신체의 감각기관을 통해서는 마법, 사랑, 혹은 당신이 살아가는 매 순간 관여하는 기적들을 거의 볼 수가 없다. 하지만 당신은 자신이 원하는 대로 쓸 수 있는 다른 능력들을 갖고 있다. 내면의 감각들, 즉 지성과 직관, 느낌을 갖고 있다. 그것들을 써서 거짓을 벗겨내자. 이 지상에 머물 시간이 짧을지라도, 당신을 해방시키고 당신에게 날개를 달아줄 진실들을 발견해야 한다.

1. 당신이 어디를 가봤는지는 중요하지 않다. 어쨌든 그 경험은 당신에게 도움이 될 것이다.
2. 지금 당신이 어디에 있는지도 중요하지 않다. 당신이 머물고 있는 장소는 당신이 '어떤 사람인가' 하는 것과는 전혀 관계가 없다.
3. 당신은 자신의 '운명, 사고, 뜻밖의 행운'이 시작되도록 하는 새로운 진동을 창조할 수 있다. 당장 시작하라. 새로운 생각과 말과 행동들을 통해 새로운 진동을 창조함으로써 거침없이 앞으로 나아가 더 높아지고 더 풍요로워지고 더 행복해져라.

사랑하는 이여, 당신의 생각이 옳다. **삶은 공평하지 않다!** 카드 패는 믿기 어려울 정도로 당신에게 유리하게 준비되어 있다.

✒ **세상을 떠난 이로부터의 편지**

복권 담당자님께,

내가 당신에게 보냈던 끔찍한 SNS 메시지에 대해 미안하게 생각해요. 아마 한때는 하루에 한 통씩 보냈을 거예요. 이제야 아무것도 조작되지 않았다는 것을 알게 되었어요. 내가 운이 없었던 것도 아니고, 인종차별 같은 것과도 관계가 없었지요.

이제 생각은 현실이 되고, 감정은 현실을 지배한다는 걸 알아요. 가능성이란 상자에서 삶의 다음 순간에 사용될 소품과 사건들을 끌어내는 결정적 요인은 감정의 강도와 기대죠. 복권을 많이 산다는 것은 '그렇게 샀으니 당첨 확률이 높아질 거야'라는 기대와 연결되어 있어요. 복권은 사는 사람의 기대가 없다면 아무것도 아닌 거예요. 통계는 과거만 측정할 수 있지 미래는 측정 불가랍니다.

누군가가 상상한 삶을 살기 위해 필요한 것들은, 엄청나게 신비한 승리와 패배들, 격려와 망설임, 그리고 상응하는 물질세계에서 살아가는 친구와 적들을 통해서 준비가 되죠.

아, 물론 나는 이길 수 있다고 믿었어요. 뭐 괜찮아요, 당첨될 거라고 믿지 않았다면 복권 따위는 사지 않을 거니까. 나는 아주 자주, 대개는 잠들기 전에 그런 일이 일어나는 것을 시각적으로 상상했어요. 그러나 이제는 알아요. 가진 것과 못 가진 것의 차이는, 우리가 갖고 있는 것을 인식하지 못하게 하는 다른 신념들에 있다는 것 말이에요. 나처럼 생각하면 세상은 불공평한 게 맞아요. 돈은 영성에 반하는 것이고 (제 편지를 보면 상상이 안 되시겠지만, 만약 제가 돈을 추구하지 않았다면 영성을 추구하려 애썼을 겁니다), 삶은 일종의 시험이고, 누가 무엇을 가질지는 신이 결정하고, 나는 돈과 행복을 가질 자격이 없고 등등이요.

재미있는 것은 지금이에요. 나는 지금 여기서 시간과 공간 어디서나 돈을 본답니다. 사람들 모두 돈을 갖고 있고, 나 역시 갖고 있었지만, 내가 돈이 없다는 데에만 온통 초점을 맞춰서 가난하다고 느꼈던 거죠. 그리고 그 느낌은 우리 삶을 거기에 일치하도록 재배열함으로써, 느낌 자체를 완벽하게 만드는 경향이 있어요.

여기에서 나는 모든 사람들이 그저 단순하기 짝이 없는 일, 예컨대 직업을 가짐으로써 자신들의 삶에 부를 끌어당긴다는 사실에 주목할 수밖에 없어요. 진심이냐고요? 내가 살아 있던 동안, 나는 결코 직업을 가지기를 원하지 않았어요. 월급을 받느냐, 자기 사업을 하느냐는 문제가 아니에요.

한마디로 '직업을 갖는 것'은 돈이 저장된 저수지의 수문을 여는 가장 빠르고 쉬운 방법이랍니다. 똑 부러지게 일하고, 질문하고, 일찍 출근하고, 겉모습에 좌우되지 않고, 진정 무엇이 옳은지 자신이 이미 어떤 사람인지를 되풀이해서 고민하고, 자신이 이미 갖고 있는 것과 성취한 모든 것들을 곰곰이 숙고한다면 말이죠. 길고 화려한 직함이 붙는 일자리와 소위 가방끈이 긴 것은 돈을 버는 것과 전혀 관계가 없다는 사실을 알게 될 겁니다. 실제로 돈을 많이 번 사람들에겐 그런 게 전혀 없어요. 주위를 둘러보고 이것이 정말인지 확인해보세요.

살아 있는 동안 나와 주변 사람들이 돈을 버는 가장 쉽고 빠른 길에 대해 가졌던 생각을 떠올리면 웃음이 나와요. 그보다 더 쉽고 빠른 길이 아주 많았으니까요. 예를 들면, 그저 자신의 삶을 즐기는 거예요. 행복할 때는 누구나 돈을 끌어당기는 자석이 되거든요. 마치 재산을 모으는 것이 풍요로워지는 유일한 길인 것처럼 안달하는 것은(설령 그렇게 해서 돈이 좀 모였더라도), 권태와 비참함으로 가는 가장 빠른 길로 들어선 거랍니다.

행복해지면 당신은 다른 모든 것도 끌어당기는 자석이 됩니다. 진정 행복한 사람들은 자신의 고유한 기쁨에 이끌려, 함께 춤출 꿈들을 갖게 되지요. 그들은 매일매일 세상 안에서 움직이며 유쾌하게 지내는 사람들입니다. 그들은 돈을 갖기 위해 돈을 생각할 필요가 없어요. 건강하기 위해 건강을 생각할 필요가 없고, 친구를 갖기 위해 친구를 생각할 필요가 없고, 현명해지기 위해 현명함을 생각할 필요가 없고, 기회를 잡기 위해 기회를 생각할 필요가 없어요.

그저 모든 것이 그들에게 끌려오는데, 그건 그들이 느끼는 행복이 그 자체로 완벽해지기 때문이에요. 그 행복은 '아무 이유 없는 행복'이 아니에요. 물질적으로, 에테르적으로 '굉장한 이유가 아주 많은' 행복입니다. 행복한 사람의 진동은 환경, 새로운 친구, 돈, 확신, 영감, 그리고 그들이 행복이라고 정의한 대로 행복한 상태를 지속하기 위해 필요한 모든 것을 소환합니다. 이것이 행복에 내포된 의미예요. 와우, 복권을 사는 사람들에게 엄청난 소식이죠? 삶은 절대 공평하지 않답니다. 삶은 공평 그 이상이고, 진리 안에서 사는 사람들에게는 끝나지 않는 축제예요.

우리가 사는 시공간에서 보이는 그대로인 것은 아무것도 없어요. 지름길처럼 보이는 게 사실은 먼 길이고, 쉬운 길이 사실은 힘든 길이라는 것이 변함없는 진실이죠. 반대로 느리고 힘든 길은 결국 느리지도 힘들지도 않은 길이었음이 밝혀지지요. 지금부터 나는 '행복한 길'을 선택할 것이고, 그러면 시간은 전혀 문제가 되지 않을 거예요.

어쨌든, 당신은 내게 많은 걸 가르쳐줬어요. 마치 지금 복권에 당첨된 것 같이 짜릿한 느낌이네요. 마지막으로 내가 예전에 보낸 메시지들이 당신을 기 죽이지 않았길 바라고, 마찬가지로 지금 이 메시지로 인해 당신의 복권 판매량이 줄지 않기를 바라요.

성공하세요!

제트로가

더 많이 보고, 더 빨리 치유하라

지친 사람들은 쉴 수가 없다. 특히 자신의 과거로부터 괴로움을 불러오거나 전 세계의 상처 입은 사람들의 고통을 느끼는 사람들은 더욱 그렇다. 그들의 경험을 부정하거나 폄하하려고 하는 말이 아니다. 다만 통찰을 제공함으로써, 당신이 경험한 것의 의미를 이해하는 동시에 보다 편안해지고 미래에 발현될 고통의 가능성을 줄이는 방향으로 나아가려는 것이다.

더 많은 것을 보라. 이해의 상태에서 주의를 기울여라. 다른 이들이 스스로의 힘을 다시 사용할 수 있게 도와주어라. 당신 스스로도 원래의 힘을 회복하도록 하라. 삶은 당신을 기다리고 있고, 당신은 축복받고 있다. 정글을 길들여라. 그러면 당신의 모든 잔과 금고와 욕조를 채워주고 싶어 안달하는 세상을 발견하게 될 것이다.

길들여진 정글에 대해 말하자면, 우리는 이미 여기에서 그것을 갖고 있다. 당신은 여기에서 누가 왕이고 여왕인지 생각해본 적이 있는가? 계속 읽어보라.

Chapter 9

당신의 반려동물은
여전히 활기차게 살아 있다

반려동물도 환생해 다시 당신을 만날 수 있을까?

만약 암과 같은 것이 실제로는 삶을 변화시키는 선물을 준다면? 만약 차질이나 지연이 사실은 위대함을 위한 준비라면? 그리고 '죽음'이 사랑하는 존재들과의 재회라면? 당신은 반려동물에게도 신성神性이 있다는 생각이 더할 나위 없이 멋지다고 말할 것이다. 반려동물은 그들 자신이 신의 한 조각이면서, 사랑의 불을 밝혀주는 평생의 친구이자, 이후의 생에서도 최고의 친구다.

　어쩌면 그 이상일지도 모른다. 당신은 반려동물이라는 선물 꾸러미를 통해 큰 사랑을 받았고, 그들이 당신 삶에 존재함으로써 그렇지 않았다면 달리 표현할 수 없었을 사랑으로 다시 한 번 초대받았다. 그들은 자비, 관용, 인내, 혹은 다른 무엇이든 당신에게 필요한 것들을 가르쳐주기까지 했다. 그들은 당신을 시험하기 위해 거기 있는 것이 아니다. 삶을 오해한 당신이 자신을 대상으로 하는 시험을 창조할 때, 그 역경을 이겨내도록 도와주기 위해 거기에 있는 것이다.

영리함은 신성으로 통하는 길이다. 자기 생애의 굴곡과 전환점들을 당신 혼자의 힘만으로 조직하는 것이 아니다. 모든 것이 깊이와 의미를 갖고, 모든 것이 당신을 당신 이상으로 만드는 정글을 공들여 조직할 때, 당신은 영리하게도 자신이 사랑에 빠질 수 있는 반려동물을 거기에 포함시킨다.

그 후 당신이 환영의 세계에 집중해 생을 이어가는 동안, 당신의 어릴 적 친구의 몸에서 생명이 빠져나가는 것을 보게 된다. 당신이 충격, 비탄, 깊은 상실감을 느끼는 것은 당연한 일이다. 당신 삶에 신이 왔다가 떠나갔다. 혹은 그렇게 보일 것이다. 하지만 상실은, 그것이 영원할 것이라 생각할 때에만 파괴적 결과를 미친다. 영원한 상실 같은 것은 절대 없다.

당신이 사랑하는 존재들은, 강아지든 고양이든 다른 어떤 종류든 여기에 있다. 그들이 늘 그랬듯이 행복하기까지 하다. 당신은 다시 그들과 함께하게 될 것이고, 더 깊이 사랑하게 될 것이다. 당신은 아무것도 잃어버린 것이 없다. 이것 역시 죽은 이들이 당신에게 전해주고 싶은 이야기다.

인간에겐 있고 동물에겐 없는 것

동물의 의식과 당신의 의식, 둘의 가장 큰 차이는 뭘까? 동물에게는 당신이 갖고 있는 '자신을 돌아보는 Self-Reflective'능력이 없다(이하 자기-반조自己反照라고 표현하겠다-옮긴이 주). 그들은 당신처럼 자신을 알아차리지 못한다. 일반적으로 동물들은 기대하지 않고 판단하지 않는다. 그들은 과거와 미래를 전혀 걱정하지 않는다는 뜻이다. 이것은 그들이 한눈파는 일 없이 현재에만 집중할 수 있다는 의미도 된다. 자신의 본능만으로 충분히 자신의 생존을 위한 가장 지혜로운 행동을 취할 수 있지만 그들 역시 사랑하고, 두려워하고, 신뢰하고, 후회하고, 경계하고, 저버리고, 보호하고, 질투하고, 복종한다. 당신과 똑같은 이유로 똑같은 감정들을 순수하게 느끼는 것이다. 그리고 그 느낌은 좀 더 건강하고 즉각적이다.

순간에 집중하는 엄청난 능력에도 불구하고, 그들은 당신과 같은 창조자가 아니다. 즉 그들의 생각은 현실이 되지 않는다. 그들은 세상의 자극에 반응하는 존재이지, 세상을 투사하는 주체가 아니다. 그들 역시 순수한 신이며, 신에 의한, 신을 위한 존재이지만, 그들의 존재 방식은 다음과 같다.

1. 삶이라는 마법 속에서 인식하고 경험하고 마음껏 즐긴다.
2. 당신처럼 '자기-반조' 능력을 가진 존재들을 위해 배움의 새로운 차원을 창조한다.

그들은 순간 속에서 창조적으로 살아간다. 자극과 충동을 따르고, 놀고 탐색하고자 하는 내재된 욕구에 순응함으로써 이와 같은 존재 방식을 수행한다. 그들이 단순히 존재하는 것만으로도 세상을 더욱 흥미롭고 다양하고 즐겁게 만들며, 생태계의 균형을 맞추어 자기-반조를 하는 존재들과 상호작용한다. 시간과 공간의 신뢰성을 더해주고, 자기 반조를 하는 이들이 지나치게 되돌아보는 일에 빠지지 않도록 도움을 준다.

일반적으로, 자기-반조의 존재들과 관계를 맺지 않았던 동물 의식은 환생하지 않는다. 그들에겐 '진전된 배움'이라는 식의 비전이 없으며, 그런 만큼 끝내지 못한 일 같은 것도 없기 때문이다. 그렇다고 동물들이 존재하는 일을 끝내고, 신성神性 안으로 녹아드는 일도 없다. 기억하기 바란다. 그런 일은 시간이 절대적일 때만 가능하다. 시간은 일종의 환영이다. 환영 안에서는 당신이 이해할 수 없는 방식으로, 어떤 존재 혹은 신의 조각으로 존재한다.

그리고 그것은 끝나지 않는 '현재' 속에서 영원히 계속된다.

반려동물의 의식

반려동물의 의식 역시 동물 의식과 같다. 즉 '살아 있고' 모든 것에 반응하는 순수한 신神이다. 그렇지만 반려동물의 의식은 그 소유자의 성격과 사랑에 의해 변화될 수 있다.

동물들은 함께 사는 사람들의 에너지에 반응하고 그에너지를 받아들인다. 조금씩 기대가 생겨남에 따라, 그들의 영적 진화에 충분할 만큼 커진다. 덧붙여 주인이 자신의 반려동물들에게 인간적 품성을 투사함으로써, 그러한 자질을 주입하기도 한다. 반응자인 동물들은 그들이 받아들인 에너지를 반사하는 거울과도 같다. 그렇게 해서 더 풍부한 성격이 개발되고, 미래를 기대하게 된다. 자기-반조의 존재로서는 아니지만, 새로운 차원을 탐색하고 확장할 수 있게 되는 것이다.

반려동물이 있는 어느 가정에서나, 동물들은 자신에게 부과되는 기대들(얌전하거나 천방지축 날뛰거나, 가족의 보살핌을 받거나 가족을 보호하거나)을 접하게 되고, 자신의 주변에 있는 사람들의 참을성, 동정심, 호들갑, 분노, 개방성, 수줍음과 같은 특징을 반영한다. 주인은 언제든 반려동물로부터 '자기 자신'을 발견할 수 있다.

사랑받는 반려동물은 영원한 '현재' 안에서 다른 모든 동물들과 마찬가지로 진화할 뿐 아니라, 그들이 개발한 품성으로 의지, 의도를 창조한다. 또한 '마치지 못한 일'과 다음번 시공간에서의 '환생'을 만들어내기에 충분한 욕구도 창조한다. 다시 돌아올 때는 같은 주인과 함께일 수도 있고 아닐 수도 있다. 그들이 누구에게 돌아올지는 이 반려동물과 관련된 모든 이들에게 달려 있다.

누가 누구를 구했나?

시공간이 연결될 때는 언제나 선행되는 기초 작업이 있다. 우리가 접하는 어떤 물질세계라도 보이지 않는 생각, 기대, 욕구(신념이나 진동이라고 알려진 것들이다)의 혼합이 선행된다. 이 혼합에는 동물들의 생각, 기대, 욕구도 포함된다. 모든 발현이 그렇듯, 당신이 어떤 식으로 반려동물을 만나게 되고 입양하게 될지, 혹은 그 반려동물이 어떤 식으로 당신을 만나게 되고 당신을 입양하게 될지가 정확히 이 진동의 혼합에 포함되어 있다.

둘 간의 첫 번째 연결이거나, 마치지 못한 일의 연속이거나 간에, 가장 확실하고 자연스럽고 믿을 만한 결과를 만들어낼 수 있는 '우연한 사건이나 우연의 일치'가 일어나 사랑하는 존재들을 이어준다.

'끼리끼리 모인다'라는 말은 생각, 사람, 동물, 반려동물 모두에게 해당된다. 환영의 세계에서 어떤 요구에 응답하는 발현에는 항상 복수의 선택지와 여러 가능성이 있음을 감안해보라. 당신이 당신을 '찾는' 누군가를 '찾는' 일이나 그들이 당신을 '찾는' 일은 엄청난 의미가 있고, 이런 일은 그 어떤 흠결도 없이 정확하게 일어난다. 우리들 각자가 서로를 위해 존재하고, 서로의 사랑으로 새로워지고, 서로의 경험에서 배우고, 웃고 치유하기 전까지, 이 세계는 진행 경로에서 단 하루도 더 진보하지 않았고 진보할 수도 없었을 것이다.

식물은 당신의 에너지에 반응한다

그렇다면 '식물도 의식을 갖고 있느냐'라고 묻고 싶어질 것이다. 산 사람이나 죽은 사람, 동물이나 반려동물과 같지는 않지만, 식물들도 알아차리고, 지성이 있고, 성장하기를 원한다. 그들은 단순하다. 그들은 기쁨에 넘치는 순수한 신神이다. 그들은 자신의 환경에 반응한다. 햇빛, 물, 새, 벌, 그리고 그들과 시공간을 함께하는 모든 다른 형태의 의식에 반응하는 것이다.

특히 식물은 당신의 목소리보다 당신의 기대와 느낌에 훨씬 잘 반응한다. 긍정적으로 반응하기를 기대하며 말을 걸면, 그들은 긍정적인 응답을 할 것이다. 하지만 식물이 응답한 이유는 당신의 말 때문이 아니다. 그런 말을 하도록 만든 당신의 에너지, 의도, 기대 때문이다.

동물이나 반려동물과 마찬가지로, 식물도 자신의 존재가 생명체(시공간에 존재하는 모든 것)의 생존에 아주 중요하고, 지구 자체를 위해서도 중요하다는 사실을 이해하고 있다. 식물은 존재하는 것이 봉사하는 것임을 안다. 하지만 살아남는 것이 식물의 목표는 아니다. 살아남는 것은 첫 걸음에 불과하다. 모든 생명체의 형태와 표현이 지향하는 목표는 번성이다. 한 종種이 번성해 힘을 갖게 될 때, 모든 존재가 그 종으로부터 도움을 받는다. 모든 생명체가 그렇게 느끼고 있지만, 발달 초기에 있는 인간의 경우 대부분은 그것을 알지 못한다.

하지만 시공간 안에서는 미립자, 세포, 혹은 종種의 존재 자체가 더 큰 전체의 선善에 기여하고 있다. 이러한 공생共生에 대한 우주 차원의 인식이 작동하고 있는 동안에, 모든 존재는 자신들의 신성하고 대체할 수 없는 개성을 이해하고 자랑스러워한다. 그들의 개성은 독특한 표현일 뿐 아니라, 존재하는 모든 것All That Is이란 정의를 확대하고 추가함으로써 전체에 대해 공헌하는 것이기도 하다.

돌고래와 고래

인간의 사랑을 받든 안 받든, 지구상에는 반려동물 이상의 지능, 감정, 자기-반조 능력을 가진 다른 종들이 존재한다. 그들의 모험과 발견은 한 번의 생으로는 성취할 수 없을 만큼 다양해서 인간과 같은 방식으로 환생을 하는데, 여기에 포함되는 종種이 돌고래와 고래다.

이 구절에서 당신이 조금 의아해할지도 모르겠다. 죽은 이들의 입장에서 좀 더 정확하게 알려주고 싶지만, 그들은 결코 모든 것을 다 아는 전지전능한 존재는 아니다. 언젠가 '모든 것을 아는 존재들이 당신에게 알려주고 싶은 10가지'란 책이 나올지도 모르겠지만, 환생을 하는 존재든 아니든 모든 생명을 존중하고 경외한다면, 그런 책이 나오더라도 읽을 필요가 없을 것이다.

게다가 코끼리, 낙지, 까마귀가 환생을 하는지 않는지는 전혀 중요한 문제가 아니다. 중요한 것은 현재 당신의 삶이다. 당신 앞에 놓인 문제의 해결, 발견, 당신의 번영이 중요하고 그것은 동물을 연구하지 않더라도 가능하다. 신神의 존재이자 신을 위한 존재인 피조물 각자의 삶은 신에 의해 분명하게 알려지고 이해되며, 신의 목적을 위해 봉사하며 그 역할을 다하고 있다. 그리고 의심할 바 없이 적절한 시간에 당신도 이 앎을 공유하게 될 것이다.

돌고래와 고래 얘기로 돌아가자. 그들 가운데 일부는 어린 영혼이고, 일부는 경험이 많고 지혜로운 영혼이다. 인간과 다르지 않다. 또한 그들 중 일부는 영원히 지속되는 기쁨과 충만함을 성취하기 위해서는 사랑과 자비가 유일한 길임을 알고 있는 반면, 분노와 근시안적 행동이란 실험을 통해 자신의 길을 찾고 있는 영혼들도 있다.

그들은 소리에 반응하기도 하지만, 텔레파시를 통해 대부분의 의사소통을 한다(사실 지상에 사는 수천 종의 생명체들이 텔레파시를 사용한다). 그들의 궁극적인 존재 이유는 표현, 협력, 봉사라 할 수 있다. 그들은 당신에게도 똑같이 표현하고 협력하고 봉사하며, 인내와 관용 등 다른 교훈도 제공한다.

돌고래와 고래는 당신이 사랑의 존재인 것처럼 사랑의 존재다. 식물, 다른 동물, 반려동물과 달리, 그들은 창조의 의지와 의도, 미래를 기대하는 비전을 가지고 있다. 그러한 의지와 의도, 비전이 그들의 영적 진화를 위한 가능성과 확률을 급격하게 증가시킨다. 비록 어머니는 다를지라도, 그들은 진정한 당신의 형제이고 완전히 성장한 신의 조각이고 신성神性의 화신이다.

만물에 대한 지배

세계 곳곳에서 인용되는 성서 구절 '만물에 대한 지

배Dominion over all things'는 '모든 것 위에 있

인간이란 종種은
다른 종들에게
가장 큰 영향을
미친다.

는 권력'이나 '모든 것에 대해 네가 하고 싶은 것은 뭐든지 하라'는 뜻이라고 잘못 이해되어 왔다. 번역 과정에서 성서의 원래 의미가 사라지고, 많은 사람들로 하여금 가금류와 가축, 물고기의 존재 이유가 인간에게 먹히기 위한 것이라 의심 없이 믿게 만들 정도로 오용되어 왔던 것이다.

당신도 그렇게 믿고 있을 수 있다. 당신은 자유의지를 갖고 있다. 어떻게 믿고 행동하든 그것 때문에 심판받지는 않는다. 하지만 당신이 무엇을 할 수 있다는 것이 꼭 그 일을 해야 한다는 의미는 아니다. 다시 말해, 큰 힘에는 큰 책임이 따른다. 지상에서 미래를 생각할 수 있는 사고 능력과 손재주를 갖고 사는 유일한 종種인 인간은 다른 종에 가장 많은 영향을 미친다. 그러므로 우리는 존재하는 모든 것에 대해 가장 큰 책임을 갖는다.

수십억에 달하는 인간의 존재는 압도적이기 때문에 어떤 선택을 할 때 다른 종을 고려하지 않을 수 없다. 의도하지는 않았지만, 우리의 소중한 행성인 지구를 포함해, 모든 존재의 수호자가 되어버렸다. 지구의 환경, 식

품, 천연자원에 대해 우리가 갖고 있는 힘을 확실하게 보기 시작했고, 때가 무르익음에 따라 우리의 책임에 대해서도 알 수 있게 된 시점이 된 것이다. 다시 말하자면 지구의 종말이니 변혁이니 하는 이야기들은, **개인적으로 그리고 인류 집단적으로** 이러한 우리의 책무를 받아들이느냐 저항하느냐와 같은 각성에 관련된 것이다.

어쨌든 '모든 것'에 대한 지배에는 분명 나무들, 바위들, 언덕들도 포함된다. 그런데 당신들은 이 구절을 동물에 관한 얘기라고 생각하고 '모든 것을 먹어도 된다'는 뜻으로 해석한다. 동물은 잡아먹을 수 있으니까 그렇다고? 벌레, 풀, 사람까지도 먹을 수는 있다. 선조들로부터 계속 동물을 먹어 왔으니까? 다시 말하지만 우리 선조들은 대부분 어린아이의 영혼 수준에 머물러 있었다. 당신이 그 동물을 번식시키고 사육했으니까? 당신은 당신의 자녀도 그렇게 한다. 게다가 당신의 음식이 되는 것 말고도, 동물들은 존재할 이유가 많다.

동물을 음식으로 이용하는 것과 관련해서는 경제적으로나 환경적으로 분명한 자원의 손실과 희생이 따른다. 그리고 동일한 영양가를 갖는다는 사실이 과학적으로 입증된, 엄청나게 다양한 식품들도 존재하지 않는가?

지금쯤이면 당신은, 동물들 자신도 음식으로 소비될 개연성을 미리 알았을 거라고 추측할 것이다. 그렇다, 동물들은 그걸 알고 여기에 왔다. 그러나 사람들이 삶을 선택하기 전에 자신이 유린당할 수 있음을 알고 있었다 하더라고, 나중에 따라오는 유린이 정당화되지는 않는다.

'잡식 동물의 딜레마'를 해결하는 데 가장 적합해 보이는 해결책이 궁금하다면, 동물을 먹기 전에 자문해보라. '내 앞에 있는 고기를 먹는 것이 나의 생존에 필수적인 것인가, 아니면 그저 다른 음식보다 선호해서인가?' 의심할 바 없이 당신이 굶어 죽을 지경이라면, 당신에게 먹히는 동물들조차 자신들의 생명이 당신의 생명을 연장시킬 수 있다는 사실을 기뻐할 것이다. 하지만 그렇지 않은 경우, 당신과 똑같이 '지상에서의 삶'을 갈망하는 다른 종과 상생할 수 있는 방법을 재고해봐야 할 것이다.

외계 생명체의 의식

그렇다, 당신이 짐작하듯이 다른 행성으로부터 온 생명체에 대해 이야기하려고 한다. 그들은 실재한다. 우리들 중 일부는 외계인의 후손이고, 외계인 중 일부는 우리의 후손이다. 혈통의 흐름은 모호하고 중요하지도 않다. 게다가 '시작Origin'에 대한 어떤 객관적인 정의라 해도 시간과 공간이라는 거짓에 의존하고 있는 만큼, 어느 쪽이 먼저인지를 논하는 것은 '닭이 먼저냐 달걀이 먼저냐' 하는 질문처럼 늘 부질없는 일이다.

간단하게 이렇게만 알면 된다. 당신은 혼자가 아니다. 당신은 사랑 가득한 우주에 살고 있고, 우연히 존재하는 것은 아무것도 없으며, 모든 사람이 최선을 다한다(물론 그때그때 그들이 정의한 최선에 따른다). 둘 이상의 존재가 '공간'을 공유할 때는 언제든 사려 깊은 협력이 필수적이다(그때는 함께하는 존재들이 공동 창조를 하게 된다). 당신이 경험하는 모든 것에 대해 개인적 책임을 받아들이는 것은 당신의 개인적, 집단적, 혹은 '은하계를 넘나드는 차원의 힘'을 발견하는 데 매우 중요한 역할을 한다.

어머니 지구

지구는 커다란 암석 덩어리인가? 아니면 우리의 상상력이 만들어낸 환영인가? 둘 다이다. 그것이 암석이든 상상력이든, 당신이 이제까지 생각할 수 있었던 것 이상의 것이다.

바로 본론으로 들어가자면, 지구 역시 의식을 갖고 있다. 지구에 대해 당신이 생각하고, 말하고, 기대하는 것들은 모두 지구 의식에 추가된다. 지구는 당신이 몸을 갖고 지상에 출현하기 오래 전부터 살아 숨 쉬고 있었다. 여기서 포인트는 지구가 살아 있었기에 당신이 물질로 된 몸을 지구로부터 나눠 가질 수 있었다는 것이다.

당신 자신의 몸을 생각해보라. 무엇으로 만들어졌는가? 회전하는 전자와 양자, 원자, 분자, 그리고 그들의 화학적 결합이 기본이다. 그것들이 모여 세포, 뼈, 신체 장기를 이루고 팔, 다리, 흉부, 머리 등 신체를 완성한다. 그러면 자문해보라. 이 걸작이라 할 수 있는 몸안 어디에 '당신'이 거주하고 있는가? 의식이 있고 생각할 줄 아는 당신은 머리에 살고 있는가? 뇌 속 어디인가? 그렇다면 좌뇌인가 우뇌인가? 뇌가 아니라면 심장이나 태양신경총에 머물고 있는가?

이미 감을 잡았겠지만, 생각하는 당신은 절대 뇌의 산물이 아니다. 뇌를 통해 작용할 뿐이다. 즉 당신은 물질 형태로 몸안에 살고 있지 않다. 당신은 그렇다는 걸 알고 있다. 당신이 눈을 통해 세상을 본다 하더라도 결코 눈으로 보는 것이 아니다. 당신의 본질은 세상이라는 환영을 초월해 있다. 당신이란 존재는 신神의 한 부분이고, 물질적 몸은 당신 영靈의 포털 사이트이다.

물질로 된 몸을 통해 물질적 경험을 하고 당신이 창조한 세상을 형상화하는 것이다. 그러나 모든 의식이 그렇듯, 당신의 영 역시 당신의 각성 상태와는 독립적인 고유한 각성 상태를 취한다. 당신의 영은 신의 일부로서 신을 위해 존재하지만 자신의 고유한 경험을 갖고 확장한다.

어머니 지구도 마찬가지다. 어머니 지구는 액체, 기체, 암석들의 집합 이상이다. 사막, 바다, 산맥과 핵, 지각, 맨틀 이상의 존재라는 의미다. 어머니 지구가 존재하기에 당신과 지구의 모든 생명체들이 형상을 갖고 존재한다. 어머니 지구는 자신의 고유한 의식과 함께 자신만의 생명 형태를 유지한다. 어머니 지구의 의식은 그녀가 완수해야 할 역할의 총합보다 훨씬 더 크다.

어머니 지구 역시 살아 있지만, 그녀의 영적인 중심은 물질 지구의 어떤 특정 장소에 있지 않다. 당신의 몸과 마찬가지로, 지구의 몸은 포털이다. 지구의 영은 이 포털을 통해 의도, 목적, 욕구를 드러낸다. 어머니 지구는 당신에게 도움이 되는 실체로서 존재할 뿐만 아니라 흐르고, 움직이고, 살아 있는 지적知的 에너지로서, 그녀가 지지하고 있는 모든 존재들의 의식과는 독립적으로, 또한 그 모든 존재들의 의식과 뒤얽혀서, 매 순간 자신을 공동 창조하고 재창조하고 있다.

어머니 지구는 당신이 이제 막 당신의 책임을 배우고 있다는 사실을 안다. 그녀는 참을성이 많다. 그녀는 적응하고 보완할 능력이 있으며 항상 그렇게 해왔다. 당신도 그랬어야 했지만, 뭐 지금이라도 늦지 않았다. 이제 당신 차례다. 지구가 해왔던 것처럼 참고 적응하고 보완할 때인 것이다.

반드시 다시 만나게 된다

일어나는 모든 일에는 충분한 이유가 있다. 종種에 관계없이, 당신을 사랑하는 존재들의 현존도 마찬가지다.

예나 지금이나 당신의 반려동물은 당신의 놀이 친구이자 교사이다. 그들은 신神이 당신의 가슴과 머리를 열기 위해, 당신이 창조한 물질세계의 구석까지 깊이 다가오는 방식 중 하나라고 할 수 있다. 반려동물은 발톱, 부리, 아가미, 꼬리를 가진 천사들이다. 당신의 반려동물은 한때 당신을 위해 존재했었다. 이제 그들은 당신 때

당신의 반려동물은
한때 당신을 위해
존재했었다.
이제 그들은 당신
때문에 존재한다.

문에 존재한다. 당신이 그들에게 기울였던 사랑은 그들의 진동수를 높여준다. 지금 당신이 이 책을 읽고 있는 동안에도 그들의 영靈은 날아오르고 있다.

그들의 재미있는 행동이나 우스꽝스러운 버릇은 그들의 등록상표다. 그들은 어딜 가든 웃음과 미소를 불러오고 필요한 사람들에게는 아주 특별한 선물을 하기도 한다. 물론 그 특징 중 일부는 당신과 함께 살 때 만들어진 것이다. 이제 당신의 자비심과 사랑은 그들의 일부가 되었고 언제까지나 점점 커질 것이다. 그들은 더할 수 없이 자랑스럽고 행복해 하면서, 당신의 얼굴을 핥고 꼬리를 흔들고 당신의 따뜻한 무릎 위에서 가르랑거리고 싶은 갈망을 나날이 키워간다.

그러나 당신과 마찬가지로 그들 역시 헤어짐이 불가피하다는 사실을 알 만큼 지혜롭다. 당신과 다시 만나게 될 때까지 그들은 당신의 귀향을 참을성 있게 기다리면서 뛰놀고, 다른 사람을 치유하고, 확장하고, 더 나은 존재가 되어간다. 이것이 당신의 반려동물이 당신이 알았으면 하고 바라는 것이다.

사랑하는 엄마.

엄마는 내가 어디 있는지 짐작도 못할 거예요.

나는 숲에 있어요. 그리고 여기 있는 모든 것의 색깔은 녹색이에요.

이곳 생활은 정말 즐거워요. 쫓아다닐 것도 많고, 헤엄칠 개울도 있고, 뒹굴 진흙탕도 있어요. 어쩌다 길을 잃은 야영객을 만나게 되면, 그는 자신도 길을 잃은 주제에 언제나 자기가 나를 찾아냈고 내가 구조되어야 한다고 생각한답니다. 아무래도 좋아요. 나는 그들과 놀아주고, 그들에게 공 던지는 것도 가르쳐주고, 신뢰하고 다시 사랑하는 방법도 가르쳐주죠. 우리가 지구에서 하는 것과 똑같아요.

이곳에서도 얼마나 많은 사람들이 우리를 필요로 하는지 알면 놀랄 거예요. 엄마가 자책하지 않도록 내가 어떻게 했는지 기억나세요? 엄마의 남자 친구를 단념하도록 제가 도왔던 일도 기억하나요? 엄마 자신을 믿게 하고 스스로를 더 잘 돌보게 해준 것은요? 그런 것들이 내가 가진 최상의 기술이고, 나는 여기서도 그걸 잘 써먹고 있어요.

엄마는 어떻게 지내세요? 나 없이도 제시간에 일어나고 있나요? 지금도 아무 이유 없이 큰 소리로 웃곤 하나요?

내 걱정은 하지 말아요. 엄마가 나를 질투하지 않았으면 할 정도니까요. 가끔 우리를 질투하는 엄마들도 있긴 하더군요. 어떤 엄마는 자신의 반려동물을 너무나 그리워한 나머지, 반려동물들이 앞으로 나아가지 못하도록 막기도 해요.

물론 그런 엄마들의 반려동물은 자신들의 진화에는 그렇게 신경 쓰지 않아요. 엄마를 생명 자체보다 더 사랑하니까요.

하지만 엄마가 슬퍼하면 그들도 슬퍼해요. 여긴 온통 멋진 것뿐인데 왜 슬퍼하나요? 모든 작별이 "아유, 우리 착한 아기"라고 말하면서 다시 만날 날을 보장해주는데요. 지금 엄마를 원하는 존재들, 반려동물과 사람들이 아주 많아요. 게다가 엄마는 어떻게 함께 있는 누군가를 그리워할 수 있나요?

찾아내야 할 것이 아직도 산더미인데 왜 잃어버리지 않은 것 때문에 우시나요? 왜 '존재하지 않는 것'에 대한 슬픔이, 여전히 존재하고 늘 존재하는 것이 틀림없는 것들을 못 보게 하나요?

왜 눈으로만 삶을 보나요? 엄마의 가슴은 이중의 비밀을 갖고 있고, 차원을 넘나들고, X레이 같은 시각을 갖고 있는데 말이죠.

엄마, 엄마는 내 눈과 가슴, 일생의 사랑을 주셨어요.

앗, 다람쥐가 지나가네요! 엄마가 없었더라면 나는 지금 여기에 올 수도 없었을 거예요. 엄마는 아직 모르나 봐요. 우리가 공유했던 것이 세상을 흔들었어요. 우리만의 세계가 아니라 온 세상, 모든 사람들의 세계를요. 이제 제가 엄마에게 돌려드릴 차례예요. 그러니 내 말을 잘 들어주세요. 나를 잃었다고 생각하지 마세요. 당신 때문에 내가 발견되었으니까요. 내 생명이 끝났다고도 생각하지 마세요. 내 생명이 막 시작되었다고 생각해주세요.

그리고 우리가 하지 못했던 일, 가지 못했던 곳, 혹은 우리가 갖지 못했던 것을 두고 후회하지 마세요. 나는 내가 원했던 것보다 훨씬 더 엄마에 대해 많이 알게 되었어요. 나의 삶 대부분을 엄마와 함께 보냈지요. 내가 엄마에게 느끼는 고마움이 얼마나 큰지 엄마는 절대 이해하지 못할 거예요. 부디 하루하루를 기뻐하고 매 순간을 즐기세요. 모든 것, 모든 사람, 모든 방법과 모든 길을 사랑하고 사랑하세요. 저를 무조건적으로 사랑하셨던 것처럼요.

저는 엄마를 위해 여기 있어요. 엄마, 내가 행복하다는 것이 엄마를 기다리지 않는다는 의미는 아니에요. 엄마는 내 삶 가운데 최고였어요. 나는 절대로 엄마의 생각이 미치지 않을 정도로 멀리 돌아다니지 않을 거예요. 그리고 엄마가 이곳 고향으로 돌아올 때 제일 먼저 뛰어나가 엄마를 맞이할 거예요.

그런데 말이죠, 그 개는 누가 풀었을까요?

당신의 브루투스가

추신. 이것도 한번 맞춰보세요. 엄마가 소파 위, 꽤 잘 보이는 곳에 감춰두었던 금색 팔찌 기억하세요? 그건 마당에 있어요. 내가 계단 아래 묻었죠. 쫄깃하지도 않고, 소리도 안 나고, 별 재미가 없는 장난감이었어요. 게다가 그 팔찌는 엄마가 지미 생각을 너무 많이 하도록 했어요. 나는 엄마가 조시를 더 보살펴주기를 바랐거든요. 엄마가 일단 지미 생각에서 좀 더 많이 빠져나오기 시작하면 지미를 만나게 될 거예요.

어서 서두르세요.

모든 참새*

죽은 존재들은 무엇 하나 그리고 누구 한 명도 결코 뒤처지지 않는다는 사실을 당신이 알았으면 한다. 나쁜 개는 없으며, 모든 고양이는 더 많은 생을 살게 된다. 당신은 다음 세상에서 당신의 반려동물과의 사랑스러운 입맞춤, 핥기, 재잘거림을 확신해도 된다. 우주 만물의 배후에는 아주 큰 사랑이 있기 때문이다.

정말이지 삶에는 사랑이 전부지만, 당신을 사랑해주는 존재들에게서 당신이 느끼는 것과 똑같은 종류의 사랑은 아니다. 그보다 훨씬 큰 사랑이다. 그 큰 사랑에 대한 얘기가 다음 장이자 마지막 장의 내용이다.

---

* '참새 두 마리가 동전 두 개에 팔리지 않더냐? 그러나 너희 아버지가 아니고서는 한 마리도 땅에 떨어질 수 없다(마태복음)'와 같이 성경에 등장하는 참새는 사람에겐 무가치해 보이지만 신의 사랑 속에서 살아가는 존재를 의미한다(옮긴이 주).

Chapter 10

사랑이 '길'이고,
진실은 사랑으로 가는 '통로'다

삶의 목적은 극복하는 것이 아니라

이해하는 것

그 모든 것이 어떻게 시작됐는지는 아무도 모른다. 죽은 이들도 그건 모른다. 그렇지만 그 모든 것이 시작됐다는 사실만큼은 누구나 안다. 실제로 모든 것을 다 아는 사람은 없지만, 다음과 같은 사실은 모두가 안다.

1. 모든 것이 신神이다.
2. 생각은 현실이 된다.
3. 사랑이 전부다.

사랑에 대해 숙고해보자. 누군가와 주고받는 사랑은 말고 말이다. 아무리 아름답더라도, 그런 사랑은 조건에 따라 발동이 걸린다. 자극과 이유가 필요한 일종의 감정인 셈이다. 감정이 아닌 사랑은 이렇다.

☀ 언제나, 어디에나 있다.
☀ 서로의 승인이나 판단이 필요하지 않은 자비심과 함께한다.
☀ 획득할 필요도, 자격을 갖출 필요도 없는 선물들을 제공한다.
☀ 통합, 치유, 초절정의 지적 기쁨을 포함한다.

그 모든 것이 어떻게 시작됐는지는 아무도 모른다.
죽은 이들도 그건 모른다.
그렇지만 그 모든 것이 시작됐다는 사실만큼은 누구나 안다.

이것이 사랑이지만, 이런 사랑은 판단력 부족이나 혼란, 순진함으로 인해 모호해지거나 알아차리지 못하게 되기도 한다. 그러므로 사랑은 느낌을 통해 알려져야 한다. 사랑에 대한 '무지'는 최면 상태와 같은 정글 속에서 살아가기 위해서이다. 시간과 공간이란 정글은 '앎에서 무지로, 무지에서 다시 앎으로' 가는 여정이 필연적으로 가능하도록 해준다. 죽은 이들은 자신들이 말로 표현할 수 없는 것들을, 당신이 느끼기를 바란다. 당신이 더 빨리 '다시' 알게 되기를 소망하는 것이다.

춤이자 춤추는 자

방금 묘사한 것과 같은 사랑을 마치 변성의식変性意識 (일상 의식이나 평상시 의식과는 다른 초월의식을 의미함-옮긴이 주) 상태에서 경험하듯 느껴보라. 사랑이 반투명한 무지개 색의 빛으로 쏟아져 내리는 모습을 상상하라. 당신을 둘러싸고 쉬지 않고 밀려오는 빛의 파도를 상상하라. 사랑이 햇빛처럼 쏟아지고, 비처럼 내리고, 공기처럼 감싸고, 모든 것을 비춘다고 상상하라. 당신을 온통 감싸 안은 사랑을 공기처럼 들이마실 수도 있다. 이것은 신神을 상상하기 시작하는 방법이기도 하다.

이 사랑은 당신을 완전히 관통해서, 당신의 기운을 채우고, 당신의 영靈을 고양하고, 당신을 감동시키고, 사랑의 황홀경에 빠진 것처럼 끊임없이 미소 짓게 만든다. 이 사랑이 어디서 오는지, 어떻게 시작됐는지 하는 의문은 모두 사라지지만, 아무래도 상관없다. 그런 의문을 품는 것 자체가 부적절해 보인다. 이 사랑은 당신이란 존재와 마찬가지로 부정할 수 없고 놀랍도록 의식적이며, 자신감 가득한 순수 에너지이고, 기쁨이 충만한 확장을 지향한다. 이 사랑이 바로 신神이다.

이렇게도 상상해보라. 당신이 주변을 둘러보자 갑자기 사랑의 빛이 물질세계를 비춰 모든 것을 반투명하게 보이도록 한다. 당신은 이 모든 것이 사랑의 일부임을 실감한다. 사실 사랑은 시간, 공간, 물질을 밝혀주거나 그 위로 빛을 뿌리는 것이 아니라, 물질과 사물들 자체가 사랑이다. 바람에 춤추는 흰 파도가 큰 바다의 일부인 것과 마찬가지다. 사랑은 흘러가다가 형상을 취할 수도 있고, 영리하게 패턴을 따를 수도 있고, 목적과 의도를 갖고 자신을 조직할 수도 있다. 그때그때 적응함으로써 이전에 경험할 수 없었던 자신을 경험하는 것이다.

마치 번개에 맞은 것처럼 새로운 깨달음이 당신을 강타한다. 당신은 완전한 경외감 속에서 '주변의 모든 것이 신이고, 우리는 큰 지성知性 안에서 자기 창조된self-created 지성들이며, 서로를 볼 수 있는 춤추는 환영들이 아닌가?'라는 생각을 하게 된다. 이것은 명백히 당신 자신과 '당신이 보고 있는 것'이 정확히 같은 존재라는 의미다. 당신은 이 춤의 일부이자 춤추는 자이다. 당신은 참으로 신성의 일부이고, 신성에 의해 신성을 위해 존재한다. 당신은 순수한 신이고, 헤아릴 수 없이 많은 빗방울과 함께 떨어지는 하나의 빗방울이다. 그리고 시간과 공간 안에서 자기를 돌이켜보는 신이다.

자각을 목표로 새로운 길을 선택하는 당신은, 이제 계획의 일부인 동시에 계획하는 자이다. 그러는 동안 당신은 아주 명백하지만 전혀 예상하지 못했던 사실을 발견한다. 당신은 삶의 여정에 의미를 부여하고 삶이 불러일으킨 열정을 느끼기 위해, 이 모든 것을 당신이 작동하게 했다는 사실을 망각할 필요가 있었던 것이다. 모든 것은 마땅히 존재해야 할 상태 그대로 정확히 존재한다. 다른 일정은 없다. 당신이 계획하지 않은 일은 절대로 일어나지 않는다. 당신은 신이다.

그동안 들어왔던 이야기들

자, 이제 당신 주위를 둘러보라. 이런 식으로 말하는 사람들이 분명히 있을 것이다. "정신 차려야 한다! 시간이 다 되었고, 신은 더 이상 참지 않을 것이다. 당신은 신의 은총에 의해 지상에 왔고, 곧 자신의 모든 선택에 대해 심판 받게 된다. 신은 그 결과에 따라 당신을 천국에 보낼지 지옥에 보낼지 결정한다."

그들은 이렇게 덧붙일 것이다. "신은 자비롭다! 당신은 한 번의 삶을 산다. 당신은 먹을 것이 풍성한 축제의 나라에 태어날 수도 있고 굶기를 밥 먹듯 하는 가난한 나라에 태어날 수도 있다. 평화로운 시대에 태어날 수도 전쟁의 시대에 태어날 수도 있고, 남자로도 여자로도 태어날 수 있다. 요절할 수도 있고 장수할 수도 있다. 인생이란 게 다 그렇다. 이 세상에 공평함이란 없다. 삶은 시험이고 이 시험을 통과하기 위해 신의 사랑에 대해 믿음을 가져야 한다."

그들의 얘기는 끝이 없다. "믿고 받아들여라. 씨를 뿌리면 거두게 될 것이다. 다른 사람의 필요를 당신 자신의 필요보다 앞세워라. 사람이 한가하면 악한 짓을 하는 법이다."

아, 어렵다! 차라리 야단을 맞는 게 나을 지경이다. 이러한 세계관에서 당신이 논리적 모순이나 결함을 찾아내는 것은 어쩌면 당연하다. 신은 그렇게 공공연히 개입하지 않는다. 그는 언제나 '불가사의한 방식으로' 일한다.

환영은 길들일 수 있다

살아 있는 존재들, 즉 삶의 여정에서 당신 가장 가까이에 있는 사람들은 아직 전체를 볼 수는 없지만, 매일매일 사랑에 의해 움직인다. 만약 낯선 이가 교각에 매달려 있고 당신이 그를 구할 수 있다고 생각하면, 자신의 안온한 삶이 위험해지는 것을 무릅쓰고 그의 목숨을 구하려 할 것이다. 생명은 선한 의도를 갖고 있다. 그들은 적극적으로, 그리고 동정심을 갖고 당신의 삶에 대한 염려를 공유한다. 규칙을 따르지 않는다면 '불에 구워지는' 신의 벌이 내려질 것을 예상하더라도 그들은 마찬가지로 행동한다. 참으로 기묘한 일이다.

사람들은 늘 모든 것, 모든 사람들을 꽤 많이 걱정한다. 그들은 그동안 들어왔던 것을 믿고 그것을 확실히 하는 데 급급해서, 당신이 살고 있는 작고 멋진 행성의 역사를 통틀어 다음과 같은 일이 결코 일어난 적이 없음을 아직도 알아차리지 못하고 있다.

☀ 끝나지 않았던 가뭄

☀ 잔잔해지지 않았던 폭풍우

☀ 멈추지 않았던 번개

☀ 진정되지 않았던 지진

☀ 물이 빠지지 않았던 홍수

☀ 끝내 완전하게 이겨내지 못한 전염병

원칙적으로 죽은 이들은 확률, 통계, 도박에 관심이 없지만, '저 아래에서' 일어나고 있는 일을 알기 위해 대단한 능력을 발휘할 필요가 없다. 판은 명료하게 짜여 있고, 당신은 어딘가 아주 높은 곳에서 친구를 사귀어 왔고, '냉정하고 심술궂은' 행동 중 어떤 것도 영원히 진실일 수 없다는 사실 정도는 어렵지 않게 이해하는 것이다.

죽은 이들은 살아 있을 때보다 넓어진 시야 덕분에 모든 곳에서 사랑을 볼 수 있다. 생물과 무생물, 개인과 집단을 불문하고 어디서나 사랑을 본다. 살아있는 존재들은 사랑이 그들을 둘러싸고 있음에도 불구하고, 죽은 이들만큼 그것을 보지 못한다. 사랑보다 더 큰 소리로 지껄여대는 환영에 주의가 분산되기 때문이다.

당신은 결코 포옹을 끼니로 삼을 수 없고, 친절이 폭풍우를 막아줄 수도 없다. 그러나 죽은 이들은 그 연관성을 보기 시작한다. 당장은 아니더라도, 사랑을 통해서 꾸준히 노력하면 환영은 길들여지고 관리되고 이용될 수

있다. 결국에는 사랑과 환영이 공존
하면서, 인간성의 표현과 존재의 기
쁨을 위한 장엄하고 새로운 플랫폼을
창조하는 무대를 만든다.

죽은 이들은 그들이
갖고 있는 시야 덕분에
모든 곳에서 사랑을
볼 수 있다.

　　시간과 공간을 조종하고 굴복시
키고 초월하는 것이 목표가 아니다.
시간과 공간 안에 있는 당신의 환영은 자신이 지휘하는
에너지가 연장된 것(당신의 팔다리와 마찬가지다)이 바로
자신임을 이해하는 것을 목표로 한다. 이 연관성을 빨리
보게 될수록, 당신은 더 빨리 시간과 공간을 이해하게
되고, 시간과 공간을 변화시켜 그 안에서 당신이 원하는
시간을 즐길 수 있다.

에덴동산에 대한 오래된 오해

　사랑은 길The Way이다. 먼저 사랑이 왔고, 여전히 그곳
에 있다. 환영은 사랑으로부터 '파생된' 것이다. 환영을
실재라고 오해하면, 환영을 이기는 자신의 힘을 보기 어
렵다. 당신이 환영에 속하는 존재가 아니라, 사랑에 속하
는 존재임을 볼 수 없는 것이다.

　오직 진실만이 당신을 자유롭게 해준다. 환영을 거쳐

사랑으로 가는 통로, 물질세계에서 출발해 '지상에 내려온 에테르 세계'로 가는 통로는…… 진실이다. 어디서 많이 들었던 얘기 같은가? 결코 어떤 사람이나 구원자를 통해서가 아니다. 도대체 구원자라는 게 무언가? 모두가 신이고, 모두가 구원자다. 시간, 공간, 물질, 그리고 그것들의 기원에 관한 진실을 통해, 사랑으로 가는 통로가 열린다. 그리고 이 통로가 진정으로 당신을 해방시킬 것이다.

에덴동산과 사과의 비유는 너무나도 오랫동안 잘못 해석되어 왔다. 이 이야기는 꿈같이 아름다운 지구에 사는 영적 존재들이 '무엇이 실재이고 무엇이 환영인가' 하는 문제에 대해 오해를 쌓아가다가 결국 티핑 포인트tipping point에 이르러, 사과라는 환영(모든 것이 환영이다)이 실재하는 양 덥석 물게 될 정도가 되었으며, 그렇게 해서 사과를 자신들에게 실재하는 것으로 만들었다는 이야기다! 지금의 세상이 단순한 환영이 아니라 맞서야 할 어떤 것이 된 것과 마찬가지로, 사과도 우리가 맞서야 할 어떤 것이 되었다.

결코 나쁜 일이 아니었고, 종교에서 묘사한 것처럼 죄를 지어 신의 은총에서 멀어진 것도 아니었다. 오히려 아주 멋진 일이었다. 그로부터 게임이 시작될 수 있었기 때문이다. 환영과 함께 축제가 시작되었고, 모든 사람들이 진실을 통해 사랑으로 향하고 일체의 현실에 대한 장악력을 회복함으로써 진보해야겠다고 마음먹었다(그리고 실제로 시작했다). '하늘에서 그러한 것처럼 지상에서도', 혹은 다시 '모든 것에 대한 지배력'을 갖게 된 것이다.

자신을 창조자로 보게 됨으로써 실제로 그들은 창조자가 되었다. 목적과 의도를 가지고, 기쁨에 충만한 상태로 별들 가운데 오아시스라 할 수 있는 지구상의 삶을 살게 되었던 것이다. 기쁨으로 차오르는 가슴, 행복에 겨워 춤추는 발, 얼굴 가득한 미소와 함께 언제나, 어디서나, 누구나 사랑하게 된 것이다.

그러니 말로 표현하기엔 한계가 있지만, 사랑이 길이고 또 유일한 길임을 이해할 수 있을 것이다. 사랑은 모든 것을 가능하게 만든다. **환영** 속에서 자신들의 신성神性을 자각하고 표현하면서 길을 열어 가는 사람들, '사랑이냐 음식이냐' 하는 문제로 진퇴양난에 **빠진** 사람들, 즉 '사랑놀이'의 괴로움을 겪고 있는 삶의 모험자들에게 **진실이야말로** 지금의 곤경으로부터 사랑을 향해 나아갈 수 있는 통로다.

고통이 진실을 소환한다

바로 이러한 순간에 당신은 그곳에 있었다.

온통 생명의 아름다움 말고는 그 무엇도 존재하지 않았을 때!

당신이 누군가를 얼마나 깊이 사랑하는지 말고는 아무것도 생각나지 않았을 때!

누군가가 당신을 얼마나 깊이 사랑하는지 말고는 아무것도 느껴지지 않았을 때!

그리고 그 틈을 통해 빛이 들어왔다. 명백한 것들을 이해하고, 모순되는 것에 의문을 품고, 다른 이들은 아주 다른 결과를 가져오는 다른 원칙에 따라 살아가고 있다는 사실을 알아차리게 되면서, 잠자는 거인은 잠에서 깨어나기 시작했다. 그것도 아주 적절한 시간에.

아픔, 슬픔, 질병, 결핍이 있는 곳에 진실이 소환된다. 하지만 진실은 필연적으로, 당신이 믿고 있던 현실(고통부터 초래했던 그 현실)과 충돌한다! 당신이 진실을 받아들일 때까지, 그 고통스럽고 불편한 경험의 사이클은 반복된다. 마침내 당신은 이런 괴로움에 지칠 대로 지친 나머지 항복하게 된다. 더 이상의 수모를 감수하느니 차라리 모든 것을 놓아버릴 준비가 된 것이다.

그렇게 당신의 저항이 멈추는 순간, 가슴이 열리고 그곳으로 사랑이 쏟아져 들어와 눈물이 기쁨으로 바뀌는 것을 지켜보게 된다. 그렇게 당신은 날갯짓을 하며, 이제까지 알지 못했던 더 높은 사랑의 궤도에 진입하게 되는 것이다.

당신이 누군가를 얼마나 깊이 사랑하는지 말고는, 아무것도 생각나지 않았던 때가 있었다.

거짓 피난처에서 벗어나라

바로 지금, 더 많은 사랑을 원하는가? 겉으로 드러난 모습에 현혹되지 말고, 두려움 없이 더 많은 진실을 보라. 설령 진실이 이제까지 당신이 편안하게 느꼈던 것들을 위협하더라도 절대 멈추지 말라. 자신을 믿고 힘을 내기 바란다. 지금 상상할 수도 없는 사랑이 '거짓 피난처'를 찾는 사람들을 기다리고 있다.

거짓 피난처

1. 사람들은 저열하다.
2. 누가 무엇을 언제 얻을지는 신神이 결정한다.
3. 삶은 시험이고, 공평하지 않다.

4. 물질주의는 불순하다.

5. 있는 그대로의 내 모습으로 사랑받고 싶다.

그럴 듯한 은폐

1. 나는 저열하고, 다른 이들은 나의 핑계거리다.

2. 나는 가치가 없다.

3. 나는 자신을 제어할 수 없고, 책임도 없다.

4. 나는 사람으로 존재하는 것(혹은 살아 있는 것)이 싫다.

5. 나는 삶에 저항하며 도전이 두렵다.

아직은 두려운 진실 해방시키기

1. 나는 가장 먼저 바뀔 수 있고, 내가 바뀌어야만 한다.

2. 나는 이미 만족스러울 정도로 훌륭하다.

3. 나는 최대한의 책임을 받아들이다.

4. 돈은 순수한 정신이다.

5. 자, 모두 덤벼라!

사랑을 향해 나아가라. 대담하게 더 큰 진실을 보라. 거짓 피난처에 포함된 내용은 정당화의 근거로 사용할 수 있지만 모두가 편협하고 불안정하다. 하지만 의도적인 노력을 통해서든 균형을 잡으려는 자연의 본질적 작용에 의해서든, 당신의 삶에 점진적이고 미묘한 변화가 생겨나고, 그 변화는 결국 당신을 사랑으로 통하는 문 앞에 데려갈 것이다.

미끼를 물라. 기다리지 말라. 모든 문제에서 단순한 진실을 찾아보라. 당신의 생각을 확장하겠다고 결정하라. 그러지 않으면 당신이 혼란에 빠져 있을 때 '생각이 현실이 된다TBT'는 원칙에 맞는 새로운 일들이 닥쳐올 것이다.

풍요한 삶이 작동하는 방식

성공할 때마다 당신은 대담해진다. 놀라움에 가슴 떨 때마다 더 지혜로워진다. 정말이지 당신은 더 많이 웃고, 더 적게 일하고, 더 오래 놀고, 더 기분이 좋다. 그러다가 뭔가 희한한 일이 일어난다. 당신의 발현manifestations 이 점점 커질수록, 당신의 성공 욕구는 점점 작아진다. 당신은 더 이상 자신을 정당화할 필요가 없다. 당신은 내면으로부터 변하기 시작하고 여전히 성공은 계속된다. 당신이 적게 원하는데도 더 많이 얻게 된다. 이것이 풍요한 삶이 작동하는 방식이다.

당신 삶의 우선순위가 바뀌기 시작할 것이고, 모든 일이 아주 쉬워 보일 것이다. 당신은 고양된 상태에 도달하게 되고 비로소 확신한다. 당신에게 큰 기쁨을 가져다준 것은 물질적 현실이 아니라 그것을 추구하는 과정이었음을, 그리고 그러한 추구가 약속했던 것이 아니라 약속하지 않았던 것들 때문이었음을.

그것은 숨겨진 선물이다. 새로운 도전, 두려움, 적, 장애물, 바로 이런 것들이 당신에게 가장 큰 선물이었던 것이다! 만나고, 맞서고, 친해졌기 때문에 그것들은 선물이 됐다. 당신의 각 생에서 그것들은 여정을 가리키는 이정표가 되었고, 당신이 엄청난 애정을 갖고 회상하는 어떤 것이 되었다. 당신은 예전의 당신이 아니지만, 여전히 당신이다. 세상 역시 변한 듯 보이지만 변하지 않았다. 문득 삶이 어떤 것인지 이해되면서 영원히 살고 싶어질 것이다.

어쩌면 이기적인 사랑

당신의 세계관이 넓어짐에 따라, 예전에는 알아차리지 못했던 꿈들을 각성하게 되고, 예전에는 나눌 줄 몰랐던 사랑에 대해서 깨어난다. 다른 이들의 삶 속에서 봉사하는 존재가 되어, 그들의 삶을 바꾸는 일이야말로 당신이 가장 하고 싶어 하는 일이 된다. 당신은 이런 기회 자체뿐 아니라, 그 기회를 볼 수 있음을 겸허히 받아들인다.

당신은 거의 매일 기쁨의 눈물을 흘린다. 당신의 몸이 더 가뿐해졌다고도 느낄 것이다. 마치 허공을 둥둥 떠다니듯이. 당신은 완전히 새로운 방식으로(영적으로) 사랑을 느낀다. 당신이 사랑을 선택하는 것이 아니다. 당신은 훨씬 위대한 사랑이 흘러가는 통로라 할 수 있다. 아무것도 판단하거나 심판하지 않는데도, 삼라만상 일체 속에서 당신 자신이 보이기 때문이다.

당신은 아무도 비난하지 않는다. 비난하는 것은 책임의 회피일 뿐이다. 땅 위에서는 무지개가 당신을 따르고, 바다에서는 돌고래가 당신에게 인사한다. 보이지 않던 것이 보이고 신, 사랑, 완전함, 수용이 흘러넘친다. 그중에서 가장 놀라운 것은 바로 당신, 그림붓을 든 당신이 모든 곳에 충만하다는 사실이다.

이렇게 매일 당신의 눈앞에 더 많은 진실이 활짝 피어나는데도, 당신의 가슴 속에는 뭔가 모를 슬픔의 여운이 남아 있다. 당신은 이 사랑이 언제 어느 곳에서나, 지금 이 순간에도 존재하고 있음을 깊이 실감하지만 그렇지 못한 사람들이 아주 많기 때문이다. 그들의 삶과 경험은 지금 당신이 느끼고 있는 사랑, 선善과 극단적으로 반대인 것 같다.

이러한 사람들과 관련된 새로운 슬픔만 제외한다면 당신의 삶은 완전하다. 그래서 슬픔은 당신에게 새로운 욕구를 불러일으킨다. 한때 당신 자신을 위해서 원했던 일, 즉 당신이 이미 성취한 것들을 다른 이들과 나누길 바라는 것이다. 어쩌면 당신이 이기적인 이유로 가장 바라는 것은 그들의 아픔을 진정시키고 그들의 짐을 가볍게 해주는 것이다.

지금도 훨씬 더 많은 사랑, 기쁨, 기회가 당신에게 쏟아져 내리고 있다.

사랑하는 이가 불행을 선택하더라도

당신이 누리는 사랑과 기쁨을 누리지 못하는 사람들을 염려하고, 이런 불균형을 바로잡기 위해 행동함에 따라, 당신은 미처 생각도 못했던 사실을 발견한다. 그 많은 사람들의 마음이 그들의 선택에 의해 닫혀 있다는 사실이다! 그들에게 새로운 선택지들을 주고 다시 선택하라고 하면, 대부분은 옛날의 생각을 선택한다! 그들은 자신이 만들어낸 환영에 눈이 멀어 있고, 자신이 불러온 두려움에 사로잡혀 있어서 새로운 생각에 저항하고, 고집을 부리고, 자신의 낡은 신념에 집착한다.

그런 사람들을 바라보다 보면 어떤 생각이 당신의 뇌리를 스친다. 당신 역시 그들이 있는 곳에 있었고, 마침내 당신만의 길을 찾아냈다. 당신은 예전의 그곳에 있어야 할 필요가 있었고, 그곳에 있었기 때문에 지금 이 자리까지 올 수 있었던 것이다. 또한 당신은 그 후 이어진 당신의 행로와 깨달음이 필연이었음을 실감한다. 당신이 거쳐 온 경로는 시간과 공간의 환영 속에 있는 모든 존재들이 거쳐야 할 통로였다.

또한 당신은 깨닫는다. 한때 닫힌 가슴과 머리로 당신의 길을 헤쳐 나오면서 결국 사랑 속에 섰던 것과 마찬가지로, 그들 역시 자신들만의 **맞춤형 여정에 따라** 당신이 발견한 것과 똑같은 사랑에 이를 것이란 사실을. 당신은 완전함을 본다. 경악할 정도의 완전함, 더할 수 없는 완전함이다.

모든 사람은 자신이 가장 있고 싶은 곳에 있다. 지금 이 순간도 모두가 자신의 꿈을 살고 있다. 그들이 잘못된 주장을 하고 상처 입고 아파할 때조차, 그런 주장과 상처는 더 많은 진실, 더 많은 빛, 더 많은 사랑으로 이끌 것이다. 당신이 그랬던 것과 똑같이.

당신은 타인에게 봉사하는 일에 자신을 몽땅 바치기 싫다는 생각 따위는 하지 않는다. 아직 도달하지 못한 사람들(준비가 되었거나 거의 준비가 된 사람을 포함해서)이 결국은 영원 속으로 퍼져나갈 선의 물결을 창조할 것이라 확신하기 때문이다. 당신은 한 순간도 허투루 보내는 일 없이 다른 이들을 빛 속으로 더 높이 상승시킬 기회를 잡기 위해 노력할 것이다.

하지만 당신은 자신을 돌보지 않는 봉사, 자기 부정, 자기희생에 너무 오래 빠져 있지 않을 것이다. 당신은 더 이상 다른 이들의 마음속 혼란에 슬퍼하거나 의기소침하지 않고, 시간이 더 필요한 사람들 때문에 절망하지도 않을 것이다. 당신이 사랑하는 사람이 불행을 선택한다고 해서, 당신 자신의 행복을 미루지 않을 것이다. 그 대신 당신은 당신의 가슴에 전해지는 모든 말을 존중하고, 그 말이 이끄는 기쁨을 즐길 것이다. 당신에게 도움이 되는 일은 다른 이에게도 도움이 되기 때문이다.

당신의 꿈은 그것이 당신의 꿈이어야 할 이유가 있어

서다. 다시 말해, 당신의 꿈이 당신을 영원히 더 크고 깊은 사랑으로 인도할 것이다.

딩신은 깊이 사랑받고 있다

한때 지구상에는 '자기 뜻대로 살고, 무언가를 통제하고, 자신의 권리를 주장하는' 유일한 방법이 '폭력'이라고 믿었던 시대가 있었다. 그에 따라 사람들의 믿음을 지지하는 증거가 생겨났다. 그리고 아주 오랫동안 다른 방식으로 생각하는 사람은 거의 없거나, 있다고 해도 아주 적었다.

신神을 숭배하거나 예언자를 우상화하는 것이 제국을 성공적으로 통치하는 유일한 방법이라 믿었던 시절도 있었다. 고대 이집트, 그리스, 로마까지 갈 필요도 없다. 오늘날 세계 대부분의 나라들을 보면 알 수 있는 일이다. 따라서 그 믿음에 맞는 증거가 만들어졌다. 그리고 아주 오랜 시간, 그렇지 않다고 생각하는 사람은 거의 없었다. 노예제도, 부정부패, 협박이 경제적 성공의 필수조건이라 믿던 시절도 있었다. 그리고 그 믿음에 맞는 증거들이 출현했다. 이 또한 아주 오랫동안 달리 생각하는 사람이 거의 없었다.

남자가 여자보다 우월하고, 특정 피부색이 다른 피부색보다 우월하고, 특정 민족이나 문화 혹은 가치가 더 우월하다고 믿었던 때도 있었다. 따라서 그들의 신념에 맞는 증거가 생겨났다. 그리고 아주 오랫동안 다르게 생각하는 사람은 거의 없었다. 이것들 중 어떤 견해도, 그것을 선택하지 않은 사람들에게 진실인 적이 없었다. 그 견해들은 조금만 생각해봐도 알 수 있는 덧없는 패러다임인데, 더 위대한 진실에 밀려날 때까지 엄청난 고통을 불러오는 원인으로 작용했다. 당신의 내면에는, 무한한 가능성 중에서 행복하고 충만한 오늘을 살기 위해 필요한 진실을 가려낼 수 있는 능력이 있다.

당신이 필요로 하는 진실을 추론하기 위해서는, 당신이 신에 속하고 당신 자신이 시간과 공간을 선택했으며 당신이 하려는 일을 정확히 알고 있다는 사실을 이해하는 것이 중요하다. 언젠가 때가 오면 그런 사실들은 완전히 자명해진다. 즐겁게 당신의 춤을 추며 삶의 황금기를 누리기 위해서라면, 다음과 같은 사실을 아는 것이 도움이 된다.

1. 모든 것이 신神이다.

2. 생각은 현실이 된다.

3. 사랑이 모든 것이다.

잊지 말라. 당신은 깊이 사랑받고 있다.

✒ 세상을 떠난 이로부터의 편지

사랑하는 웨지에게

그거 아니? 난 여기서처럼 많이 울어본 적이 없어. 이렇게 많이 웃어본 적도 없고.

난 내가 죽을 때 무슨 일이 일어날지 알고 있다고 생각했어. 너도 비슷한 생각이겠지만 '신이 나타나고, 심판하고, 먼저 세상을 떠난 친척들이 맞아주고, 불이 꺼지고, 게임 끝이고, 절대적인 무(無)의 상태' 같은 거라 생각한 거야.

사실 그건 아무 생각이 없는 거나 마찬가지였어. 내가 여기 와서 발견한 것들을 미리 가르치고 준비시켜 주는 건 어디에도 없었던 것 같아. 어떻게 온 세상이 그렇게 잘못 알고 있는 건지 정말 불가사의야.

우주에 인간이 홀로 존재한다는 사실이, 어떻게 우주에 다른 지성이 없다는 증거가 되는 걸까? 일체의 장소에 목적이 있고, 삶은 좋은 것이고, 사람들은 멋지다는 사실을 왜 믿지 못하는 걸까?

마치 명백한 것을 믿는 데 뭔가 위험이 따르는 것처럼 말이지.

살아 있는 동안, 내가 지금 알고 있는 것을 그저 조금만 눈치 챌 수 있었더라면 내 삶은 완전히 달라졌을 거야! '시공간'이라는 모든 것을 건 (All or Nothing) 모험 속에서, 맘에 들지 않는 것들을 바꾸는 법과 두려워할 것 따위는 없다는 걸 배우는 거지.

모든 것이 소중하고, 순간적이고, 환상적인 곳을 상상할 수 있겠니? 아주 많은 사랑과 사랑과 사랑이 어디에나 넘치는 곳을 상상해 봐!

그때는 왜 그것을 몰랐을까? 그건 현실이 갖는 관대함이었어. 그때 그걸 알았더라면 내 자신감은 하늘 끝까지 치솟았을 거야. 내게 부족한 점, 세상의 잘못된 점을 끝없이 궁금해 하며 찾아내려고 노력하는 대신, 누구도 막지 못할 기세로 앞으로 나아갔을 거야.

웨지, 잘못된 것은 아무것도 없어. 너는 아주 멋지고, 삶은 아름답고, 모든 것은 정확히 있어야 할 곳에 있어. 이 사실은 너에게도 눈 깜빡할 사이에 아주 분명해질 거야. 네 삶이 끝나는 순간에 말이야.

사실 삶은 끝나지 않아. 바로 회복되거든. 웨지, 네가 기다리지 말았으면 좋겠어. 살고, 나아가고, 있는 그대로 소중하고 경이로운 존재가 되길 바라. 춤추고, 노래하고, 네 가슴을 따르고, 네게 모든 것이 주어져 있다는 것을 알았으면 해.

너는 사랑받고 있어. 네가 원하는 바로 그곳에 있고, 네가 원하는 바로 그 사람들과 함께 있어. 네가 가장 하고 싶어 하는 일을 하고, 더 많은 것을 할 수 있는 무한한 가능성과 함께하고 있단다.

물론 네게는 아직 이루지 못한 꿈과 도전, 바뀌었으면 하고 바라는 것들이 있지. 네가 그곳에 있는 이유가 바로 그거야! 그 꿈과 도전을 향해 움직여. 네가 가본 적 없는 곳을 가보고, 네가 생각하지 못했던 것을 생각해 봐. 우연히 발견한 목표가 너의 영적 성장과 얼마나 완벽하게 일치하는지를 확인하고, 그것을 신성이 관여했다는 증거로 삼기 바라.

삶의 여정은 신성하게 고무된 것이어서 앞으로 나아가면 신성의 관여를 기대할 수 있어. 그리고 사실을 말하자면, 신성의 관여란 바로 너 자신이 관여한다는 거야!

여기 온 후, 지상에서의 삶이 일종의 상승 과정이라는 사실을 아주 분명하게 알 수 있었어. 모든 것이 너를 더 높은 곳으로 들어 올리고 있다는 뜻이야. 다음 순간, 어떤 일이 생길지는 전혀 문제가 아니야. 어떤 일이 생기든 타인 혹은 너 자신을(그게 그거지만) 더 사랑할 수 있게 해 줄 것이기 때문이지. 결국 사랑을 받는 것보다 사랑을 주고 싶어 하게 되는데, 이건 오래된 영혼들이 빠져드는 일종의 중독 같은 거란다.

그리고 이런 변화가 가능한 것은 우리가 '모든 것을 걸기로' 했기 때문이야. 우리가 그렇게 생각하지 않는 한에는 결코 잃거나, 실패하거나, 작아지지 않는 곳으로 가겠다고 선택한 거란다.

네가 있는 그곳에는 치러야 할 시험이 있다는 거 아니? 시험 문제는 보이는 겉모습에 현혹되지 않으면서 무엇에 집중하고 무엇을 믿어야 할지 찾아내는 거야. 그렇게 스스로를 시험하는 동안, 우리에게 모습을 보이는 것들은 모두(우리가 이해하거나 이해하지 못하거나) 일종의 상징이라는 사실을 기억해내게 되지. 삶의 아름다움에서 진실을 봐. 그리고 삶의 아픔에서도 아름다움을 보기 바라.

사랑하는 웨지, 지금 네 가슴이 바라는 것보다 더 가치 있는 것은 없어. 네 가슴이 바라는 것보다 이룰 가능성이 높은 것도 없단다.

황홀한 춤을 한 바탕 춘 후, 뜨거운 핫초코를 마시면서 너에게 한없는 사랑을 보낸다.

돌마로부터

에필로그

이 책을 쓰는 일이 쉽지는 않았다. 죽은 이들은 나를 도와주었는데, 과연 독자들도 그럴지 모르겠다. 이 책을 통해 진실이 공유되었다면(나는 그렇게 믿는다), 당신은 내가 궁금해 했던 것을 궁금해 할 것이다. 왜 이전까지는 진실이 '널리 공유되지 않았는가' 하는 의문이다.

실제로 이 책에서 밝힌 많은 진실이 이미 공유되고 있다. 이 뒤에 나오는 책의 목록을 보면 그렇다는 것을 금방 알 수 있을 것이다. 하지만 다른 저자들은 이 책에서 내가 다룬 내용을 다루지 않았다. 왜일까?

나는 다음의 두 가지 때문일 것이라 생각한다.

1. 우리는 우주의 눈이자 귀이고, 말 그대로 '신의 조각'으로 살고 있다는 사실을 절대적 수준까지 이해한 사람이 거의 없다.

2. 내가 공유하고자 하는 것의 일부는 들을 준비가 되지 않은(혹은 듣고 싶어 하지 않는) 사람들에게 극도로 공격적일 수 있다.

나는 첫 번째 이유에 대해서는 신경 쓰지 않는다(분명히 이건 아주 자기중심적인 생각임을 인정한다). 하지만 두 번째 이유에 대해서는 당혹감을 감출 수 없다.

내가 아니었더라도, 조만간 다른 누군가가 그 사실들을 신나게 세상과 공유했을 것이다. 진실은 진실이고, 그것은 반드시 드러나게 되어 있으니까. 게다가 사람들이 어떤 메시지에 반응한다는 것은, 메시지 자체에 반응하는 것이 아니라 자기 자신에게 반응하는 것이다.

그리고 마지막으로, 진실로부터 얻을 수 있는 것들은 너무나 많다. 전 세계에 걸쳐 준비된 사람들에게 도움을 줄 것이다. 지금, 준비된 사람들은 매일매일 기하급수적으로 늘어나고 있다. 엄청난 수의 사람들이 결국 깨어나고, 그럼으로써 우리의 문명이 진화하고, 깨어난 사람들은 내면으로 들어가 자신들의 삶이 정말로 어떤 것인지 가늠해볼 수 있을 것이다. 나는 일종의 로드맵을 제공했을 뿐이다.

다만 한 가지 경고할 것이 있다. 당신 자신의 느낌, 추론, 삶의 경험을 통해 평가하기 전까지는 내가 쓴 내용을 그대로 받아들이지는 말라는 것이다. 부디 진지한 질문을 던지고, 무엇이 드러나는지 살펴본 다음, 당신의 머리와 가슴을 따라 당신을 기다리고 있는 진실의 보물들을 찾아내기 바란다.

내가 공유하려 한 모든 것을 가능한 한 정확하게 요약하자면, 지금 당신이 '모든 삶이 결국에는 도달하게 되는 중요한 교차로'에 서 있다는 것이다. 당신은 삶이 어떠하다고 믿는가?

a. 삶은 언제나 어마어마하게 멋지다.
b. 삶은 때로 엄청나게 멋지다.
c. 삶은 멋진 적이 없었다.

선택하기 전에 당신에게 물어보자. b처럼 '때로' 멋

진 상황이 당신에게 효과를 발휘했던 그때 얼마나 좋았는가?

일단 당신이 곰곰이 생각해서 a를 답으로 선택했다면(그렇게 믿는 것이 늘 쉽지만은 않지만, 당신은 '쉬운' 답을 고르지 않았다), 당신의 삶은 하늘로 솟구치고 기쁨이 몇 배로 증가할 것이다. 그뿐 아니라 당신은 어둠 속에서 모든 존재들이 더 높이 상승하도록 돕는 한 줄기 빛이 될 것이다.

마을에 새로운 '보안관'이 나타났다고(난 아니다) 해보자. 아무도 변화를 좋아하지 않는 환경에서, 당신이 새 보안관의 방침을 지지하는 무리에 가담한다면 어떤 일이 벌어질까? 지금 우리가 이해할 수 없는 방식으로 존중, 협력, 창조성, 사랑이 꽃피게 되는 완전히 다른 질서가 우리를 기다릴 것이다.

지금까지 당신이 읽은 내용에 대해, 그리고 저자인 나에 대해, 혹은 당신 자신에 대해 어떻게 느꼈든 당신은 마땅히 존중받을 것이다. 최소한 죽은 이들과 나는 '당신이 불멸의 존재이고, 뜻한 대로 살아가며, 의식적으로 창조하는 능력을 타고났다'는 사실을 알아주기 바란다.

우리의 길이 다시 교차할 때까지(아마도 '하늘'에서 열리는 어느 큰 파티에서 다시 만나게 되겠지만), 당신이 지금 바라고 있는 것 이상을 얻게 되기를……. 나는 그렇게 되리란 것을 안다.

어쨌든 그 새로운 보안관은 바로 당신이다.

진실을 알려주는 책들

　내가 한때 품었던 의문과 같이 '다른 사람들도 이런 생각을 갖고 있을까?'가 궁금하다면, 여기 내 삶 속에 나타났던 책들을 한 번 살펴보기 바란다. 여기 소개하는 책들은 내게 최고의 평화를 주었고, 삶과 실상에 대해 품었던 내 자신의 생각과 의심을 확인시켜주었다.

　다음 목록에 특별한 순서가 있는 것은 아니다. 다만 첫 번째 책은 35년 전 내가 믿고 있던 세계를 완전히 뒤흔드는 역할을 했다. 당신이 직접 이 책들을 찾아냈든 다른 이들이 찾아주었든, 당신이 품은 의문에 끈질기게 답을 찾는다면 어떤 식으로든 진리에 도달할 것이다.

제인 로버츠 Jane Roberts
『The Nature of Personal Reality』

그녀가 쓴 모든 세스Seth 관련 책들과 마찬가지로(그 모든 책들이 탁월하다), 이책은 특히 심오하고, 객관적이고, 약간 복잡하긴 하지만 단연 최고의 책이다.

* 세스 관련해 국내에 출간된 책은 2권이다.

『육체가 없지만 나는 이 책을 쓴다』(2000, 2008, 도솔, 현재 품절)는 『Seth Speaks: The Eternal Validity of the Soul by Jane Roberts』의 번역이고, 『세스 매트리얼』 (2001, 도솔, 품절)은 『The Seth Material: The Spiritual Teacher that Launched the New Age by Jane Roberts』의 번역이다. 마이크 둘리가 권한 위의 책은 국내에 출간되지 않았다.

에릭 버터워스 Eric Butterworth
『Discover the Power Within You: A Guide to the Unexplored Depths Within』

엄청나게 명료하다! 극적으로 영감이 넘친다! 성서와 기독교 관련 해설서들이 많지만, 이 책은 내가 믿는 것과 마찬가지로 종교적인 왜곡 없이, 원래 성서의 의미를 잘 설명하고 있다.

*국내 미출간 도서다.

헤르만 헤세 Hermann Hesse

『Siddhartha』

시간을 초월한 심오한 지혜를 담은, 세계적으로 유명한
소설이다.

* 『싯다르타』(2002, 민음사)를 비롯해, 20여 종의 번역본이 출간되어 있다.

플로렌스 스코블 쉰 Florence Scovel Shinn

『The Game of Life and How to Play It』

아주 간결하고 강력한 조언! 1920년대 작품이지만 어떤
시대에도 쉽게 읽힌다.

* 『기독교인이 죽기 전에 반드시 가져야 할 성공 법칙』(2013, 팬덤북스)이란 제목으로
  국내 출간되었다.

베어드 T. 스폴딩 Baird T. Spalding

『Life and Teaching of the Masters of the Far East』

혼을 쏙 빼놓는다! 총 6권 중, 1권과 2권은 대단히 모험
적이고 엄청난 영감을 불러일으킨다.

* 『초인들의 삶과 가르침을 찾아서』(2005, 정신세계사), 『초인들의 삶과 가르침을 찾아
  서2-남겨진 이야기들』(2008, 정신세계사)가 출간되어 있다. 두 번째 책에 원전 6권
  의 내용이 모두 담겨 있다.

리처드 바크 Richard Bach

『Illusions: The Adventures of a Reluctant Messiah』,
『Jonathan Livingston Seagull』

신나고, 재미있고, 술술 읽힌다. 이 두 권의 소설은 거의
모든 사람이 읽어야 할 충분한 이유가 있다.

* 처음 책은 『환상』 혹은 『기계공 시모다』란 제목으로 5종 이상 출판됐으나 모두 절판
됐다. 두 번째 책은 『갈매기의 꿈』 혹은 『갈매기 조나단』 등의 제목으로 수십 종이 출
판되었고 지금도 5종 정도가 판매되고 있다.

로버트 먼로 Robert Monroe

『Journeys Out of the Body』

유체 이탈 체험의 고전이라 할 만하다.

* 저자의 명성은 국내에도 충분히 알려졌지만, 책은 아직 소개되지 않았다.

레이먼드 A. 무디 주니어 Raymond A. Moody Jr.

『Life after Life: The Investigation of a Phenomenon–Sur-
vival of Bodily Death』

사후생과 임사체험에 관한 고전이다.

* 『다시 산다는 것–사후 생존이라는 현상에 관한 보고』(2007, 행간)란 제목으로 출간
되었으나 현재 절판 상태다.

엘리자베스 퀴블러-로스 Elisabeth Kubler-Ross
『On Life After Death』

사후생과 임사체험을 다루고 있다.

* 『사후생-죽음 이후의 삶의 이야기』(2009, 대화문화아카데미)란 제목으로 국내 출간
되었다.

닐 도널드 월쉬 Neale Donald Walsch
『Conversations with God: An Uncommon Dialogue』

이 시리즈의 각 권은 황홀하다. 읽기도 쉽고 재미있다.

* 『신과 나눈 이야기1, 2, 3』(1997, 1997, 1999, 아름드리미디어)란 제목으로 국내 출
간되었다. 그 외 닐 도널드 월시의 책 다수가 국내에 번역, 출간되어 있다.

패트 로데가스트 Pat Rodegast, **주디스 스탠턴** Judith Stanton 편저
『Emmanuel's Book: A Manual for Living Comfortably in the Cosmos』

엠마누엘 시리즈의 모든 책은 부드럽지만 강력하게 우
리 모두가 얼마나 천사와 같은 본성을 가졌는지를 일깨
운다. 멋지다.

* 『빛과 사랑의 영혼 엠마누엘』(1992 고려원미디어)란 제목으로 국내 출간되었으나
절판됐다.

람타 Ramtha
『Ramtha: The White Book』

아주 친근하고, 강력하며, 영감이 넘치면서도 읽기가 수월하다.

* 국내 최초로 람타를 소개한 책 『람타』(2000, 여울목)는 절판됐고, 그 후 『람타 화이트 북』(2011, 아이커넥)이 출간되었다. 그 외 람타의 저작으로 『람타 현실 창조를 위한 입문서』(2012, 아이커넥), 『평행 현실』(2014, 아이커넥), 『붓다의 공중 부양 신경망』(2014, 아이커넥) 등이 국내 출간되어 있다.

칼릴 지브란 Kahlil Gibran
『The Prophet』

삶의 가장 기본적인 진실에 대한 통찰. 또 한 권의 영원한 베스트셀러이자, 세계적 베스트셀러다.

* 『예언자』(2000, 문예출판사) 외 수십 종이 국내 출간되어 있다.

월러스 D. 워틀스 Wallace D. Wattles
『The Science of Getting Rich』

만약 당신이 '내가 부를 좋아할 수 있을까?'라는 문제를 생각해본 적이 있다면 분명 이 책을 좋아할 것이다. 진정 독특하고 기운을 돋우는 견해를 보여준다.

* 『부자경』(2016, 스마트북), 『부자학 실천서』(2015, 북씽크), 『부자가 되는 과학적 방법』(2013, 이담북스) 등의 제목으로 국내 출간되어 있다.

첼시아 퀸 야브로 Chelsea Quinn Yarbro

『Messages from Michael』

매우 독특하고 극단적이지만 진실의 울림이 있다. 결코 다른 곳에서는 들어본 적도 없고, 생각해본 적이 없는 혁명적 내용을 포함하고 있다. 나는 이 책 덕분에 다른 사람을 덜 비판하게 됐고, 내 자신에 대해서도 좀 더 참을성을 갖게 되었다.

* 국내 미출간 도서다.

에인 랜드 Ayn Rand

『Atlas Shrugged』, 『The Fountainhead』

에인 랜드는 불가지론자이자 무신론자이지만, 책 속에서 그녀는 '인간 숭배자'라 할 만큼 영적이다. 그녀는 눈부신 삶의 아름다움과 그 모든 것을 지배하는 우리의 능력을 한껏 즐긴다. 그녀의 서사 소설은 마음을 완전히 사로잡는다. 낭만적이면서도 심오하게 철학적이다. 소설에 드러난 그녀의 재능은 정말이지 대단하다.

* 『Atlas Shrugged』는 『아틀라스1, 2, 3』(2013, 휴머니스트)이란 제목으로, 『The Foun-tainhead』는 『파운틴 헤드1, 2』(2011, 휴머니스트)로 국내 출간되었다.

론다 번 Rhonda Byrne

『The Secret』(DVD and book)

'끌어당김의 법칙'을 다룬 이 빼어난 다큐멘터리에 영적 스승의 한 사람으로 출연했던 일에 감사할 따름이다. 영감이 넘치고 깨우침을 준다.

* 『시크릿―수 세기 동안 단 1%만이 알았던 부와 성공의 비밀』(2007, 살림Biz)로 국내 출간되었다.

감사의 말

글쓰기는 아이를 낳는 일과 아주 조금은 비슷하다. 물론 아내는 동의하지 않겠지만 말이다. 아주 짧은 순간, 이제까지 존재한 적이 없던 것이 느닷없이 존재하기 시작한다. 키보드의 딜리트 키를 누르지 않는다면, 혹은 딜리트 키를 누를 때까지 그 말들은 당신보다 오래 살아남는다.

당신은 어린아이와 같아서, 당신이 갖고 있는 것 하나하나가 세상에서 가장 아름답고 귀중하다고 생각하는 경향이 있다. 그렇게 생각하는 사람이 당신 한 사람뿐일지라도 말이다.

그러니 이 작업을 함께한 경이로운 편집자, 패티 기

프트Patty Gift와 앤 바텔Anne Barthel에게 정중히 경의를 표하면서 깊은 감사의 마음을 나누고 싶다. 패티와 앤은 나를 언제 격려해야 할지, 중단하라거나 삭제하라거나 혹은 생각도 하지 말라고 결단력 있게 지시해야 할 때가 언제인지를 잘 알고 있었다. 때로는 내가 진짜로 전하려는 의미에 맞는 단어들(나로서는 도저히 찾아낼 수 없는)을 찾아주기도 했다.

그들의 열정, 공감, 깔끔한 솜씨는 모든 작가들이 함께 일하기를 꿈꿀 만하다 하겠다. 그들과 나의 삶의 경로가 이렇게 교차하게 된 것이 정말 기쁘고 행복하다.

◇ 당신은 언제나 옳습니다. 그대의 삶을 응원합니다. — 라의눈 출판그룹

죽은 자들이 알려주고 싶어 하는 10가지

초판 1쇄   2017년 10월 18일

지은이   마이크 둘리
옮긴이   장은재

펴낸이   설웅도
펴낸곳   라의눈

편집주간   안은주
편집장   최현숙
편집팀장   김동훈
편집팀   고은희
영업·마케팅   나길훈
전자출판   설효섭
경영지원   설동숙

출판등록   2014년 1월 13일(제2014-000011호)
주소   서울시 서초중앙로 29길 26(반포동) 낙강빌딩 2층
전화번호   02-466-1283
팩스번호   02-466-1301
e-mail   편집 editor@eyeofra.co.kr 마케팅 marketing@eyeofra.co.kr
          경영지원 management@eyeofra.co.kr

ISBN   978-11-86039-94-6 03840